我知道你是誰

I KNOW WHO YOU ARE

ALICE FEENEY

愛麗絲・芬妮 著

趙丕慧 譯

THE MOST TWISTED THRILLER YOU'LL READ THIS YEAR.

獻給強尼
經紀人百百種，我撈到最優的。

並不是人人都想要當大人物。
有些人就只是不想做自己。

1

二〇一七年倫敦

我是那種你覺得你認識的女生，可是你卻不記得是在哪裡認識的。

我是靠說謊過日子的。我最拿手的事是假裝別人。照鏡子時我唯一認得的是我的兩隻眼睛，在某個虛擬的人化妝過的臉上瞪著我看。另一個人物，另一段故事，另一個謊話。我別開臉，準備這晚把她拋到腦後，只暫停一下看著寫在化妝室門上的字：

艾梅．辛克萊

我的姓氏，不是他的。我一直沒改名。

可能是因為，內心深處我始終知道我們的婚姻至死方休。我提醒自己名字只有在我允許時才能定義我，那不過是字母的組合，以特定的順序排列；不過是家長的期望，一個標籤，一個謊言。有時我渴望能重新排列這些字母，換成別的東西。別的人。給嶄新的我一個嶄新的名字。那個在沒有人看的時候我變成的我。

知道某人的名字並不等於了解那個人。

我覺得昨晚我們拆散了我們。

有時候最愛我們的人把我們傷得最重，因為他們有這個能耐。

他傷了我。

我們養成了互相傷害的惡習；一定得先破壞才能修補。

我也回敬了他。

我查看了一下，確定我記得把最新的那本書放進了袋子裡，就和別人查看是否帶了錢包或鑰匙一樣。時間很寶貴，從來沒有多餘的時間，而我則是利用拍片之間的空檔在片場看書殺時間。從小開始我就寧可躲在別人虛構的生活裡，躲在有比我自己的生活更美滿結局的故事裡；我們是什麼人就會看什麼書。等確定沒遺忘東西之後，我就走開了，回到我來的地方、我來的身分、我來的那個人。

昨晚發生了很可怕的事情。

我很努力假裝沒事，努力重新安排記憶，可我還是會聽見他飽含恨意的字句，感覺到他的手箍住我的脖子，看見以前從沒在他臉上看到過的表情。

我還是可以修補。我可以修補我們。

我們跟自己說的謊總是最危險的謊言。

只是吵架，就這樣。相愛的人都會吵架。

我走在熟悉的松木製片廠走廊上，離開了我的化妝室，卻沒辦法把我的思緒或是恐懼拋得老遠。我的步伐似乎緩慢遲疑，彷彿是在刻意拖延著不回家，害怕在家裡等著的東西。

我真的愛過他，現在仍然愛。

我覺得記住這一點很重要。我們並不總是我們變成的這個樣子。生活會重塑一段關係，就如海洋會重塑沙灘；侵蝕愛的沙丘，打造恨的堤岸。昨晚，我跟他說結束了。我跟他說我要離婚，我跟他說這一次我是說真的。

我不是說真的。

我坐進我的荒原路華，駛往片廠的地標性大柵門，馳向不可避免的未來。我稍稍拱肩縮背，把我不願讓別人看見的邊邊角角藏起來，收斂住我銳利的鋒芒。出口警衛亭裡的人揮手，滿臉親切。我硬擠出笑臉，這才駛離。

對我而言，表演從來就不是為了要吸引注意或是怕沒人看見。我做這一行是因為我不知道該怎麼做別的事，也因為只有這件事能讓我開心。在大多數人的字典裡，害羞的女演員只是一種矛盾修辭，但我就是這樣的一個人。並不是人人都想要當大人物，有的人就只是不想做自己。表演很簡單，做自己對我才是困難的。我幾乎在每一次的採訪和活動之前都會嘔吐。以真面目見人，我的身體會真的不舒服，緊張得手足無措。可扮成某個完全不同的人踏上舞台，或是站在鏡頭前，我卻感覺我能飛翔。

誰也不了解真正的我，除了他。

我先生愛上的是從前的那個我。我的成功來得相對晚，而我的夢想成真意味著他的夢魘開始。起初他盡量支持我，但是我從來就不是他願意和別人分享的。雖然如此，每次我被焦慮四分五裂，都是他把我又縫合起來。這是他的仁慈，卻也不脫私欲。想要從修補中得到滿足，不是得先讓壞掉的東西放一陣子，就是得自己動手來破壞。

我沿著倫敦通暢的街道緩緩前進，默默為真實生活排練，在鏡中捕捉一幕幕不受歡迎的虛構自我。我看見的三十六歲女子一臉怒氣，因為被迫戴上面具。我長得不美，但別人說我有一張耐人尋味的臉。我的五官中眼睛過大，彷彿看見的一切都會不成比例地放大。我的深色長髮被專家的手拉直了，不是原本的鬈髮，而且我現在很瘦，因為我飾演的角色需要，也因為我經常忘了吃飯。我會忘記吃飯是因為有個記者曾描述我是「漂亮胖妞」，我倒不記得她對我的演技說了什麼。

那是去年我的第一部片子的影評，是我的人生，以及我先生的人生因而改變的一個因素。當然也改變了我們銀行裡的存款，但是我們的愛已經透支了。他不滿我突如其來的成功——把我從他身邊奪走了——而我覺得是他需要讓我覺得渺小，才能讓他自己再感覺高大。我不是他當初娶的那個女人。我現在超越她了，而我覺得他不想要那麼多。他是記者，有名氣，也有才華，但是不能和我相提並論。他認為他漸漸失去了我，於是就開始抓得更緊，緊到抓痛了我。

我覺得部分的我還滿喜歡的。

我停在街上，任由雙腳帶著我走上花園小徑。是我買下這棟諾丁丘的排屋的，因為我以為在我們繼續再抵押婚姻時，這也許能幫我們彌補關係。但是金錢是個OK繃，治不好心碎，實踐不了承諾。我從來沒有這麼受困在自己的錯誤決定裡過。我一手打造了自己的牢籠，跟很多人一樣，拿內疚和義務製成的磚頭砌出了結實的圍牆。看似沒有門的圍牆，其實出口一直都在，我只是看不見。

我開門進屋，打開了每一個冰冷、漆黑、空洞的房間的燈。

「班，」我出聲喊，一面脫掉大衣。

即使是我呼喚他名字的聲音都像是錯的、假的、陌生的。

「我回來了，」我對著另一塊空洞的空間說。說這裡是我的家感覺像在說謊，因為我從來就不覺得是。鳥兒的籠子從來不是牠自己選的。

我在樓下找不到先生，就上樓到臥室去，每一步都因恐懼與懷疑而沉重遲滯。我現在回到了我們的生活裡，昨晚的回憶有點太喧擾。我又喊了一次他的名字，他依然沒回應。我查看過所有的房間，最後進入廚房，這才發現了桌上的那束鮮花。我看了附上的小卡片，只有三個字：

對不起。

嘴巴上說對不起比讓人實際感受到要容易多了。用寫的就更容易了。

我想要擦掉發生的事，回到最初。我想要忘掉他對我做的事和他逼我做的事。我想要重新開始，但是我們在很久以前就把時間消耗殆盡了，遠在我們開始消耗彼此之前。也許如果他讓我懷上我衷心想要的孩子，事情或許會不一樣。

我回到客廳，瞪著咖啡桌上班的東西：他的皮夾、鑰匙、手機。他不管去哪裡手機都是不離身的。我拿起手機，小心翼翼，彷彿是唯恐它會在我的手上爆炸或是分解。螢幕亮了起來，顯示了一通未接電話，號碼我不認得。我想要一探究竟，可是我一按鍵，手機就要求我輸入班的密碼。我猜錯了幾次，它就把我徹底封鎖了。

我再找了一遍家裡，他不在。他並不是躲著不見我，這不是遊戲。

回到門廳，我注意到他老是穿的那件大衣仍掛在原處，他的鞋子也擺在前門邊。我再喊一次他的名字，聲音很大，隔壁鄰居一定也聽到了，可還是沒有回應。他可能是出門了。

不帶皮夾、手機、鑰匙，連外套和鞋都不穿？

否認是自我傷害最具毀滅力的形式。

我的耳朵裡有一連串的語詞在唸誦：

消失。逃走。蹺家。離開。失蹤。人間蒸發。

緊接著語詞旋轉木馬停止轉動，定格在最適合的字眼上。簡單明瞭，得其所哉，就像是一片我不知道我必須拼好的拼圖。

我的先生不見了。

2

不知道別人在晚上熄燈之後是去了哪裡。全都酣然入夢了？或是有的人，跟我一樣，在內心深處某個黑暗森冷的地方流浪，在最黑暗的想法和恐懼的陰影中東挖西掘，抓耙開但願能夠遺忘的回憶泥土？希望不會有人看見他們深陷的地方？

睡眠競賽被我的鬧鐘打敗，我下了床，盥洗更衣，做每一件平常會做的事，但今天卻不是平常的一天。我似乎就是沒辦法以正常的速度做事。每一個動作，每一個想法，都緩慢得讓人痛苦。彷彿夜晚刻意把我向後拖拉，不讓白晝來臨。

我在上床之前報了警。

我不確定這麼做是否正確，但顯然某人失蹤時不再需要等上二十四小時才能報警了。「失蹤」二字像是有魔法，一幕煙消雲散的戲，但我才是演員，我先生不是。電話中的陌生聲音有撫慰的作用，即使傳遞的內容不是。特別是一個字眼，低低地鑽進我的耳朵裡：失蹤。

失蹤人口。失蹤的丈夫。失蹤的記憶。

我清清楚楚記得最後一次看見我先生時他臉上的表情，但接下來就完全模糊了。不是因為我健忘，或是喝醉——那都跟我沾不上邊——而是因為接下來發生的事。我閉上眼睛，卻還是能看見他，他的五官因痛恨而扭曲。我眨眼甩掉那一幕，像甩掉一粒沙子，只是一個討厭的東西，阻擋了我喜歡的那個我們的畫面。

我們做了什麼？我做了什麼？他為什麼要逼我？

我終於撥通了第三次也是最後一次電話，和我通話的親切警察聽取了細節，說會有人跟我聯絡，然後叫我不用擔心。

他乾脆直接叫我不要呼吸算了。

我不知道接下來會如何，我很不喜歡。我一直不喜歡即興表演，我寧可照著寫好的劇本生活，一切都規劃好了，井井有條。即使是現在，我還是以為班會從門口走進來，用他風趣迷人的一個故事來解釋，撥開疑雲，兩人接吻，言歸於好。但是他並沒有這麼做，他什麼也沒做，他不見了。

我真希望還能打給別人，向他訴說，跟他聊一聊，可是卻一個也沒有。

在我們相識之後，我先生就一步一步重組了我的人生，批評我的朋友，抹煞了我對他們的信任，最後只剩下我們兩個。他變成了我的月亮，固定繞行，控制著我自我懷疑的潮汐，偶爾連太陽都一併遮擋住，把我丟在一處黑暗的地方，我很害怕，看不見真正的情況。

或是假裝看不見。

像我們這樣的愛最後扭絞出一個複雜的結，很難解開。知道真相的人會說我幹嘛還留在他身邊，而如果他們真的這麼說，我會老老實實告訴他們：因為我愛我們勝過了我恨他，也因為我只想像過自己跟他生孩子。儘管他做了那麼多傷害我的事情，我仍然只想要這一樣：我們倆生個孩子，有個重新開始的機會。

一個嶄新的我們。

拒絕讓我當母親是很殘忍的。以為我會乖乖把他的決定當作我的決定是愚蠢的。可是我很擅長假裝，我還靠它闖出了一片天地呢。把裂縫用壁紙貼住並不表示裂縫就不見了，但是這麼做的話，人生會比較漂亮。

我現在不知道該怎麼辦。

我盡量像平常一樣，卻很難想起平常是什麼樣子。

我差不多有十年每天慢跑，這是我自認為還拿手的少數幾件事情，我也很喜歡跑步。每天早晨我的慢跑路線都不變，我是道地的習慣的動物。我叫自己換上慢跑鞋，發抖的手指努力記住做過一千次的綁鞋帶動作。然後我告訴自己瞪著光禿禿的牆壁幫不了任何人，也無法讓他回來。

我的腳找到了熟悉的節奏：快速卻穩定，而且我聽著音樂，壓過城市的音效。腎上腺素猛地分泌，沖淡了痛苦，我再稍微加速。我跑過了附近的酒吧，班跟我以前都在週五晚上來喝酒，在我們忘了我們是誰，又該如何相處之前。接著我經過了倫敦塔一帶以及附近街道的百萬富翁奢華連棟屋；貧與富比鄰而居，至少相距不遠。

搬到西倫敦的一處高價地段是班的主意。我們買下這裡時我人在洛杉磯；出於恐懼，我相信了這是正確的決定。我在成為屋主之前連房子大門都沒踏進過。等我終於踏進門，整棟房子跟我在網路上看到的差了很多。班一個人把我們的新家裝修了一遍：新設備、新裝潢，為了那個我們以為可以也應該是的嶄新的我們。

我跑過街角，兩眼找到了書店。我盡量不去看，但那就像是事故現場，我就是忍不住不看。那是我們安排第一次約會的地點。他知道我愛書，所以他才選這個地方。我那晚提早抵達，滿懷期待，緊張不安，等候時一面瀏覽書架。十五分鐘後，我的約會對象仍未露面，我的焦慮漸漸達到高峰。

「請問，妳是艾梅嗎？」一名年長紳士帶著親切的笑容問道。

我覺得困惑，有點作嘔；他一點也不像我看過的大頭貼上的英俊年輕人。我考慮要腳底抹油，逃出書店。

「剛才有另一位客人進來，他買了這個，要我交給妳。他說是線索。」他眉開眼笑，彷彿許多年不曾這麼開心過。然後他拿出一個包裝整齊的褐色小包裹。緊張的氣氛一消散，似乎就雨過天晴，我這才明白他是書店老闆，不是我的約會對象。我謝了他，接下包裹；我猜是一本書，我很感激他走開了，讓我一個人拆包裹。我發現了我童年時最愛的書：《秘密花園》。我愣了愣才恍悟，想起了街角的花店也是這個名字。

我一走進花店，門上的鈴鐺叮叮響，女老闆就咧嘴而笑。

「艾梅嗎？」

我點頭，她立刻拿出了一束白玫瑰。附了張紙條。

玫瑰是白色
很抱歉我遲到了
等不及今晚
我的約會對象妳是最棒的

我讀了三遍，彷彿是想要翻譯，後來才發現老闆仍衝著我笑。別人瞪著我看總會害我不自在。

「他說會在你們最喜歡的餐廳等妳。」

我謝過她，離開了。我們並沒有最喜歡的餐廳，從來沒有一塊吃過飯，所以我沿著大街前進，拿著書和花，享受著這個遊戲。我在心裡重溫我們的電郵交談，想起了有一次談的是食物。他偏好的都很昂貴，我呢……比較庶民。我曾後悔告訴他我喜歡的食物，埋怨是我的出身背景使然。

炸魚薯條店櫃檯後的男人微笑。當時的我是熟客。

「醋和鹽？」

「對，謝謝。」

他鏟了些薯條到紙盒裡，再交給我，連同一張當晚的電影票。我沿著街道前行，薯條太燙了，我又吃得太急。可我一看見班站在電影院外面，我所有的恐懼似乎都消散了。

我記得我們的初吻。

感覺好正確。我們有一種默契，我無法理解，也解釋不來，而且我們一拍即合，彷彿是天生注定的。想起當時的我們，我忍不住微笑。那個版本的我們很美好。這時我在電影院外凹凸不平的人行道上踉蹌了一下，又回到了現實。電影院的門關著，燈光熄滅，而班不見了。

我跑得再快一點。

我經過了二手商店，思忖著櫥窗裡的衣服是出於慷慨或是傷心而捐出的。我經過了一個拿著掃把在人行道上推的人，掃除別人生活中隨手丟棄的垃圾。然後我經過了一家義大利餐廳，女侍認得我，因為我們之前來吃過飯。我再也沒來過，感覺像是我沒辦法。

陌生人如果認出我，我會被一種極獨特的恐懼癱瘓。我會傻笑，努力擠出點友善的話，然後能開溜就開溜。幸好，這種事並不常見。我不是什麼巨星，還不是。應該是介於B咖和C咖之間吧，跟我的罩杯差不多。我在公開場合穿上的那個我比實際上的我有魅力多了。那副皮囊經過精心剪裁，超越了我的標準自我；她是別人都不應該看到的人。

他對我的愛是幾時流失的？

我抄捷徑穿過墓園，看到孩子的墳墓讓我心頭一痛，讓我把思緒從以前的我們轉移向我們有可能會有的樣子，如果人生展開的方式不同的話。我盡量抓著快樂的回憶，假裝美好的時光比實際上要多。我們都被設計成重寫過去，以便保護現在的我們。

我這是在做什麼？

我的先生失蹤了。我應該在家裡，哭泣，打電話給醫院，做點什麼。回憶打斷了我的思路，卻沒打斷我的腳步，我繼續跑，一直跑到了咖啡店才停下來，被我自己的懷習慣弄得筋疲力盡：失眠以及逃離我的問題。

咖啡店裡已經很忙碌了，擠滿了工作過量、薪水過低的倫敦人，每一個都需要早晨的第一杯咖啡，人人都尚未驅散眼中的睡意和不滿。終於等到我之後，我點了平常的拿鐵，接著就移向收銀台。我使用感應支付，隨即立刻又縮回自己的殼裡，直到毫無笑意的收銀員對著我這邊說話。她的金髮編成了兩條不對稱的辮子，一張馬臉，眉頭皺得像是刺青的紋路。

「妳的卡被拒收。」

我沒反應。

她看我的樣子活像我蠢得沒藥救。「妳有別張卡嗎？」她刻意說得很慢，而且音量變得越來越大，彷彿這個情況已經把她的耐性和親切都消磨殆盡了。我感覺到別雙眼睛也紛紛加入了她，全部匯聚在我身上。

「一共兩鎊四十便士，一定是機器問題，拜託再刷一次。」我被從我之口說出的可憐兮兮聲音嚇了一大跳。

她嘆氣，活像是幫了我天大的一個忙，而且還犧牲了很多似的，這才用指甲像狗啃過的手指戳了收銀機。

我再拿出金融卡，非常清楚我的手在顫抖，而且人人都在看。

她嘖嘖有聲，搖著頭。「卡片拒收。妳到底是有別的辦法可以支付還是沒有？」

沒有。

我退後一步，離開碰也沒碰的咖啡，轉身就走出了商店，感覺到他們的視線追隨著我，他們的批評就在不遠處。

無知並不是幸福，而是恐懼延遲到後面一點的日子。

我停在銀行外，讓提款機把我的卡吞下去，再輸入密碼，按下了小量的金額。我讀著不熟悉也不在意料之中的文字兩次：

抱歉

您的帳戶餘額不足

機器吐出了我的卡，像是很嫌棄。

有時候我們會假裝不懂我們其實懂的事情。

所以我反而做了我最擅長的事情：我跑走了。一路跑回從來就不是家的那棟房子。

我一進門就把手機掏出來，撥了金融卡背面的電話，彷彿這段對話只能在關上的門後進行。

恐懼，而不是疲憊，扣押了我的呼吸，所以從我的口中迸出的是一連串不由自主的噴氣聲，讓我的聲音走了樣。熬過安全認證的問題極盡痛苦，但最終在遙遠的電話中心的那個女人問了我一直等著要聽的問題。

「早安，辛克萊女士。妳通過了安全認證。有什麼我幫得上忙的地方嗎？」

終於。

我聽著一名陌生人平靜地告訴我我的銀行帳戶已結清，昨天銷戶了。裡頭有一萬多鎊——這個帳戶是我勉強同意使用的聯合帳戶，因為班指控我不信任他。事實證明我不信任他竟然是對的。幸好，我把大多數的收入都藏在他無法提取的帳戶裡。

我低頭瞪著咖啡桌上班的個人物品，再把手機用肩膀夾住，空出雙手。翻他的皮夾感覺有點侵犯隱私——我不是那種妻子——但我還是拿了起來。我打開看，彷彿不見了的一萬鎊可能隱藏在皮褶之間。並沒有。我只找到了一張皺巴巴的五鎊鈔票，兩張我不知道他有的信用卡，兩張仔細對折的收據。第一張是我們最後一次共餐的餐廳，第二張是加油站。沒有什麼不尋常的。我走向窗邊，拉開窗簾一角，剛好能看到班的汽車停在平常的位置。我放掉窗簾，把皮夾放回桌上，就像沒動過一樣。缺少感情的婚姻只會留下憔悴的愛情：脆弱，容易彎曲折碎。可如果他要離開我，偷走我的錢，為什麼不把他的東西都帶走？他的東西全都還在這裡。

一點道理也沒有。

「辛克萊太太，妳今天還需要什麼別的服務嗎？」手機裡的聲音打斷了我混亂的思緒。

「沒有了。喔，有，我只是想問問妳能不能告訴我我先生是幾時銷掉我們的聯合帳戶的。」

「最後一筆提款是在十七點二十三分在分行提領的。」我盡量去回想昨天——感覺像是很久以前。我相當肯定我是五點就下戲回來了，所以他在提錢時我是在家裡的。「怪了……」她說。

「什麼事？」

她猶豫了一下才回答。

「結清或銷戶的並不是妳先生。」

她完全抓住了我的注意力。

「那是誰？」

又一陣漫長的停頓。

「唔，根據我們的紀錄，辛克萊太太，是妳自己。」

3

「辛克萊太太？」銀行的電話中心這時似乎非常遙遠，比之前還要遠，而我沒有回答。我像散了架。時間似乎是一個我再也無法分辨的東西，感覺上我好像是從山上摔下來，摔得太快，沒有東西阻滯我的速度。

如果我去過銀行結清銷戶，我覺得我會記得。

我一聽到敲門聲就掛斷了電話，跑去開門，險些就絆到自己的腳。我有把握是班，而且合理的解釋也一塊等在門外。

我錯了。

一身便宜套裝的中年男人和一個年輕女孩站在我家門口。他的樣子像是朋友都是社會低層的人，而她的樣子就像是一隻綿羊。

「辛克萊太太？」她說，給我的名字裹上了一層蘇格蘭口音。

「對？」我納悶他們是不是挨家挨戶推銷的，像是賣雙層玻璃窗的，或者更糟，他們可能是記者。

「我是艾麗克絲·柯洛夫特偵緝督察，這位是韋克利偵查佐。妳為妳先生的事打電話給我們。」她說。

刑警？她的樣子像是還在念書。

「是的，請進來。」我說，已經忘了他們的名字和官階了。此時此刻我的腦子裡非常吵鬧，而我的心也無力處理額外的資訊。

「謝謝。有沒有我們大家可以坐下來的地方？」她問道，我就把他們帶進了客廳。

她嬌小的身體裝進了一套平庸的黑色褲裝裡，底下是白襯衫，整體效果就和學校的制服一樣。她的五官平凡卻漂亮，沒有化妝品的污痕。她及肩的灰色頭髮直得就像是她在熨襯衫時也順便用熨斗熨過。她全身上下都給人一種俐落並且極其注意整潔的感覺。我猜她一定剛進這一行；說不定是那位男警在訓練她。我沒想到上門來的會是刑警：頂多就是一位制服警員吧，不是這樣。我不禁懷疑我為什麼會得到特殊待遇，而腦子裡排列的可能答案立刻就讓我龜縮。

「所以，妳先生失蹤了。」我剛在他們對面坐下她就說。

「對。」

她瞪大眼，彷彿是等著我再多說一點。我看著男警，再看著她，但是男警似乎是個話很少的人，而她的表情仍不變。

「抱歉，我不是很確定這種事是怎麼處理的。」我已經覺得心慌意亂了。

「妳何不先告訴我們妳最後一次看到妳先生是在什麼時候。」

「嗯……」我停下來想。

我記得拉高嗓門的爭吵，他兩手勒住我的喉嚨。我記得他說的話和他做的事。這時我看到他們互望了一眼，還有那些沒說出口的意見，才想起我需要回答問題。

「對不起，我一直沒睡覺。我是前晚看到他的。還有一件事我應該告訴你們……」

她在椅子上前傾。

「有人結清了我們的聯合帳戶。」

「妳先生？」她問道。

「不，是……別人。」

她皺眉，過度工作的皺紋出現在她之前平滑的額頭上。「很大一筆錢嗎？」

「大約一萬鎊。」

她挑高一邊拔得很整齊的眉毛。「我會說是一大筆錢。」

「我覺得你們也應該知道兩年前曾有人跟蹤我。所以我們才會搬來這裡。你們查得到紀錄，我們當時就報過警。」

「現在這件事和那件事不太可能有關聯，不過我們一定會去調查。」我覺得奇怪，她對可能很重要的事居然這麼不以為意。她又向後靠著椅背，眉頭仍深鎖，變成了永久的印記。「妳昨晚報警時跟接電話的警員說妳先生的個人物品都還在這裡，是這樣的嗎？他的手機、鑰匙和皮夾，甚至是他的鞋子？」我點頭。「介意我們看一看嗎？」

「沒問題，只要你們有需要。」

我跟著他們在屋子裡繞，不確定我是不是該跟著。他們不說話，至少不是以語言溝通，但是我從兩人搜查每一個房間時互使的眼色中聽出了沉默的交談。每個房間都充滿了對班的回憶，有些我是寧可遺忘的。

在我努力確認我們是從幾時開始不和時，我才明白是在很早以前，在我拿到第一部電影角色，去了洛杉磯之前。我離家幾天去利物浦拍片，只是BBC的一部劇情片裡的一個小角色，沒什麼特殊的。回到家來我累壞了，可是班堅持要出門吃飯，我說我寧可待在家裡，他就拉出一副警告的長臉。我在換衣服時把耳環弄掉了，掉在我們的床底下，那一抹銀光有如蝴蝶效應，改變了我們的婚姻。我始終沒找到耳環，卻找到了別的東西：一管不屬於我的口紅，同時我也知道了我的先生也不屬於我。我想我也並不是徹底意外。班是個好看的男人，我見過別的女人是怎麼看他的。

我始終沒提那天我找到了什麼。一個字也沒說。我不在乎。

那位女刑警花了很多時間在我們的臥室裡巡視，我覺得我的隱私好像是被拆解了，被入侵了。我從小就被教導不要相信警察，我現在仍然不相信。

「麻煩妳再說一次，妳最後一次見到妳先生是在幾時。」她說。

在他失控發火，變成一個我認不得的人時。

「我們在主街的那家印度餐廳吃飯，我比他稍微早一點離開……我覺得不舒服。」

「他到家的時候妳沒看到他？」

有。

「對，我隔天一大早就要出門。他回來時我已經上床了。」我知道她知道我在說謊。我甚至不確定我為什麼要說謊，大概是因為既羞愧又後悔吧，但是謊言是不會附帶禮品收據的；你沒辦法退貨。

「你們分房睡？」她問道。

我不曉得這為什麼要緊，又有什麼要緊的。「不一定。我們的工作挺忙亂的——他是記者，我是——」

「可是妳確實聽見了他昨晚到家。」

聽見了他。聞到了他。感覺到他。

「對。」

她注意到門後的什麼，就從口袋裡抽出一副藍色乳膠手套。「這是妳睡的房間？」

「大多數時候我們都睡這，不過那晚不是。」

「你睡過客房嗎，韋克利？」她問她沉默的夥伴。

「睡過，我們吵架的話，那時我們還有足夠的時間和精力吵架。不過現在我們已經沒有空的臥室了，都住了賀爾蒙過盛的青少年。」

他會說話欸。

「妳的臥室門內側有門栓，有什麼理由嗎，辛克萊太太？」她問道。

起初，我不知道該說什麼。

「我說過，有人跟蹤我，所以我很認真看待居家安全。」

「門栓損壞了，是有什麼原因嗎？」她把門向後推，露出壞掉的金屬和門框上的碎木頭。

有。

我覺得兩頰變紅。「不久之前門栓有點卡住，我先生只能用蠻力撞開。」她回頭看著門，緩緩點頭，彷彿很費力氣。

「有閣樓嗎？」

「有。」

「地下室？」

「沒有。你們要去閣樓看看嗎？」

「這次不要。」

這次？是還會有幾次？

我跟著他們下樓，參觀房屋之旅最後在廚房畫下句點。

「花很漂亮。」她看著桌上那束昂貴的鮮花，讀了卡片。「他是在為什麼道歉？」

「我不確定。我一直沒機會問。」

就算她想到什麼，她的表情也高深莫測。「好漂亮的花園。」她瞪著玻璃折疊門的外面。整齊的草皮仍留著班上次割草後的紋路，而硬木露台也在清晨的陽光下閃閃爍爍。

「過獎了。」

「這裡很漂亮，就像是雜誌上看到的樣品屋之類的。我要說的是哪個詞來著……極簡風？就是這個。沒有家人照片、書籍、小飾品……」

「很多東西還沒拆。」

「剛搬進來？」

「差不多一年了。」兩人都聞言抬頭。「我因為工作關係常常不在家，我是演員。」

「喔，別擔心，辛克萊太太。我知道妳是誰。我去年在電視上看過妳，妳扮演一個警察。我……滿愛看的。」

她歪嘴一笑，一笑即逝，讓我覺得她並不愛看。我回瞪她，感覺比之前更不舒服，而且完全不知道該如何回答。

「妳有妳先生最新的一張照片可以給我們的嗎？」她問道。

「有，當然有。」我走去客廳的壁爐，那兒卻什麼也沒有。我環顧房間，牆壁空蕩蕩的，架子孤伶伶的，這才明白屋子裡連他的一張照片都沒有，更別說是我的，或是我們的。之前這裡有一張我們結婚日那天拍的照片，我不知道是去了哪裡。我們的大喜之日其實很低調，只有我們兩個。而往後的日子甚至更簡單，最後我們連在那些日子裡找到彼此都很難。「我的手機裡可能有。我可以傳給你們，還是說你們需要紙本？」

「傳送就可以了。」她的臉上又露出那種不自然的笑容，好像皮疹。

我拿起手機，開始捲動照片。有許多電影的參與人員，許多傑克的——和我共演的男演員——一些我的，卻沒有一張班的。我注意到我的兩手在發抖，而等我抬頭，就看到她也注意到了。

「妳先生有護照嗎？」

他當然有護照。誰會沒護照呢。

我匆匆走向餐具櫃，是我們放護照的地方，卻沒找到。我的也不見了。我開始把抽屜裡的東西往外拿，卻被她打斷了。

「別擔心，我想妳先生並沒有出國。依照目前我們所知，我不認為他走遠了。」

「妳為什麼會這麼說？」

她沒回答。

「柯洛夫特偵緝督察從警以來就沒有一件案子沒破過，」男刑警說，像個驕傲的父親。「妳可以放心。」

我不覺得放心，我覺得害怕。

「介意我們帶走嗎？」她把班的手機和皮夾裝進了透明塑膠袋裡，並不等我回答。「暫時先不用擔心照片的事，我們可以下次再來拿。」她摘掉了藍色手套，往門廳走。

「下次？」

她仍舊不理我，自己開門出去。「我們會隨時聯絡。」他說，隨即走掉了。

我關上門之後就沉坐在地板上，我覺得他們好像從頭到尾都在指控我，可指控什麼，我不知道。他們是認為我殺害了我先生，把他埋在地板下？我有股衝動想打開門，叫他們回來，為自己辯護，跟他們說我沒有殺人。

可是我沒那麼做。

因為那不是真的。

我殺過人。

4

一九八七年高威

我在還沒出生前就迷失了。

媽咪那天死了，而他始終沒有原諒我。

是我的錯——我過了預產期，然後我又轉錯了位置。到現在我都還不太有方向感。

我卡在她的肚子裡不想出來，我也不記得是為了什麼，醫生跟我爸爸說他得在兩個之中選一個，說沒辦法母女都平安。爸爸選了媽咪，可是他卻沒有得到他要的。他得到的是我，那讓他有很長一段時間既傷心又憤怒。

這件事是我哥哥說的，一遍又一遍。

他比我大多了，所以他知道一些我不知道的事。

他說是我殺了她。

從那時開始，我就非常非常努力不殺生。我跨過螞蟻，假裝沒看到蜘蛛，後來我哥帶我去釣魚，我把漁網裡的魚又倒回大海。他說我們的爸爸在我害他心碎之前是個和善的人。

我聽到他們說話，在那間棚屋裡。

我知道我是不准參加的，可是我想知道他們在做什麼。

他們背著我做一大堆事情。有時候我會偷看。

我站在我們用來劈柴的那根舊木樁上，從棚屋牆上的小洞偷看。我的右眼先看到雞，那隻我們叫作黛安娜的白雞。英國有個王妃就叫這個名字——我們就是用她的名字給雞命名的。爸爸的巨掌握著雞脖子，雞爪被一段黑繩綁住。他把雞顛倒掛著，雞動也不動，只有一雙漆黑的眼珠在轉，而且好像是看著我的方向。我覺得那隻雞知道我在偷看一件我不應該看的事。

我哥拿著一把斧頭。

他在哭。

我從沒見過他哭。我隔著臥室牆聽過他哭，在爸拿他的皮帶抽他時，但是這還是頭一次我看見他的眼淚。他十五歲的臉龐上東一片紅西一片紅，而且他的兩隻手在發抖。

第一次揮動斧頭並沒有成功。

雞拍動翅膀，像女妖一樣掙扎，鮮血從脖子噴出來。爸爸用力打了我哥的頭，要他再揮一次。雞的慘叫聲和我哥的哭聲漸漸在我的耳朵裡合而為一。他揮動斧頭，失手了。爸爸又打他，力道之大害他跪在地上，雞血噴在他們骯髒的白襯衫上。我哥又揮一次斧頭，雞頭掉到地上，翅膀仍在拍動。白色的羽毛變成了紅色。

爸爸走了之後，我偷溜進棚屋，坐在我哥旁邊。他還在哭，而我不知道該說什麼，就把一隻手塞進他手裡。我看著我們的手指交纏，像是不應該嵌合的拼圖塊，可是卻嵌合了——我的手又小又軟又粉紅，他的手又大又粗又髒。

「妳要幹嘛？」他抽走了手，用手擦臉，在臉頰上留下了一道鮮血。

我只想要陪著他，可是他在等我回答，所以我就捏造一個。我已經知道是錯誤的答案了。

「我以為你可以陪我到鎮上，讓我給你看我想要當生日禮物的紅皮鞋。」我下星期就滿六歲了。爸爸說我乖的話今年可以要禮物。我一直都不壞，我覺得那就是同樣的意思。

我哥笑了——不是真正的笑，是那種奸笑。「妳是沒搞懂吧？我們買不起紅皮鞋，我們連吃飯都有問題！」他抓住我的肩膀，微微搖晃我，就和爸爸在發火時搖晃他一樣。「我們這種人是穿不起天殺的紅皮鞋的，我們這種人是生在泥巴裡死在泥巴裡的。好了，給我滾蛋，別煩我！」

我不知道該怎麼辦。我覺得奇怪，我的嘴巴忘了要怎麼說話。

我哥從來沒有像這樣跟我說話過。我能感覺到眼淚就要從我的眼裡掉下來了，可是我不要掉淚。我想再去牽他的手，我只是想要他握住我的手。他把我推開，非常用力，害我向後跌，頭撞在劈柴樁上，雞血和內臟黏在我的黑色長鬈髮上。

「我說了，滾蛋，不然我就把妳的頭也砍下來。」他說，一面揮舞斧頭。

我拔腿就跑，一直跑，一直跑。

5

二〇一七年倫敦

我從停車場走向松木片廠的主樓，我從來就不遲到，但是今天早晨警察突然來訪害得我在不止一個地方恍神。

我先生失蹤了，還有我的一萬鎊。

我解不開謎題，因為無論我把多少片拼圖組合起來，都還是有太多片遺漏。我提醒自己只需要再強撐一陣子。電影快殺青了，只剩下三場戲。我把私人問題埋藏在某個無法觸及之處，匆匆沿著走廊趕往我的化妝室。我轉過最後一個轉角，仍然心神不寧，正面撞上了傑克，我的合演演員。

「妳跑到哪裡了？大家都在找妳。」他說。

我低頭瞧著他抓著我的外套袖子的手，他就放開了。他的黑眸看穿了我，我真希望沒有，因為那害我幾乎不可能對他說謊，而我又不能總是實話實說；我無法相信別人不允許這樣。有時候，跟某人合作了這麼久的時間，兩人這麼的親近，是很難完全隱藏住真實的自己的。

傑克·安德森知道自己長得很英俊。他的臉孔為他賺來了一小筆財富，比起他那時靈時不靈的演技來，算得上是實至名歸了。他的招牌卡其褲和緊身襯衫就是為了炫耀底下的肌肉的。他把笑容當獎章一樣配戴，把鬍碴當面具。他年紀比我大一點，但是褐髮上的灰斑似乎反而讓他更富魅力。

我很清楚我們之間有種曖昧，而且我很清楚他也知道。

「對不起。」我說。

「去跟工作人員說，別跟我說。就因為妳長得美不見得全世界都得停下來等妳。」

「別這樣說。」我扭頭看。

「說什麼，妳長得美？怎麼？這是實話啊，只有妳自己看不見，所以才讓妳更媚惑人。」他靠近一步，太近了，我稍稍後退了一點。

「班昨晚沒回家。」我低聲說。

「喔？」

我皺眉，他重新排列五官，反映出大多數的人遇上這種情況會有的謹慎和關心。他壓低聲音：「他知道我們兩個的事？」

我瞪著他的臉，突然之間那麼的嚴肅。然後他惡作劇的眼睛四周出現了皺紋，他哈哈笑。

「對了，有個記者在妳的化妝室等妳。」

「什麼？」他大可說是有刺客。

「顯然是妳的經紀人安排的，而且他們只想要訪問妳，不是我。我倒不是在吃醋……」

「我完全不知道——」

「對，對，放心吧。我受傷的自尊會再生的，一向如此。她在裡面等了二十分鐘了。我不要因為妳不設鬧鐘就讓她寫些這部片子的屁話，所以妳最好是*tout suite*（意為：馬上、立刻）。」他常常說話隨性加幾個法文字，我始終不懂是為什麼。他又不是法國人。

傑克沿著走廊離開了，沒再多說一個字，無論是英語或法語，而我不禁自問我到底是在他身上看到了什麼吸引人之處。有時我會納悶我是否只是想要那些我認為我沒有的東西。

我不知道有人來採訪，要是知道，我絕對不會同意今天受訪。我討厭採訪，我討厭記者；他們全都一個樣——想要刺探他們不該與聞的秘密。包括我先生。班在幕後工作，是TBN的新聞製作人。我知道在我們相遇之前他當過戰地記者，他的名字出現在網路上和他共事的記者的報導中。我一點也不清楚他目前是在忙什麼，他似乎一點也不想談。

起先我覺得他浪漫迷人，他的愛爾蘭腔讓我想起我的童年，所以產生了一種熟悉感，讓我想爬進去藏起來。每次我覺得可能就是結束了，我就會想起開頭。我們婚結得太快，愛來得太慢，但是曾有一段時光我們是幸福的，而我以為我們要的是相同的東西。偶爾我會納悶是否因為工作讓他目睹的恐怖改變了他；班一點都不像我在工作中遇見的記者。

我現在認識許多娛樂界的記者了，相同的老面孔出現在宴會、首映和派對中。我很好奇這個記者會不會是某個我喜歡的人，某個曾對我的工作說好話的人，某個我見過的人。那樣的話倒還可以。如果是沒見過的人，我就會兩手發抖，我會開始出汗，我的膝蓋虛弱無力，而到時我不知名的敵手就會批評挑剔我的絕對恐懼。我會前言不對後語。要是我的經紀人了解這種情況對我的影響，他就不會老是把我往裡丟。這就像是孩子明明怕水，家長還把他丟進深水區，以為孩子就會自動學會游泳而不是下沉。我知道早晚有一天我會溺水。

我發簡訊給經紀人，安排活動卻不知會我一聲不像東尼的作風。其他女演員在事情不按照計畫進行時可能會大發小姐脾氣——我親眼看過——但我不是，我也希望永遠不會是；我知道自己有多幸運。至少有一千個人希望能夠和我易地而處，而且他們比我更有資格。我在這種層級的遊戲上還是新手，而且我的顧慮太多了。我不能回到一開始，特別是現在。我太孜孜矻矻，也花太長的時間才有今天。

我查看手機。東尼沒有回應，但我不能再讓記者等候了。我掛上了專門留給外人看的完美笑容，這才打開了寫著我的名字的門，看見有個人坐在我的椅子上，彷彿就是屬於這裡的。

並不是。

「很抱歉讓妳久等了，很高興見面。」我說謊道，伸出了一隻手，盡力不讓手發抖。

珍妮佛．瓊斯仰頭對我微笑，活像我們是老朋友。我們不是。她是我很嫌棄的一個記者，過去對我極不友善，我一直不明白是為什麼。我的第一部電影去年上映，她是那個說我「豐滿卻漂亮」的三八，我用「鳥嘴臉」回敬她，但只是私底下在心裡面這麼罵。她的一切都很陰微鄙陋，尤其是她的心。她從椅子上一躍而起，像隻加速的麻雀繞著我，再猛力把我的手握進她又小又冰又像爪子的手裡，給了我一個過度熱情的握手。上次我們相遇，我不相信她曾看過我在電影裡的任何一幕。她是那種採訪名人就自認為也是名人的記者。並不是。

「鳥嘴臉」已近中年，衣著卻像是她女兒的，那是說如果她願意在職業生涯中停下來生孩子的話。她俐落的褐髮剪成一個十年前也許流行的髮型，她的臉頰太紅，牙齒白得不自然。她是一個故事已經寫就的人，而她絕對改變不了自己的結局，無論她有多努力。根據我在網路上讀過的文章，她年輕一點時想要當演員。也許這就是她這麼討厭我的原因。我盯著她的小嘴抽動，朝我的方向尖聲說著虛假的誇獎，我的心思已經飛馳了，努力猜測她計畫要丟向我的語言手榴彈。

「我的經紀人沒提到有採訪……」

「喔，對。那，妳是不想受訪？只是TBN網站用的，沒有攝影機，只有我這個老太婆。所以妳不必擔心妳的頭髮或是妳現在的樣子……」

賤人。

她眨眨眼，一張臉的樣子像是短暫中風。

「我可以改天再來，要是……」

我勉強笑笑，在她對面坐下，雙手交握，擺在大腿上，不讓手發抖。我的經紀人除非是覺得這是好主意否則是不會同意採訪的。「開火吧。」我說。感覺像是我真的要被射擊了。

她從一個像書包的袋子裡拿出舊式的筆記本，書包八成是她在街上偷來的。我滿意外的，我見過的記者大多數都用手機錄下他們的訪談。我猜她的方式，就和她的頭髮一樣，都陷在過去。

「妳的演藝生涯是從十八歲時得到皇家戲劇藝術學院的獎學金開始的，正確嗎？」

不，我早在那之前就開始演戲了，在我還非常非常年幼時。

「對，沒錯。」我提醒自己要微笑。有時我會忘記。

「令尊令堂一定非常驕傲。」

我不回答涉及家人的私人問題，所以我只點頭。

「妳一直都想演戲嗎？」

這個問題容易。我不知被問過多少回了，而且答案似乎頗受好評。「大概是吧，不過我小時候非常害羞……」

現在還是。

「我十五歲時學校為了戲劇公演選角，是《綠野仙蹤》，可是我太害怕了不敢參加。事後戲劇老師列了一張名單，把誰演哪個角色貼在公佈欄上，我連看都沒看。是別人跟我說我拿到了桃樂絲的角色，我還以為他們是在開我玩笑，可等我自己去看，我的名字真的在上頭，就在名單上的第一個——桃樂絲：艾梅．辛克萊。我以為是弄錯了，可是老師說不是。他說他相信我，因為他知道我不敢相信自己。之前沒有人相信過我。我背台詞，練歌，為了老師全力以赴，不是為了我自己，因為我不想害他失望。大家覺得我演得很好，我很驚訝，而且我很喜歡站在舞台上。從那一刻起，表演就是我的夢想。」

她微笑，不再做筆記。「這兩年來妳扮演過很多不同的角色。」

這問題在我的預料之中，但是她並不是在提問。「對。」

「那是怎樣的經驗？」

「嗯，我既然是演員，當然是非常享受能夠挑戰不同的人物，扮演不同的角色。很有意思，而且我很喜歡那種多元的滋味。」

我幹嘛要用「滋味」兩個字？我們又不是在談調味料。

「那，妳很喜歡假裝成不是妳的人？」

我猶豫了一下，不是刻意的，我仍因為上一個回答而畏縮。「應該可以這樣說吧，對。不過，我覺得我們大家都時不時會這樣假裝吧，不是嗎？」

「我猜有時候一定很難，在鏡頭沒對著妳的時候記住妳真正是誰。」

我坐在兩手上，以免自己躁動不安。「怎麼會，這只是一份工作。是我熱愛的工作，而我非常感恩。」

「我相信妳一定是的。最新的這部電影妳真的是崛起的一顆新星了。妳拿到《偶爾我也殺人》這部戲的角色時有什麼感覺？」

「我很興奮。」我發覺我的語氣不像。

「這個角色要妳扮演一名假裝和善的已婚婦人，背地裡卻做了傷天害理的事情。扮演這麼一個……心靈破碎的角色是個挑戰嗎？妳會擔心一旦觀眾知道她做了什麼事就會不喜歡她嗎？」

「首映之前還是不要透露劇情比較好。」

「對，對，我道歉。妳先前提到了妳先生……」

我很確定我沒有。

「他對這個角色有什麼看法？他是不是開始在客房裡睡覺，以免妳回家來仍然沒甩掉那個角色？」

我笑了，希望聽起來是真誠的。我開始懷疑班和珍妮佛．瓊斯是否認識。他們兩人都為TBN工作，只是部門不同。這是全球最大的媒體公司之一，所以我從未想過他們兩人的路很可能會交會。而且班知道我有多討厭這個女人，他如果認識她就會跟我說。

「我不太回答私人問題，但是我不認為我先生會介意我說他真的很期待這部電影。」

「他好像是最理想的伴侶。」

我很擔心我現在是什麼表情，就把全部注意力放在提醒自己要微笑上。萬一她真的認識他呢？萬一他跟她說了我要求離婚呢？萬一她來此的真正目的就是這個呢？他們兩人是不是合謀要傷害我？我太神經質了。訪問很快就會結束，微笑加點頭就好。微笑加點頭。

「那麼妳一點也不像她，《偶爾我也殺人》的女主角？」她問道，朝我挑高了一道拔得太多的眉毛，越過筆記本注視我。

「我嗎？喔，不像。我連蜘蛛都不敢殺。」

她的笑容活像會害她的臉破裂。「妳扮演的角色會逃離現實。妳覺得這一點很容易想像嗎？」

對，我這一輩子都在逃跑。

敲門聲拯救了我。我需要到片場了。

「真是不好意思，今天應該就到此為止了，不過我們談得真的很開心。」我說謊道。她收拾東西離開我的化妝室時，我的手機也在震動，有簡訊。等到只剩下我一個人後，我立刻就拿出來，讀了簡訊。是東尼發的。

我們需要談一談，有空立刻打給我。還有，我沒安排或是同意採訪，所以叫他們滾。在跟我談過之前別跟任何記者談話，無論他們說什麼。

我覺得我快哭了。

6

一九八七年高威

「好了好了，妳為什麼要用眼淚把那張漂亮的臉蛋弄醜呢？」

我抬頭看到一位小姐在打烊的商店外微笑著低頭看我。我在哥哥對我吼之後一路跑到這裡，我只想要看一看那雙我覺得可能有人會買給我當作今年生日禮物的紅皮鞋，但是櫥窗裡已經空了。別的小女孩正穿著那雙紅皮鞋，一個有正常家庭和漂亮皮鞋的小女孩。

「妳跟媽咪走散了嗎？」那位小姐問道。

我又哭了起來。她從白色針織開襟毛衣袖子裡抽出皺成一團的面紙給我，我擦掉眼淚。她非常漂亮，有長長的黑色鬈髮，跟我有點像，還有忘了眨眼的綠色大眼睛。她比我哥大一點，但是比爸爸年輕多了。她的洋裝上有粉紅和白色的花朵，好像是把草地穿在身上，而她就是我想像中的媽咪的模樣。要不是我轉錯彎害死了她的話。我擤鼻子，再把濕答答的面紙還給她。

「好了，妳別擔心——擔心是解決不了事情的。我們一定能找到妳媽咪。」我不知道要怎麼跟她說我們找不到。她伸出一隻手，我看到她的指甲顏色跟我希望是我的那雙紅皮鞋一樣。她等著我握住她的手，看我沒動，她就彎下腰，直到一張臉和我的臉同高。

「嘿，我知道妳大概是被教導過不要跟陌生人說話，世界上有一些壞人，如果是這樣的話，那很好，因為這都是真的。可是這也是我不能丟下妳一個人的原因。天色晚了，商店都打烊了，街上冷冷清清的，要是妳發生了什麼事，那，我是永遠也不能原諒自己的。我叫瑪姬，妳呢？」

「琪雅拉。」

「哈囉，琪雅拉，很高興認識妳。」她搖晃我的手。「好了，我們不再是陌生人了。」我微笑，她很好玩，而我喜歡她。「那，妳何不跟著我，要是我們找不到妳的媽咪，我們可以報警，他們會送妳回家。妳覺得這樣子可以嗎？」我想了想。回家要走好長好長的一段路，而且天色已經暗下來了。我握住這位親切小姐的手，走在她旁邊，即使我知道家是另外一個方向。

7

二〇一七年倫敦

傑克握住我的手，隔著飯店餐廳的餐桌凝視我，感覺上卻像房間裡的每個人都在監視我們。花這麼多個月一起拍戲，下戲後要沒有關係是不可能的事。我知道他很享受此時此刻，而且他的碰觸也越來越親密。我很害怕就要發生的事，但是已經太遲了，要假裝我們兩個不知道接下來會是什麼情況已經太遲了。我能看見別人瞪著我們這邊，大家都知道我們是誰，而我覺得他察覺到我的驚恐，就悄悄捏我的手安慰我。其實沒有必要。只要我下定了決心，就幾乎不可能會為誰改變，包括我自己。

他用現金付賬，站了起來，二話不說就離開了餐桌。我拿起大腿上的餐巾擦嘴，即使我幾乎什麼也沒吃。我想到了班，只是一閃即逝，立刻就後悔，因為一旦腦海中有了他就無法撲滅了。我想不起上一次班帶我來吃浪漫晚餐或是讓我覺得自己嫵媚動人是在幾時。但是話說回來，現在總是比較優越，俯視著過去，轉身迴避未來的誘惑。我不理會想把我拉回來的恐懼，跟上了傑克。儘管我躊躇不前，我其實一直知道在時機到來時我會這麼做。

他率先進了飯店的電梯，電梯門開始關上，但我沒有急忙跟進，我不需要。金屬下顎再次滑開，時機剛剛好，在我踏進去時將我整個吞沒。我們在電梯裡沒有說話，只是並肩而立。我們進化成一個掩藏我們的情慾的物種，像一個骯髒的秘密，即使發現別人有吸引力正是我們原始的設計。不過，我以前從來沒做過這種事。

我很清楚電梯裡的旁人，很清楚有人在看。每通過一個樓層我都對我們最終的目的地感到更焦慮。我一向知道會有這種事，即使是在我們初相識時。我的心跳在耳朵裡改變速度，我呼吸得太快，我擔心他會看出我有多怕我們即將要做的事。我們步入七樓，他一隻手刷過我的手，我想是偶然。我在想他會不會牽住我的手，並沒有。他不是來提供浪漫的。不是那回事，而我們兩個都知道。

他把鑰匙卡插進門裡，一瞬間我還以為打不開。然後我希望打不開，讓我可以多爭取一點時間。我不想做這種事，所以更讓我懷疑我幹嘛要做。我似乎把這一生都花在做我不想做的事情上。

進了房間，他脫掉外套，拋在床上，彷彿是在生我的氣，彷彿我做錯了什麼。他英俊的臉孔轉向我這邊，五官扭曲成什麼既痛恨又嫌棄的表情，彷彿是在映照當下在這個房間裡我對自己的看法。

「我覺得我們需要談一談，妳覺得呢？我結婚了。」他最後的一句話像是指控。

「我知道。」我低聲說。

他跨近一步。「而且我愛我太太。」

「我知道。」我不是為他的愛來的，愛情可以留給她。我別開臉，但是他雙手捧住了我的臉，吻了我。我僵立不動，好像不知道該如何是好，而霎時間我擔心我想不起來該做什麼。他起初好溫柔，小心翼翼，彷彿是擔心會打碎我。我閉上眼睛——閉上眼睛比較容易——而我回吻他。他的動作變得比我預期中快，兩隻手在我的臉頰上滑移，落到我的脖子上，再覆住我胸脯上的洋裝，他的指尖描摹著薄薄的棉布下我的胸罩輪廓。他停下動作，抽身後退。

「幹。我他媽的是在幹什麼？」

我努力記起如何呼吸。

「我知道，對不起。」我答道，好像全都是我的錯。

「妳好像盤據了我的腦子。」

「對不起，」我又說。「我滿腦子都想著你，我知道我不應該，而且我真的好努力不要想你，可是我沒辦法——」我熱淚盈眶。他比我起碼大了十歲，我覺得像個生嫩無知的孩子。

「沒關係。這個，不管是什麼，都不是妳的錯。我也老是想著妳。」

他說這句話之後我就不哭了，好似從他口中逸出的最後這句話改變了一切。他仰起我的下巴，把我的臉往上抬看著他的臉，我用眼睛搜尋，想要判定他的話之中是否有幾分真情。然後我仰臉吻了他，我的眼睛發出了一種無言的邀請，而這一次，他沒有遲疑。這一次，我們在這一刻之外的人生都被埋葬了，遺忘了。

傑克的手移向了我的洋裝前襟，熟練的指頭為我褪下衣衫，露出了我的黑色蕾絲胸罩。他把我抬上桌子，把客房服務的菜單和飯店電話打在地上。我還不知道是什麼情況，他就翻到了我身上，釘住了我的胳臂，硬把身體插入我的雙腿間。

「好，卡，」導演說：「謝謝了，各位。我覺得行了。」

8

一九八七年高威

瑪姬一路牽著我的手走回到海濱的農舍，她牽得好緊，有時候我覺得有點痛。我以為她只是害怕我又會跑掉，然後有壞人會發現我。可是我會跑是因為要追上她的腳步。她走路很快，而我累了。她一直東張西望，好像在害怕，但是我們在這些後街裡走的時候一個人也沒看到，不管是好人或壞人。

農舍很漂亮，就和瑪姬一樣漂亮。它有藍色的小門，白色的磚頭——跟我們家的房子一點也不像。她的東西不多，我問為什麼，她說這裡只是度假用的屋子。我從來就沒度過假，所以我才不知道這方面的事情。她現在忙著往行李箱裡放衣服，就在我以為她會打電話給警察時，她決定要幫我們泡茶，吃些點心。這樣也不錯。走來這裡的途中我把我哥說我們連食物都買不起的話告訴了她，所以她可能是覺得我餓了。

「妳要不要來一片薑汁蛋糕？」她在小廚房裡問道。我坐在我見過最大的一張扶手椅上，為了坐下去我還得用爬的，像爬上軟墊做成的小山。

「好。」我說，覺得很自得，坐在舒服的椅子裡等著跟這位和氣的小姐吃蛋糕。

她出現在門口，之前一直掛在臉上的笑容消失了。

「好什麼？」

起先我不知道她是什麼意思，但是後來我想到了。「好，謝謝？」她的笑容又回來了，我很高興。

她把蛋糕擺在我面前，還有一杯牛奶，然後又為我打開電視，而她則到另一個房間去打電話。我想她是要打電話給警察，現在我覺得難過了。我喜歡這裡，我想再多待一會兒。我聽不到她在說什麼，因為電視上的「基哥和扎哥」（Zig and Zag）很吵——她把音量開得很大。等我吃完蛋糕，我舔舔手指，又喝了牛奶。牛奶有粉筆味，可是我渴了，就把整杯都喝完了。

她回來後我覺得很睏。

「好了，我跟妳爸爸說過話了，恐怕他說妳哥跟妳說的話是真的：家裡沒有足夠的食物給你們吃了。我不想要妳又開始擔心，所以我跟妳爸爸說妳可以跟我住幾天，等他把問題解決之後，我再送妳回家。妳覺得好不好？」

我想到了電視、蛋糕和舒服的椅子。我覺得在這裡住個幾天應該滿好的，雖然我會很想念我哥，稍微想我爸爸。

「好啊。」我說。

「好什麼？」

「好的……拜託……還有謝謝妳。」

一直到她又離開房間我才想到我們家沒裝電話，她要怎麼跟我爸爸說話？

9

二〇一七年倫敦

我下車之前又看了一遍手機，我已經打給經紀人三次了，卻一直轉入語音信箱。我也打到公司去，但是東尼的助理說他在忙，而且她還用那種別人知道什麼你不知道的事的語氣。但也可能是我自己疑心病。發生了這麼多的事，大概是有可能的。我明天再打吧。

我步履沉重走上小徑，屋子一片闇黑。我一直想著傑克，以及他在片場吻我的方式，感覺好……真實。我把他像毯子一樣披在身上，而這讓我感覺安全溫暖，幻想織成的披風比冰冷的現實一向是更可靠的。但是情慾只是治療孤單的一帖短暫的藥方。我關上了前門，把渴望留在陰影中，丟在街上。我打開現實生活的電燈，發現略微明亮，讓我看見更多我不想看的東西。房子太安靜太空洞了，像是被丟棄的貝殼。

我先生仍不知去向。

我立刻就被拖拽回來，重溫他的嫉妒攀升到高峰而我的耐性喪盡，完美的婚姻風暴醞釀的那一刻。

我想起了他對我做的事。我想起了那晚發生的一切。

那是種奇特的感覺，在埋藏的回憶毫無預警浮現的時候。就像是肺裡的空氣都被抽乾了，然後被人從極高的地方丟下去；那種不停墜落的感覺結合了你會狠狠撞上什麼的無法迴避的常識。

我比前一分鐘感覺還冷。

沉默似乎變得更響亮，我環顧四周，眼睛瘋狂地搜尋著這個空洞的地方。

我覺得像是有人在監視我。

有人瞪著你看的感覺很難說得清楚，卻是非常真實的。我起初僵立在原處，努力想跟自己擔保只是我的想像力，卻沒辦法。然後腎上腺素點燃了我戰或逃的反應，我匆忙繞行屋子，拉合了所有的窗帘和百葉窗，彷彿那是纖維盾牌。總比被監視強。

那個跟蹤狂是在兩年前進入我的生活的，就在班和我在一起不久之後。開始是電郵，後來出現在我們的舊家外幾次，在她以為沒有人在家時還接連送過一些手寫的卡片。我去洛城時有人闖入，班深信就是她。那就是我同意搬家的一個主要理由，搬到一棟我只在網路上見過的房子。一切都由班處理，好讓我們避開她。萬一她找到了我呢？找到了我們？

跟蹤狂總是寫同一句話：

我知道妳是誰。

我總是假裝不曉得那是什麼意思。

我覺得迷失。我不知道該怎麼辦，該如何感覺，或是如何行動。

我該再找警察嗎？詢問最新的進度，告訴他們上次我沒說的事，或只是坐在這裡等？生活一旦混亂了，你就沒辦法真的預測你會有什麼行為；要等到事情發生了你才會知道。人是做得出各種令人詫異的事情的。我盡力處理好現況，不讓已經失望的人更失望。我知道我一定是錯失了什麼，不僅是我先生，可我不知道是什麼。只知道要翻過這道坎我只有一個人能依靠，就是我自己。沒有誰能牽著我的手。這個想法觸發了一個記憶，我的思緒倒帶到我小時候；那時總有人喜歡牽著我的手。

我小時候發生了非常惡劣的事。

我從沒和誰說過，即使是事隔這麼多年；有些秘密是不應該說的。事發後我被逼著去看那一連串醫生，說我是一種稱為短暫性全面腦失憶現象。他們說我的大腦阻擋住了某些回憶，因為大腦認為壓力太大或是回想起來會太難過，而這種情況很有可能會是一輩子的。我那時只是個孩子，沒把他們的診斷當一回事。我知道我只是假裝不記得發生的事。近年來我也不去多想，直到現在。

我覺得如果我清空註銷了我們的銀行帳戶我會記得。我會想一大堆事情，問題是我不知道。

我老是念著那個跟蹤狂。

我似乎沒辦法不讓腦子重播我親眼看見她的第一次，就站在我們舊家外面。我聽到信箱響動，以為是郵差，並不是。門墊上面朝下放著一張古典明信片，沒貼郵票，是有人送來的；我記得我撿了起來，兩手發抖，讀著當時熟悉的黑色筆跡蜘蛛似地爬在背面。

我知道妳是誰。

當時我打開門，而她就在那裡，站在對街看著我。我以為我要吐了。我從沒見過她，班見過，但直到那一刻她對我而言只不過是條魅影。一條我不敢相信的鬼魂。之前的電郵，現在的明信片，都沒有真的嚇到我。可是看見她有血有肉卻很恐怖，因為我覺得我認得她。她站在一段距離之外，一張臉被圍巾和太陽眼鏡遮住，但是她的穿著就像我，而在那一刻，我以為是她。並不是。不可能是。

她一看見我就跑掉了。那天班提早回家，我們報了警。

我應該要比實際上更擔心我先生的。

我是怎麼了？我是要瘋了嗎？

感覺像是非常糟的事情又發生了，比以前還要糟糕得多。

10

一九八七年高威

我醒來時迷迷糊糊的，我不知道我在哪裡。

又黑又冷，我肚子痛，覺得有點想吐，就像我哥帶我坐爸爸的釣魚船出去一樣。我在黑暗中伸手摸索，以為會碰到我的臥室牆壁，或是用海灣的漂流木做成的小邊桌，但是我的手指摸到的不是那個，反而是一種冷冰冰的東西，像是金屬，包圍住了我。我開始驚慌，但是我非常累，累得我覺得我一定是在作夢。我閉上眼睛，決定等我數到五十如果我不知道是在哪裡，我就要哭。我記得我數到四十八。

等我再睜開眼睛，我是在汽車的後座上，不是我爸的車，我不用多想就知道，因為我們不再有車了。電燈不亮之後他就把車子賣了來付電費。我現在躺的這個座椅是紅色皮革做的，我剛醒來時我的臉和胳臂好像黏在上面，我還得要用力剝開。

我瞪著駕車那人的後腦勺，然後才想起來那位好心的小姐叫瑪姬。我爬起來坐著，看著窗外，可是我還是不知道我在哪裡。

「我們要去哪裡？」我揉掉眼裡的惺忪，細沙抓搔著我的臉頰。

「只是兜兜風。」瑪姬說，從後照鏡裡朝我微笑，鏡中她的臉變成長方形。

「妳是要把我送回我爸爸家嗎？」

「妳暫時要跟我住，記得嗎？目前妳家裡的食物不夠吃。」

我沒忘記她這麼說過，我只是太累了，所以忘了。

「妳何不再睡一下，就快到了。等我們到了我會叫醒妳，我替妳準備了一個驚喜喔。」

我躺回紅皮革座椅上，閉上了眼睛，興奮得不得了。瑪姬似乎是個好人，可是我從窗外看到的一切都好陌生：房屋，圍牆，即使是馬路邊的招牌。

我可能錯了，可是感覺上我好像離家很遠很遠。

11

二〇一七年倫敦

我覺得家可能有一點點像兒童；可能需要儘快打造出黏合感才能建立起持久的情感依附。漫長的白天都在片場，表示這棟屋子只不過是晚上睡覺的地方。我一整個傍晚都在尋找一張我嫁了將近兩年的男人的照片。我是應該要為明天背台詞的，可是感覺每個地方都出錯了，我如何靜得下心來？我心裡的疑問比擔憂要多，而疑問又沒有答案，主要是因為我不敢問。

我俯視著我設法找到的班的照片：相框裡一幀黑白照，是他兒時拍的。我很不喜歡，一直不喜歡，它害我毛骨悚然。五歲的班穿著正式的套裝，穿在一個小男生的身上實在奇怪，但不是因為這個。讓我不舒服的是他那種讓人甩不掉的表情，他帶笑的眼睛從照片往外瞪，彷彿你走到哪兒他的眼睛就跟到哪兒。照片中的兒童不僅僅是調皮或奸詐，而是邪惡。

我請他把照片擺在他的書房裡，免得我得看見，而我記得他那時還笑了。不是因為他覺得我很荒謬，而是因為那張照片像是某個笑話中的一環，而我並沒有包括在內。從那之後我就沒見過或是想過它，但是此時此刻瞪著這張黑白照片卻在我的心湖裡翻攪出一種奇特的感覺，等同於恐懼和厭惡。我先生跟我都沒有親人，我們都是成人孤兒。我們總是說只有我和他一起對抗世界，後來卻變成了我和他對抗彼此。後面這句話我們從沒說過，只是感覺到。

今晚在屋子裡亂轉，我注意到兩個人住這棟屋子實在是太大了，沒有足夠的生活來填滿空蕩的空間。班說得很清楚——在我們結婚之後——他不想跟我生兒育女。我覺得被騙了。他應該在婚前就先說的，他明知道我要什麼。即使是在那時我都還以為我能讓他回心轉意，但是我沒辦法。班說他覺得四十好幾才當爸爸太老了。每次我提起這個話題，他的回答總是一樣，每次都一樣。

「我們有彼此。我們不需要別的東西或是別的人。」

我們就彷彿是成立了一個會員制俱樂部，只有兩名會員，而他很滿意。可我不滿意，我太想跟他生孩子了，我只想要這個，而他不肯給我，不肯給我複製我們再重新開始的一個機會。大家不都想要這個嗎？我知道他的抗拒跟他的過去以及家人有關，但是他從來不談，他總是說過去就該留在腦後，我是能理解的。我也並沒有把我的過去都和他分享。我們成長之後就會拿我們的夢想去交換一個由接納所贊助的現實。

我提醒自己要找到一張班最近的單人照不可能這麼難。有一陣子我們有相簿，貼滿了照片，可後來我不再製作了。不是因為回憶無足輕重，而是因為我老以為我們會創造更多回憶。我知道有人喜歡把私生活的每一刻都公佈在社群媒體上，可我一向不喜歡那種事，班也一樣，這是另一個我們的共同點。我為了保護隱私盡心盡力，不會就這麼虛擲出去。

我把閣樓梯子拉下來，爬了上去，告訴自己我只是在找照片。能找的地方我都找過了。搬家應該是由班收拾打包的，拆箱整理也是。我在猜閣樓上一定有個箱子是裝滿了舊相簿的，還有我們其他的物品而我在樓下沒看見的：書籍、裝飾品，以及我們共有的同居生活的殘骸和塵埃。

我打開了閣樓電燈，困惑得愣住了。

這裡什麼也沒有。

真的是一樣東西也沒有。就彷彿我記得的大部分人生消失了，而留下的我們寥寥無幾。我不懂。感覺像是我們並不住在這裡。

我的眼睛繼續掃視蒙塵的樓板和蜘蛛網，只有一顆光禿閃爍的燈泡照明。然後我看到了：遙遠角落的一只舊鞋盒。

天花板低矮，我四肢著地爬行，盡量不讓灰塵和潛伏在暗處的蜘蛛網沾到臉。閣樓上很冷，我掀開盒蓋，手在發抖。一看見裡頭的內容，我快吐了。

我從樓梯爬下來，鞋盒夾在臂下。恐懼和釋懷在我的心頭翻湧。我怕的是這可能代表的意義，卻又因沒被警察找到而放心。我把盒子放在衣櫃的底層，塞進別的盒子裡；那些盒子都裝著應該裝的東西，而不是不該有的東西。然後我連衣服都沒脫就倒在床上。我只需要躺個一會兒，否則我明天絕對沒辦法熬過整天的拍攝。我閉上眼睛，看見了班的臉，我不需要照片就能看見。感覺就像我以為的我們被拆毀了，被一個接一個的謊言，留下的只是一場婚姻的瓦礫。

我漸漸覺得我壓根就不認識我先生。

12

一九八七年艾塞克斯郡

「該醒醒了。」瑪姬說。

我沒在睡覺。

車窗外的天空從藍轉黑了。

「來吧，別磨蹭，下車了。」她把前座椅背放倒讓我爬出來。她的一隻手歪扭出十字形，就跟我爸用兩隻手做的動作一樣。

我站在馬路旁，眨眼看著一片黑暗，抬頭看著從來沒見過的一排模樣奇怪的商店。然後瑪姬牽住我的手，把我拉向一扇很大的黑門。我得用跑的才能跟上。她在晚上走路的速度也跟白天一樣快。

「這是哪——」

「噓！」她攤平了那隻扭曲的手，摀住我的嘴巴。她的手指有沐浴乳的味道。「很晚了，我們可不想吵醒鄰居。進去之前都不要再說話了。」她的手蓋著我的鼻子和嘴巴，我很難呼吸，但是她一直等到我點頭表示明白她才把手拿開。「手指按著嘴巴。」她低聲說，我就乖乖照做，學她手指按在嘴唇上的樣子，盡力模仿得一模一樣。

她從袋子裡掏出一大把鑰匙——一定有一百支，也可能只有十支。每支的形狀和尺寸都不一樣，叮叮噹噹的，比我剛才說話還要吵。她把一支鑰匙插進了鎖眼，打開門。

我不確定會看到什麼，但絕對不是這個。

只是樓梯，非常長，一路向上爬升，我看不到頂層，好像樓梯直通天上的月亮和星星。我想問瑪姬如果我爬上這些樓梯是不是能捉到星星，可是我的手指頭按著嘴唇，所以我沒辦法問。樓梯是木頭的，兩邊漆成白色，中央卻沒有。我們剛剛穿過的那道門的裡面，左邊又是一扇門，是金屬的，而瑪姬看到我在看。

「除非我說可以，不然妳絕對不能走進這扇門，知道嗎？」我點頭，突然急著要看另一邊是什麼。「上去吧，往上爬。」她把我推到前面，關上了對外的門。

我開始往上爬。樓梯對我的小腳來說滿大的，所以我花了不少時間，可我一慢下來她就戳我的背，要我趕快。大人總是這樣——用他們的手或是眼睛說話，而不是嘴巴。樓梯沒有欄杆，所以我就一隻手扶著牆。牆壁貼了瓷磚，摸起來看起來都像是我爸爸從酒瓶裡拔出來的軟木塞。我哥會用繩子穿起來，給我做軟木塞皇冠和項鍊，我會假裝是公主。

我忙著低頭看著腳，以免自己摔倒，而高處有什麼像影子的東西讓我抬頭看。不是雲也不是月亮也不是星星，而是一個又高又瘦的男人站在樓梯頂上，微笑著俯視我。他的長相很滑稽，有三條毛茸茸的黑眉毛，第三條長在他的嘴唇上方，他的皮膚白得像鬼，而他微笑時我能看到他的一顆歪歪斜斜的門牙是金子做的。我放聲尖叫，我不是故意的。我記得我是應該要安安靜靜的，可是我太害怕了，尖叫聲自己溜了出來。我想轉身下樓，可是瑪姬擋住了路，不讓我通過。

「不准叫。」她說，握住我的胳臂使勁轉，痛得我像被燙到。我不想再往上走，可是她不讓我下去，所以我感覺有點像是被卡住了。我不想來這裡，無論這裡是哪裡。我累了，我想回家。

我回頭看著那個樓梯頂的男人，他仍在微笑，那顆金牙在黑暗中閃閃發光，像是一顆腐爛的星星。

「嗨，哈囉，小姑娘。我是妳的新爸爸，不過目前妳可以只叫我約翰。」

13

二〇一七年倫敦

「妳可以叫我艾麗克絲。」她說，露出幼稚的嘻笑。

「謝謝，不過我還是稱呼妳柯洛夫特偵緝督察好了。可以的話。」我說。

我去晨跑回來後就看見她在大門口等我，他們兩個一起。她的中年副手照樣是惜字如金，只在心裡作文章，卻響亮得幾乎可以聽見。現在連七點都還不到。

「我今天很忙。」我說，掏摸著鑰匙，打開了前門，想要儘快把大家都藏進去。我不認識鄰居，連一個人的名字也說不出，但是我相信這個說法：陌生人的看法不應該重要，可就偏偏重要。

「我們只是來讓妳了解最新進展的，不過我們可以改天再來——」

「不，很抱歉，現在就可以。我只是一個小時內得趕去松木，今天是拍攝的最後一天，我不能耽誤了大家。」

「我了解。」她的語調卻清楚表明她不懂。「妳今天早晨跑得很遠嗎？」

「不算遠，五公里。」

「了不起。」

「沒有那麼遠。」

「不，我是說妳就這麼正常的過日子：慢跑、工作、演戲。很了不起。」她微笑。

這他媽的是什麼意思？

我瞪著她，盡可能拉長時間，然後我的視線撤退到她沉默的搭檔臉上。他高她很多，年紀至少是她的一倍，卻一個字也不說。我猜她的這種逞能是否只是要讓這個男人，她的上司，印象深刻。

「你就打算站在這裡讓她對我這樣說話嗎？」我問他。

「恐怕是，她是我的長官。」他答道，還道歉似地聳聳肩。我回頭看著年輕的刑警，不敢置信，而且注意到她的笑容消失了。

「妳打過妳先生嗎，辛克萊太太？」她問道。

玄關感覺變小了，似乎稍微轉動了一下，害我重心不穩。

「當然沒有！我沒打過人。我已經非常想要提出正式的投訴——」

「我離開之前會去車上拿表格給妳。我們去過那家妳說最後一次跟妳先生一起去的印度餐廳……」她伸手到皮包裡，拿出像是iPad的東西。「那地方有監視器。」她點了螢幕兩下，再舉高。「這是妳嗎？」

我看著凍結的黑色畫面，是我們兩個，清晰得出奇。「對。」

「我想也是。晚餐愉快嗎?」她又點了螢幕。

「有關係嗎?」

「我只是好奇妳為什麼打他?」她又把iPad轉過來,孩子似的手滑過一串圖片。我看到我在離開餐廳之前打了班耳光。

因為他指控我做了什麼我沒做的事情,而且我喝醉了。

我的臉頰很燙。「我們吵了一架,而且我們喝多了。只是一耳光。」我對自己的話很羞恥。

「妳常打他耳光嗎?」

「沒有,我從來就沒打過他。我很難過。」

「他說了什麼話惹妳不高興?」

成功的女演員不是很美麗就是很會演戲,妳卻都不是,所以我忍不住懷疑妳這次是跟誰睡了才拿到這個角色的。

班那晚的話陰魂不散,我恐怕是一輩子也忘不掉。

「我不記得了。」我說謊,太羞愧了,不敢實話實說。最後的這兩個月,班和我活在猜疑之中,誤會本來只是個小土堆,漸漸累積成了一座大山。他以為我有外遇。

艾麗克絲.柯洛夫特看著她的副手,再看著我。「妳知不知道我們在本市收到的家暴電話有三分之一是男性被害人打來的?」

她好大的膽子!

「我遲到了。」

她不理我，只從口袋裡拿出一副藍色塑膠手套。「妳最後一次看到妳先生的那晚，他的皮夾裡有一張加油收據。我們想看看他的車，可以嗎？」

「妳覺得有用的話。」

她像是在等待。我不確定是等什麼。「妳有他的鑰匙嗎？」

他們跟著我進客廳。「你們去查了那個跟蹤狂了嗎？」我把班的鑰匙從抽屜裡拿出來，牢牢握住。我也不知道是為什麼。

她嚴厲地瞪著我，頓了不止一拍才回答。

「妳仍然認為妳先生失蹤是和跟蹤狂有關？」

「我看不出排除的原因——」

「那是妳的筆電嗎？」她指著房間一角的小桌子。我點頭。「我們可以看一下嗎？」輪到我猶豫了。「妳說是從電郵開始的？我們也許能夠追查出是誰寄的。裝起來，韋克利。」她對另一名刑警說。他服從地戴上了手套，從外套內袋抽出一個透明塑膠袋，拿了我的筆電。

「辛克萊太太？」

我瞪著她伸長的手。「嗄？」

「妳先生的車鑰匙。拜託。」

我的手指不情願地放開來，柯洛夫特督察接下了鑰匙。我的手心留下了痕跡，因為我握得太緊了。我還沒機會說話，她就往門外走了，我只能跟上去。

她解除了班的紅色跑車車鎖，打開駕駛座的門，看著裡面。我記得我為他買下這輛車的那天：這是和平的禮物，那時的家園戰線是最烽火連天的時候。我們當時就去了一趟科茲窩，車頂放下來，我的裙子飛揚，他的手在我的大腿和操縱桿之間游移，後來就在第一家還有空房的民宿停車。我記得我們在開放的爐火前歡笑做愛，吃著難吃的披薩，喝一瓶高檔的葡萄酒。我愛他那時撫摸我、擁抱我、角我的猴急樣。但是我提到生孩子，一切就變了。他確實愛我，他只是不想分享。

我想念那個版本的我們。

然後我想起了在我們的床底下發現別的女人的口紅。

「我了解目前的情況很讓人難受……」柯洛夫特說，把我喚回了現實。她稍微再探身到車子裡，把鑰匙插入點火裝置。儀表板上的燈亮了，收音機也柔柔傳送著一首有關愛與謊言的流行歌曲。接著柯洛夫特繞到乘客座，打開置物箱。我一直到發現置物箱是空的，才明白我一直憋著氣。她在座位底下摸索，卻好像沒發現什麼。「深愛的人失蹤了，對配偶來說總是更煎熬，」她說，看著我。然後她關上了車門，移向車尾，低頭看著後車廂。我發現自己也瞪著看。我們都是。「妳現在一定很擔心。」她說，打開了後車廂。我們三個都往裡看。

空的。

我又想起來該如何呼吸了。我不是很確定我是以為她會在裡頭找到什麼，不過我很高興什麼也沒有。我的肩膀放鬆，漸漸覺得放下了心。

「我覺得我一定遺漏了什麼。」她說，關上了後車廂。她的話打攪了我的放心。她回到車頭，拔出鑰匙。收音機的音樂聲停止了，沉默彷彿會吞沒我。我看著她摘掉小手上的手套，我想說話，可是嘴巴好似說不出合適的話。我覺得被困在我自己客製化的惡夢中。

「妳覺得是遺漏了什麼？」我終於說出話了。

「喔，如果妳先生在消失之前最後去的地方是加油站，那妳難道不覺得奇怪，為什麼油箱幾乎是空的呢？」

14

一九八七年艾塞克斯郡

我卡在世界上最長的樓梯中間，而且我在哭，因為我覺得我爸爸死了。不然的話為什麼一個陌生地方的陌生男人會說他是我的新爸爸。他一直說話，可是我再也聽不到了，我哭得太大聲了。他不像瑪姬和我一樣是愛爾蘭人，他的聲音怪怪的，而我一點也不喜歡。

「滾一邊去，約翰，給這孩子一點空間。」瑪姬在我們爬到頂端時說。我看到了四扇木門，沒有一扇上過油漆，而且也沒有一扇是打開的。瑪姬握住了我的手，把我拉向最遠的一扇門。我好怕門後的東西，所以我就閉著眼睛，但是這反而害我有點踉蹌。瑪姬牢牢地握著我的手，所以我只需要讓腳跟上來。

等我又睜開眼睛，我看到我是在一間小女孩的臥室裡。不是我在家裡的臥室，褐色地毯這裡禿一塊那裡髒一塊的，原本是白色的窗簾也變成灰色的了。這個房間我只在電視上看過。床鋪、桌子、衣櫃全都漆成白色，地毯是粉紅色的，窗簾、壁紙和床罩全都是紅髮小女孩和彩虹的圖案。

「這是妳的新房間，妳喜歡嗎？」瑪姬問道。

我是喜歡，所以我才不確定為什麼會尿褲子。

我有很久很久沒有尿褲子了。我覺得可能是軟木塞牆壁、很高的樓梯以及那個有金牙的男人嚇得我尿濕褲子的。我感覺到熱熱的細流順著我的大腿內側流下來，而我好像停不住。我希望瑪姬沒發覺，可是我看著粉紅色地毯，我的鞋子間有一塊變暗了。然後她看到了，而她笑咪咪的圓臉立刻就變成兇巴巴的尖臉。

「只有小嬰兒才會尿褲子。」她用力打了我一耳光。我看過爸爸這樣子打我哥，可是沒有人這樣打過我。我的臉頰好痛，我又哭了。「少撒嬌，只不過是一耳光。」瑪姬把我抱起來，距離她的身體遠遠的，大步回到走廊，穿過了最靠近樓梯頂端的那扇門。那是間小廚房。地板鋪著奇怪的黏答答的綠色地毯，上頭還寫了字，碗櫥都不同形狀，大小也不一，都是用不同顏色的木頭製作的。廚房盡頭還有一扇門，後面是浴室。裡面全部是綠色的：馬桶、洗手台、浴缸、地毯、牆上的瓷磚。我覺得瑪姬一定是很喜歡綠色。她把我放進浴缸裡就離開了，但是她馬上又回來，提著一個黑色的大垃圾袋。我害怕她是想把我跟拉圾一塊丟掉。

「衣服脫掉。」她說。

我不想脫。

「我說，把衣服脫掉！」

我還是不動。

「快點。」這兩個字好像是黏在她的牙齒後面了。她好生氣的樣子，所以我就乖乖聽話。

我全部的衣服，包括尿濕的褲子，都進了垃圾袋，然後她拿起一根小小的白色塑膠水管，就接在浴缸的水龍頭上。「鍋爐有毛病，妳只好忍一忍了。」她拿水澆我。水冷死了，我大口喘氣，就像有一次在家裡時我從漁船落水，而冰冷漆黑的大海想要吞沒我。瑪姬擠了洗髮精在我的頭上，粗魯地搓洗。黃瓶子上寫著「不再流淚」，可是我在哭。等我從頭到腳都覆滿了肥皂之後，她又拿冰水澆我的全身。我想保持不動，照她的話做，可是我全身發抖，牙齒格格響，跟在冬天一樣。

等她洗完了，她就用僵硬的綠毛巾幫我擦乾，再大步把我送回新房間，讓我坐在滿是彩虹的床上。我沒穿衣服，而且我好冷。她離開了房間一下，我聽到她跟那個說是我的新爸爸的人說話，雖然我根本就不認識他。

「她跟她很像。」他說，然後瑪姬端著一杯牛奶進來。

「喝掉。」

我兩手捧著杯子，喝了兩口。味道怪怪的，就跟她在那棟度假用的房子裡給我喝的那杯一樣。

「全部喝掉。」她說。

杯子空了以後，我看到她又是一張笑咪咪的圓臉了。我很高興。我不喜歡她的另一張臉，讓我很害怕。她打開了抽屜，拿出了一套粉紅色睡衣，幫我穿上，然後要我站在鏡子前面。

我最先注意到的是我的頭髮，比我上次看到時要短很多，只到我的下巴。

「我的頭髮呢？」我又要哭了，可是瑪姬舉起了手，我就閉上了嘴巴。

「太長了，需要修剪。以後就會長回來。」

我瞪著鏡中的小女生。她的粉紅色睡衣上面寫了字，有五個字母：AIMEE。我不知道是什麼意思。

「要不要聽床邊故事？」

我點頭說要。

「妳的舌頭是給貓叼走了？」

我沒看到貓，而且我覺得我的舌頭仍然在嘴巴裡。我動了動舌頭，為了讓自己安心。她走向一個堆滿了彩色雜誌的架子，拿了書堆上的第一本。「妳認字嗎？」

「認。」我稍微突出下巴，卻不知道是為什麼。「我哥教我的。」

「唷，他還真好。那妳可以自己讀。這裡有一整堆的《說書人》雜誌，還有卡帶，隨妳看。《高波林諾》是妳最喜歡的。」她把那本雜誌丟到床上。見我不吭聲，她又補充說：「女巫的貓。」我根本就不喜歡貓，所以我希望她不要再講貓了。「如果妳識字，那告訴我妳的衣服上寫的是什麼。」

我瞪著看，但是字母是上下顛倒的。

「上面寫的是艾梅，」瑪姬說，幫我唸出來。「從現在起就是妳的新名字。意思是被愛的。妳要大家愛妳，對不對？」

「可是我的名字是琪雅拉。」我抬頭看她。

「現在不是了，而且要是妳在這裡敢用那個名字，妳會發現自己有很大的麻煩。」

15

二〇一七年倫敦

我有麻煩了。

那名刑警對我顯然已經有了心證，不過她錯了。我唯一的罪是詐欺，多樣的關係。我們大家有時都會假裝愛什麼我們不愛的東西或人：不想要的禮物、朋友的新髮型、丈夫。我們演化成精擅此道，甚至能騙過自己。其實是懶惰多於欺騙；承認愛已經耗盡的話就表示必須有所行動。現在的感情詐騙正流行。

刑警一走，我就鎖上了門，急於把整個世界關在外頭。我想我可以把警察也列入自以為認識我的人的名單裡了。那可有一大串，包括媒體、粉絲以及我所謂的朋友。可是他們不認識我。只認識我讓他們看見的那個版本。我的心智的車輪繼續朝著錯誤的方向轉動，卡在反向，而我重溫那一晚，想起我寧可忘記的事情。我們的確在餐廳裡吵架，這一點柯洛夫特督察說對了。我竭力向班保證我沒有外遇，但是他只是變得更生氣。

成功的女演員不是很美麗就是很會演戲……

他喝得越多情況就越壞。

妳卻都不是……

他想傷害我，激出反應。

我忍不住懷疑妳這次是跟誰睡了才拿到這個角色的。

他成功了。

我不是故意要賞他耳光的。我知道我不應該打他，而且我對自己深以為恥。可是我這輩子都覺得自己不夠好，而他殘酷地反映了我自己的不安全感，那麼嘹亮清澈，害我心裡的什麼綳斷了。我從來不覺得我夠好，無論我做什麼事，我再努力也不是那塊料。要是我先生看得出來，那別人能看出來也只是遲早的問題。

我的反應不限於肢體上的。我告訴他我要離婚，因為我也想要傷害他。要是他讓我生下我想要的孩子，我會立刻就放棄他說已經干擾了我們的關係的事業，但是答案永遠是一樣的：不。他不只在一個地方不信任我。我們常常幾星期，有時是幾個月，沒有一絲一毫的親密行為，彷彿碰我一下就可能會害我意外懷孕似的。我好寂寞，連生理上都痛。

我永遠也忘不了走出餐廳時他說的話，或是在我回頭看他時他的表情。我覺得那不只是醉話，他的樣子像是真心的。

妳敢離開我我就毀了妳。

我往樓上走，脫掉慢跑裝，沖了個澡。水太燙了，但是我沒去調水溫，我讓它燙我的皮膚，好像是我活該。然後我往臥室走，換衣服去工作。我慢慢打開衣櫃，活像有什麼可怕的東西藏在裡頭。確實。我彎腰拿出我在閣樓上找到的鞋盒，然後坐在床上，打開蓋子。我瞪著內容物一會兒，彷彿去碰會燙到指頭。然後我把那一疊古典明信片拿出來，散置在鴨絨被上。一定超過五十張。白色的棉花為泛黃的長方形卡片提供了黯淡無光的偽裝，所以我的眼睛就更被每一張上蜘蛛似的黑墨水吸引過去。每一張都一樣：同樣的字，同樣的女性筆跡，出於同一隻手。

我知道妳是誰。

我還以為這些都丟掉了。我不知道班為什麼要留著。當證據吧，我覺得……以防那個跟蹤狂又出現。

我把明信片放回鞋盒裡，塞到床底下。隱藏真相不讓自己知道，這種遊戲就類似不讓別人知道，只是規則更嚴謹些。

換好衣服後，我往樓下走，瞪著廚房桌上大束的鮮花，還有一張卡片寫著「對不起」。我把鮮花拿起來，得用雙手捧住。我的腳踏住了不鏽鋼大垃圾桶的踏板，蓋子乖乖掀開，準備吞下垃圾，但同時也露出了內容。我的手在桶口懸浮，眼睛努力詮釋是看見了什麼：兩只我沒見過的黑色塑膠瓶。我拿起一個來讀標籤。打火機油？我們連烤肉爐都沒有。我把空瓶放回去，再把花束塞進垃圾桶，一團花瓣和刺莖掩蓋住了底下的東西。

16

一九八七年艾塞克斯郡

我在那間粉紅加白色的臥室醒來，肚子好痛。我看到佈滿彩虹的窗簾後是日光，但是我把窗簾拉開卻是鐵窗和一片灰色的天空。我餓了，聞到了吐司的味道，所以我就偷溜到門邊聽。我伸手去握門把，這裡的門把比家裡的高。我慢吞吞打開門，門刷在地毯上發出「噓」聲，所以我就更努力保持安靜。

走廊上的牆壁都像是剝落過，而且走廊非常冷。我向前跨了一步，有什麼咬我的腳，好痛。我低頭看，看到這裡的地板也鋪著綠色、海綿一樣的東西，跟我昨晚在廚房看到的一樣。邊緣都是薄薄的橘色木條，小小的銀色尖刺突出來。我蹲下去摸，手指立刻就出現了一滴血，我就把手指含進嘴裡吸，直到疼痛消失。

我循著吐司的味道走，步步小心，以免踩到更多的小刺，走到第一扇門時我停了下來。鎖住了，所以我繼續走。下一扇門微微打開，我聽到裡面有電視聲。我想透過縫隙偷看，可是門吱吱叫，出賣了我。

「是妳嗎，艾梅？」瑪姬問道。

我的名字是琪雅拉，所以我不知道該說什麼。

「進來，不用害羞，這裡是妳的家了。」

我稍微用力推門，看到瑪姬坐在床上，旁邊就是那個有金牙的男人。他的笑容有洞，好像他太常掛著笑臉，而且他臉上的黑鬍子還黏著小片小片的吐司屑。我看到電視反射在他的眼鏡上，等我轉頭看電視，螢幕上寫著「TV-am」，然後就換成了一男一女坐在沙發上。這個房間的牆壁就跟走廊上的一樣，一塊一塊的，而且光禿禿的，而且這裡也沒有地毯，只有更多那種綠色的玩意。

「來，上床來跟我們焐一焐，好冷。過去一點，約翰。」瑪姬說，而他微笑，拍了拍他們之間的位置。我在發抖，可是我不想上他們的床。

她看我沒動就說：「來啊。」

「跳上來。」他說，把被子掀開。

兔寶寶才跳，我不是兔寶寶。

我看到瑪姬穿著睡衣，瘦巴巴的腿從被子底下露出來。她的黑色長鬈髮披在肩上，我真希望自己的頭髮還是長的。我爬到瑪姬旁邊，完全是因為我怕如果不這麼做，她的開心臉就會又變成不高興的臉。

瑪姬的臥室亂七八糟的，我覺得很奇怪，因為她的外表是那麼整齊乾淨的一個人。髒杯子和盤子到處都是，一摞摞的報紙和雜誌挨著牆堆放，衣服亂丟在地板上。鴨絨被的味道我不確定是什麼，反正很難聞。我們都坐在床上瞪著電視，然後我的肚子隆隆響，聲音好大，我相信每個人都聽到了。

播廣告時瑪姬問：「要吃早餐嗎？」

「好。」她的臉色變了，我趕緊說：「好，謝謝。」以免來不及。

「妳要吃什麼？妳想吃什麼都可以。」

我看著一只有麵包屑的髒盤子。「吐司？」

她扮了個傷心的表情，好像小丑。「恐怕妳爸把最後一片吐司吃掉了。」

起初我很疑惑，後來就想起了她指的是那個有金牙的男人。

「別讓妳漂亮的小腦袋煩惱。我會幫妳做妳最愛的早餐，立馬就回來。」

我不知道什麼是立馬。

瑪姬離開了房間，我很高興她沒關門，我不想一個人跟約翰在一起。他好像胸前披了張地毯，可是近看之後我才知道是毛。他好像有一大堆毛。他伸手越過我，我趕緊躲開。然後我看著他拿起一包香菸，點燃了一根，把菸灰撣到空杯裡，同時被電視逗得哈哈笑。

瑪姬端著盤子回來了，很奇怪，因為她說她要做我最愛的早餐，那是麥片粥加蜂蜜。在家裡我哥都會幫我做，我總是用最愛的藍碗吃，雖然碗有裂口。我哥說那仍然可以是我最愛的碗，雖然它不再完美了。他說有一點點壞掉的東西還是可以很美麗。

「來吧，吃下去。」瑪姬說。她爬回被子底下，冰冷的腿碰到了我的腳。

「這是什麼？」我問道，低頭看著盤子。

「是妳最愛吃的東西啊，小傻瓜！餅乾加奶油。一定要吃光，我們需要把妳養胖一點——妳實在是太瘦了。」

我覺得我跟昨天還有前天都一樣，並沒有瘦。

我看著瑪姬又看著盤子，再看著瑪姬，不確定該怎麼辦。然後我拿起了一片圓餅乾，看到背面也寫了名字，就跟我的新名字寫在睡衣上一樣。我在心裡默唸：消化餅乾。

「吃啊，咬一口。」瑪姬說。

我不想吃。

「吃。」

我咬了一小口，慢慢咀嚼，只嚐到奶油，讓我有點想吐。

「妳該說什麼？」

「謝謝妳？」

「謝謝誰？」

「謝謝妳，瑪姬？」

「不，不是瑪姬。從現在開始，妳叫我媽。」

17

二〇一七年倫敦

今天感覺像是被各種的最後填滿了。

我最後一天駕車通過松木製片廠的大門。

我最後一次扮演這個特殊的角色。

我最後一次機會。

我坐在化妝室鏡前，讓別人馴服我的頭髮，掩飾我臉上的瑕疵。我今天感覺不像自己；我不確定我記得住那是誰。我在拍片結束後總是會經歷一段時間的悲傷，那麼多個月的辛苦，然後結束了，但是這一天的終結感覺卻出奇地不祥。事事都埋在心裡終於出現了代價，可是只剩一天要撐過去了，而且我知道我並不孤單。我們每天都會決定要倒出哪些秘密，要把哪些留待以後，等它的味道變得更醇厚之後。

等到又只剩我一個人之後，我瞪著鏡子，不確定是看到了什麼。我注意到不是我的東西。妮娜，那位奇蹟似地讓我的頭髮蛻變的女人，留下了雜誌。我翻了翻，主要是出於無聊而不是好奇，看到了愛麗西亞．懷特的跨頁照後打住了。

那個女人在巨幅的照片中露齒而笑，她跟我上同一所中學和戲劇學校。她比我高一年，卻像比我小十歲。愛麗西亞．懷特也是演員，演技很差的一個。我們現在是同一位經紀人，而她總喜歡提醒我他是先簽下她的。她開口閉口都是他，活像我們是參加了什麼沒說出口的競賽似的。每次我們見面她都覺得有必要奚落我，好像她想確定我知道自己的身分地位。其實完全沒有必要，我對自己的評價一向不高。

看到她的臉讓我想起了東尼。他要我打電話，可我到現在都找不到他。我的手指在皮包裡掏摸我的手機，再打一次。直接轉入語音信箱，我打到辦公室，我很討厭這麼做，而他的助理在第二聲鈴響才接。

「沒問題，他現在有空。」她以唱歌似的聲音說，然後就讓我等。

我聽著古典樂，反而讓我覺得壓力更大，樂聲停止時我感到一陣放心，他接了電話。只不過並不是他。

「對不起，我弄錯了，」他的助理低聲說。「他在開會，不過他會回妳電話。」

她掛斷了，我都還沒機會問是幾點呢。

我回頭注意雜誌，急於找個可以分散心神的方法，以免我去想在我心裡越來越長的焦慮名單。如果我連愛麗西亞．懷特的新聞都肯看，那情況一定相當糟糕了。

我並不是一直都有經紀人。直到一年半前，誰也不想要我這個客戶。我是屬於一家經紀公司的，他們只不過是把我的大頭照寄給不同的工作機會，在我得到工作時抽百分之十五。我一直都有工作，只不過不見得是我真心想要的。班和我結婚後，我在沙夫茨伯里劇院的一齣戲當候補演員。有天晚上主角生病了，我就替補她上台。我經紀人的太太也是觀眾，她跟他說起了我。我欠她的人情永遠也還不了，而在有了經紀人的幾週之後，我得到了第一個電影角色。

有時只需要一個人對你有信心就能改變你的一生。有時只需要一個人不相信你就能毀掉一切。人類是一個極其敏感的物種。

我讓疲倦的眼睛休息一下，隨即又瞪著愛麗西亞的照片。她的臉變得立體，開始對我說話，我就把雜誌丟在大腿上。她以前說過的各種尖酸刻薄的批評又從她的紅紙嘴巴裡潑灑出來。

「東尼簽下我的時候帶我去吃高檔午餐，可我那時太搶手了，人人都想代表我，不像妳。」雜誌上的愛麗西亞說，隨即撩了撩金黃長髮。挑染的髮束有如飾帶般散開，飄出紙頁，飄到我的大腿上。

「他接受妳，我好驚訝喔，大家都是！」她接著說，再朝我的方向皺了皺完美的紙鼻子。

「他實在很好心，給妳一個機會，可話說回來，他本來就是個很有愛心的人。」她從皮包裡掏出一張五十鎊鈔票，捲了起來，點燃尾端，像抽菸一樣吸了起來，再對著我的臉吐出一團煙，刺痛了我的眼睛，而我告訴自己這就是我的眼裡充滿淚水的原因。

「這可不是說妳的臉蛋能跟他別的客戶相提並論，妳的臉可是一點也配不上。」她這句話倒是說對了；我到哪裡都配不上，從來就是。

「妳知道他總有一天會甩了妳的吧？我看是很快。然後妳就再也找不到工作了！」她把頭往後仰，笑得像個喜劇裡的惡棍，小小的黑白紙語詞從她的嘴巴噴出來，而紙張在她的眼睛四周皺褶。

有人在我的化妝室外笑的聲音喚醒了我，我這才明白我坐在椅子上睡著了；我是在作夢。我已經連續三晚幾乎沒睡覺了，我實在是累壞了，我真怕我可能是失心瘋了。我把愛麗西亞從雜誌上撕下來，揉皺她的臉，把她丟進垃圾桶，立刻就覺得比較平靜了。

愛麗西亞．懷特討厭我，可卻又好像離不開我。這幾個月來，她模仿我的髮型（雖然我承認她剪起來更好看——每一件事都是）。她模仿我的衣著，甚至還盜用我接受採訪時的一些回答，真的是一個字都沒改。除了她用雙氧水漂白的髮色之外，她好像是想要當我。俗話說模仿是最真誠的恭維，可我一點也沒感覺到恭維。我只覺得嚇壞了。

除了經紀人以及工作之外，我們絕對沒有共同點。比方說，她很美麗，起碼在外表上。內在就是另一回事了，而且她應該要學會如何掩藏得更好。在某些企業裡耍賤或許有用，可不是在演藝圈。大家都會說閒話，而有關愛麗西亞．懷特的閒話從來就不是好話。這讓我明白我絕對做不來經紀人，我會只想要代表好人。

什麼事情一直在我心裡嘀咕，我感覺需要倒帶，而不是重新設定。我彎腰去撿回垃圾桶裡的那團紙，用手掌把愛麗西亞的照片撫平。我瞪著她的臉、她的眼睛、她的大紅唇。然後我讀了文章的最後一個問答，覺得快吐了。

有哪三樣化妝品是妳不能不帶出門的？

很簡單！眼影、眼線筆和我的香奈兒超炫耀絲絨唇膏。

這個唇膏的名字我並不陌生，就寫在我的心裡，難以磨滅；那是去年我拍片回來在我和先生同床共枕的床鋪底下找到的唇膏。

愛麗西亞·懷特跟我先生上床？

第一助理導演敲門叫我，我把愛麗西亞的臉握成更皺的一團球，又丟回垃圾桶，這才隨他走出去。我們禮貌地閒聊，而高爾夫球車緩緩移動。他是個年輕人，擔心一堆等他老一點就不會擔心的事情；我們都這樣，在真正明白生活中有什麼在等著我們之前。我聽著他的煩惱，偶爾說句同情的話，而我們則以時速不到二十哩的速度前進。我享受著微風吹在臉上，以及油漆和鋸木屑的味道，每一處片場的空氣都有相同的氣味，讓我覺得像在家裡。

設計師花了幾個月的工夫打造嶄新的世界，拍攝結束後又再拆毀，像這些世界從來就不存在。就和分手一樣，只是更費體力、損傷也小。有時很難和我化身的角色道別。我跟他們相處得太久了，漸漸覺得像是一家人，可能是因為我沒有真正的家人。

高爾夫球車轉過最後一個彎，我的焦慮已經是最高水平了。今天我並沒有像平常一樣溫習台詞，時機就是不對。憂思煩惱在我的心裡停頓了，彷彿現在是尖峰時段，而我被困在不想在的地方。

我們停在最後的目的地：一座龐大的倉庫，裡面是《偶爾我也殺人》大部分的拍攝場景。我猶豫了一下才進去。我的心裡裝滿了私生活中發生的大小事，一時間，我甚至記不得是要拍哪一場戲。

「好，妳來了。我需要妳今天演出一點特別的，艾梅，」導演一看見我就大嚷大叫。「我們需要相信這個人物有本事殺了她老公。」

我覺得有點噁心，好像我被困在一個和現實一樣的玩笑裡。

我站在虛構的廚房裡，等著我虛構的丈夫回家來，第一場拍攝還沒開始我就看到傑克對我微笑。

拍到第二十場就沒有人笑得出來了。

我老是忘詞，這是從所未有的事。我確定劇組裡的人一定個個都恨我。拍完這一場我就可以回家了，他們卻不行。場記板響了，導演又說了「開拍」，而我盡力把這一次演對。

我給自己倒了杯飲料，卻一口也沒喝，然後在傑克來到我背後、手臂環住我的腰時假裝驚訝。

「結束了。」我說，轉身看著他。

他的表情一變，跟前十九次一模一樣。「什麼意思？」

「你知道是什麼意思。結束了。都處理好了。」我舉杯就唇。

他退後一步。「我沒想到妳會真的動手。」

「他不肯給我我想要的，不過我知道你會。我愛你。我想跟你在一起；誰也不能礙事。」

「卡」的聲音在我的耳朵裡迴盪，我從導演的表情看出這一次行了。等他再審視一遍之後，我就可以走了。

我跟傑夫在陽光下聊天，高爾夫球車出現在遠處。起先我並沒多想，只是繼續說著後製的時程。可後來我的眼睛發現了朝我們而來的那具女性軀體有些眼熟。

不可能的事。

艾麗克絲・柯洛夫特督察掛著大大的笑臉，我覺得她的小臉都快盛裝不下了。車輛就停在我們面前，她爬下車，笑容燦爛。而她那個完全沒有笑臉的副手從面對著後方的後座上跳下來，撫平長褲，好似坐著造成了讓人受不了的皺褶。

「謝謝，」柯洛夫特對司機說。「也謝謝妳。」她對著我的方向說。

「謝什麼？」我問道。

「我一直都好想坐高爾夫球車在製片廠裡繞，而現在我如願了！一切都要感謝妳！有什麼地方可以讓我們說話的嗎？」

「這裡禁止閒人進入，」導演說，走了過來，我還以為情況不會再壞了。「我不知道你們是誰，不過你們不能來這裡。」

她微笑。「這是我的警徽，也就是說我可以。真是太抱歉了，我忘了自我介紹，都怪我太興奮，這裡太夢幻了。我是偵緝督察——」

傑克不用開口我就看出了他臉上的疑問。

「抱歉，他們是為一件私事來的。我會處理。」我打斷了她，等著其他人走開，離開聽力範圍。傑克不時扭頭投以關切的眼神，而我微笑向他保證一切安好。

「妳非得來這裡不可嗎？」我問道，在我覺得沒有人聽得見時。

「妳有什麼理由不要我們來嗎？」

「妳大可先打個電話。」

「我是可以，可是那我就看不到這些了。妳大概是習慣了，可我呢，嗯，這就好像是迪士尼樂園。不過我是沒去過啦。」

「妳有什麼事？」

「我覺得以妳的情況來說，第一句話應該是問你們找到我先生了嗎？」

「你們找到我先生了嗎？」

「可惜沒有，可是有件事我需要妳幫忙。這裡有比較隱密的地方可以讓我們談一談嗎？」

我們走入我的化妝室，她的臉亮得就像聖誕樹。

「妳的鏡子四周真的有燈這些東西啊。」她說，樂不可支。

「對，真的有。妳說妳需要我幫忙。」

「是的。我覺得妳在提供我們證詞時我們可能陷入泥淖了，為此我只能道歉。我們的工時過長，有時候會犯錯。」她從外套內袋裡拿出iPad。「我這裡記載離開餐廳之後，妳直接回家，上床睡覺，隔天早上去工作，而妳假設妳先生晚上是睡在客房裡。」

「沒錯。」

「只不過我們沒有妳開妳先生的車去上班的紀錄。」

「你們沒有那種紀錄是因為我沒有。」

「真的？可是看起來就是妳……」她用她那指甲剪得很短很整齊，皮包骨似的細小食指滑動圖片，再把螢幕轉過來面對我。「我是說，我承認畫面是有點粗糙，跟我們從餐廳取得的相比，可是看起來是妳把他的車子停在了加油站，而且是妳在收銀台付錢。是這樣的，我們只有信用卡收據，而我想大多數的人會認為是在購買汽油。我知道我就是這麼以為的，而這也是我需要妳幫忙的地方，因為，根據紀錄，這名女子——駕駛妳先生的汽車並且使用他的信用卡，這名女子和妳非常相似——噯，她買的不是汽油，她買了幾瓶打火機油，就是如果你性子急，烤肉時會拿來助燃的東西。所以……妳確定不是妳嗎？我是說螢幕上的人；我不需要知道妳的性子急不急。」

我瞪著圖片中的女人，穿著風衣，模樣就像是我，黑色鬈髮落在肩膀上，臉上戴著過大的墨鏡。「不，不是我。」

「看起來很像妳。你不覺得很像辛克萊太太嗎，韋克利？」

「我覺得像。」

「你們調查了那個跟蹤我的女人了嗎？那個我跟你們說過的？」我問道。

「怎麼了？她長得像妳嗎？」

「對。我沒近看過她，可是她的穿著都跟我一樣，而且站在我們舊家外面。」

「妳知道她的名字嗎？」

「我已經說過了，不知道。至少不是她的真名。」

「她使用的是哪個名字？」

我遲疑了，不太想說出來，卻明白現在不說也不行了。「她自稱瑪姬。瑪姬．歐尼爾。可那不是她的真名。」

「妳怎麼知道不是她的真名？」

「因為瑪姬．歐尼爾死了。」

18

一九八七年艾塞克斯郡

「別死氣沉沉的，妳今天需要起床，穿衣服，下樓來。我沒時間一直來看妳。」瑪姬說，穿著睡衣衝進了房間。她拉開了窗帘，露出鐵窗後又一個下雨天。她扯掉了我床上的鴨絨被，我冷得發抖。我仍然穿著前襟上寫著「艾梅」的睡衣，提醒我我的新名字。我從來這裡之後就一直穿這件，我覺得已經有三天了。

「窗子上為什麼有鐵條？」我問道。

「免得壞人進來。有壞人會想要拿走不屬於他們的東西，鐵條可以保護我們。」她雖然這麼說，我卻不覺得安全，我覺得好害怕。然後我想到了我也不屬於瑪姬，可是她把我帶走了。她打開了白衣櫃，我看到裡面掛滿了衣服。別人的。瑪姬拿出一件紫色上衣和一條長褲，放在床上，還有內褲和襪子。「穿上。」她說，一面離開房間。

等她再回來，她已經穿好了衣服，臉上五顏六色的。臉頰是橘色的，眼睛是棕色的，嘴唇是紅色的。她穿了一件短裙和一雙長靴。她看著我的長褲，一直往下掉，她搖搖頭，舌頭嗒嗒響。她的舌頭老是嗒嗒響。

「妳太瘦了，妳得多吃點。脫下來。」

我照她的話做，而她又打開了衣櫃，一手撥動著衣架，好像對於看見的東西都不順眼。

「試試這條。」她抓了一條深藍色的東西，要我把一條腿套進去，再套另一隻。我從來沒看過這種東西。

「這是什麼？」

「這叫吊帶褲，」她答道，把我捆在裡面。我默默重複了這個名稱，享受著這個新詞彙從我的舌頭溜出來的感覺。「快點，我還有事得做。趕快下樓來。」

我來了之後就沒有再下去過。

因為我被禁止了。

樓梯頂甚至還有白柵欄來提醒我。

瑪姬打開柵欄，把我推向第一級階梯，我嚇壞了。我已經忘了這裡的樓梯有幾級了，光是低頭看我就肚子痛。我們家裡根本就沒有階梯，我們住在一棟叫作平房的屋子裡，而我覺得我比較喜歡住在地面上。

「這是什麼？」我問道，跨過地板上一條橘色的木條，小心不被金屬刺傷到腳。

「這叫地毯定位條，綠色的是地毯襯墊。快點。」

「那地毯呢？」我摸著軟木塞牆走。

「地毯要錢，而錢不會自己長出來。妳的房間裡有舒服的地毯，妳只要知道這樣就夠了。妳的房間是公寓裡最好的房間，所以要知道感激。寶貝女兒。」她現在喜歡這樣叫我。寶貝女兒。是另一個新名字，就和艾梅一樣。

到了樓梯腳，我覺得我們可能是要出去，我會擔心是因為我沒穿外套或鞋子。可是我們沒有要出去。瑪姬只是掏出了那一大串鑰匙，開始打開那扇我剛來那晚看見的金屬門。然後她把上頭的、中間的、下面的門栓拉開。她打開門後我什麼也沒看見，只有黑黑的一片，可後來她按了開關，天花板上全都是燈。我們好像是進了太空船裡。

「這裡就是店鋪。」她說。

看起來不像是商店。到處都是電視螢幕，我很納悶有誰能夠一次看好幾台電視。白牆上貼著一塊塊的報紙，旁邊是海報，寫滿了數字，還有馬匹的照片。黑色皮革高腳凳比我還要高，而且到處都有菸灰缸。房間的一個角落有櫃檯，樣子像銀行裡的，有玻璃板，上面有洞讓你可以說話。

「我們有客人的時候妳絕對不可以進店鋪來。妳得待在後面的房間裡。」她打開了櫃檯後面的門，我看到有兩台收銀機和一堆紙頭。

「店鋪是賣什麼的？」

「我們是組頭（*bookmakers*）。」

我想了想。「那書呢？」

她哈哈笑。「我們不賣書，寶貝女兒。」

「那你們賣什麼？」

她想了想，又對我微笑。「夢想。」

我不懂。

我們走到另一個房間，裡面有一堆電話，一台很嚇人的機器，和一個骯髒的水槽。然後我們又進了一個比較小的房間，只有一張覆滿灰塵的桌子、一張椅子、一台小電視和另一扇有很多門栓的門，好像是可以走到外面去的。她把我按在那張椅子上，捏得我好痛。

「我下星期可以回家過生日嗎？我九月十六就六歲了。」

「現在這裡就是妳家了，而且下星期也不是妳的生日。妳的生日是在四月，而且妳明年就七歲了。」

我不知道該說什麼。她錯了，我知道我多大，我知道我的生日在哪一天。

「妳知道什麼叫打賭嗎？」她問道。

「知道。」

「說說看。」

「就像我跟妳賭一個馬栗今天會下雨。」

她哈哈笑，我記起了她笑的時候有多漂亮。「對，聰明的孩子，就是這個意思。店鋪就是別人來打賭的地方，可是賭的不是天氣——他們主要是賭馬，有時候是狗。」

「馬和狗？馬要怎麼賭？」

「嗯，馬賽跑，大家來賭哪一匹會是第一名。不過他們用的不是馬栗，而是錢。」

我努力想明白。「那要是輸了呢？」

「問得好。要是輸了，我們就把他們的錢留下，給樓上買更多地毯。懂了嗎？」

我搖頭，而她又一臉不高興了。

「既然是商店，那不是一定要賣什麼嗎？」

「我們有賣啊，我已經說過了。我們販賣的是夢想，寶貝女兒。永遠也不會實現的夢想。」

19

二〇一七年倫敦

「恐怕我還是沒聽懂。」我說。

柯洛夫特督察跟她的副手已經在我的化妝室裡一陣子了，而我漸漸覺得房間裡的氧氣不夠我們三個人用了。我一直瞪著門，像是很想逃出去的緊急出口，但是她只是瞪著我，開口之前又嘆口氣。

「我是在問妳，又一次，妳從加油站回來之後發生了什麼事？」

「我說過了，已經說了好幾次了，我沒去過加油站。我離開餐廳之後就回家睡覺了，一個人。」

她搖頭。「妳報警說班失蹤了，結果是兩名刑警上門來，妳都不覺得奇怪嗎？」

「嗯，我——」

「那可不是標準程序，可是我們認為妳先生有極大的危險。妳想知道是為什麼嗎？」

我回瞪她，不確定我知道。

「因為那天稍早他去過當地的警察局，說妳攻擊毆打他。妳要不是真的演技一流，要不就是妳不知道。」

我好像在墜落，所以我坐了下來。我好像是這兩天掉進了一個亂七八糟的平行宇宙裡，我仍是我自己，可是周遭的人事物都扭曲變形了。我一句話也沒說，她就逕自往下說。

「妳先生提到妳童年時被診斷出某種失憶症，症狀是妳有時會忘記造成創痛的事件，徹底從回憶中抹拭，甚至不知道自己這麼做。他認為妳的症狀並沒有消失，可是妳卻不承認。所以妳覺得妳有完美的記憶，可實際上，妳可能忘記了一些妳在難過時做過的事情。我說的是真的嗎？」

「不，我是說，對，我小時候是被診斷過有這種症狀，可是那是誤診。我從那之後什麼都沒忘記。」

我也沒忘記當年發生的事情，我只是假裝忘了。我把以前的人生回憶丟在腦海裡的一個舊行李箱裡，而且已經關閉了很長的時間了。

「妳確定嗎？妳確定並沒有喪失記憶的情形？這也是妳先生決定不提告的一個原因。」

「提告？告什麼？」

「妳喝酒嗎，辛克萊太太？」

「每個人都喝酒。」

「妳覺得有沒有可能是妳太醉了，記不起來妳和妳先生那晚的情況？」

不，我什麼都記得。我只是對大部分的記憶很自私，我選擇不分享。

「我需要律師嗎？」

「我不知道，妳需要嗎？妳說，我引述妳的說法，只是一耳光？」她等我反應，但是我沒有。我開始覺得說得越少越好了。「妳先生在哪裡，辛克萊太太？」

我心裡像有什麼斷裂了。「我、不、知、道！所以我才找你們啊！」

我的音量嚇了我一跳，但是她毫不畏縮。「妳有沒有找到一張班的近照來協助我們調查？」

「沒有。」

「不用擔心，我這裡有一張。」她伸手到口袋裡，拿出了班的臉部照片，鮮血淋漓，青一塊紫一塊，一隻眼睛腫得幾乎是緊閉的。我從來就沒有看過他這個樣子。我幾乎認不出他來。「這是妳先生到警察局時的樣子，就在妳說他失蹤的那天。他的鼻梁斷了兩處。我不是專業醫生，不過我猜他的傷勢可不只是一耳光造成的。我們那時沒有逮捕妳完全是因為他最後拒絕提告。我認為他是害怕妳。」

我可以接受我的心智可能有極細微的骨折，但是我的記憶卻一點問題也沒有。

我沒瘋。

「胡說八道！我從來沒看過他那個樣——」

「妳先生在他的證詞中說他當面質問妳，他相信妳和傑克．安德森正在發展的婚外情，就是和妳合演這部電影的男星。這是真的嗎？」

「關妳什麼事！」

「只要能幫我找到妳先生，確保他的安全，那就都是我的事。他離開警察局之後幾小時，妳就報警說他失蹤了。他現在在哪裡，辛克萊太太？」

一切都太喧譁了，我只想叫她住口，或是要某人來解釋這是怎麼回事，至少得說出一點道理來。「我說過，我不知道。要是我知道他在哪裡，或是我自己傷害了他，我幹嘛要報警？」

她搖頭。「最後一個問題。妳能提醒我妳說在妳發現他……失蹤的那晚，妳是幾點到家的？」

「大概下午五點吧。我不是非常確定。」我注意到韋克利草草記下什麼。

「這就有意思了，因為那就表示妳先生用那支妳說是他的手機，就是放在咖啡桌上的那支，打最後一通電話時，妳就在家裡。他已經在見一位家暴律師一陣子了——他說這不是妳第一次攻擊他——他在律師的手機裡留了話。想知道班說了什麼嗎？」

不怎麼想。

她按了iPad上的一個鍵，班壓低的聲音就響遍了我的化妝室。好像是聽鬼魂在說話。

「很抱歉打電話來，可是你說只要我又覺得有危險就打給你。我覺得她要殺了我。」

20

一九八七年艾塞克斯郡

「妳會鬥雞眼。」瑪姬說，一面下床關掉電視。我已經住在這裡很久了，而她總是這麼說，所以我會盡可能多照鏡子，檢查我的眼睛正不正常。不過我還是瞪著螢幕，即使畫面消失了。我看到上頭有個女生，就像是我的一隻灰色的鬼。我笑她也笑，我站她也站，我難過她也難過。我轉身走開就看不到她在做什麼了，可有時我會想像她就待在螢幕裡。盯著我。

「妳知道聖誕節最好的地方是什麼嗎？」瑪姬問道。

我忘了她說今天是聖誕節，所以沒回答。

「大驚喜！」她把胸罩套在我頭上，像眼罩。我不一定喜歡瑪姬的驚喜。她把我拉起來，帶我到公寓裡那扇我沒打開過的門。門是鎖著的，而且我很怕門後會有什麼。我聽見她掏出那一大串鑰匙，打開了門，我們拖著腳步進去。黑漆漆的，可是我能感覺到腳趾下柔軟的地毯，就跟我的臥室一樣。她拿掉了我頭上的胸罩，我很高興，不過我還是看不見，直到她拉開了沉重的窗帘。

房間很美麗，就像聖誕節時高威的鄧恩超市。牆壁都是紅白色的花朵圖案，地上鋪著紅地毯。我看到一大張紅沙發，一大堆的抱枕，壁爐有點像是家裡的。白色渦紋天花板上掛著紙環彩帶，房間的一角有一大棵綠樹，掛滿了亮片，頂端有一大顆銀星。最棒的是樹下有禮物，多得我從來沒見過。

「去啊，去看看有沒有給妳的。」瑪姬說。她的黃色T恤上有張笑臉，長到膝蓋，可是她的牙齒在打顫，害得我也跟著打顫。感覺房裡的寒冷就像是那種害你咳嗽打噴嚏的感冒——是會傳染的。她打開了壁爐旁的一個開關，我看到火焰不是真的，是假的藍火。然後她又打開了一個開關，整棵樹就都亮起了小小的彩色燈泡，很美麗。可是接著樹上的燈和壁爐裡的火又都滅了，瑪姬的臉色立刻從開心變成生氣。

「可惡，約翰，這應該是要十全十美才對。」她看著我後面，我轉身就看到約翰在門口，我都不知道他在那裡——他好像老是躲在陰影裡。

「別猴急。」他說，伸手到牛仔褲口袋裡，然後消失在走廊上。他這樣說很傻，因為瑪姬又沒有猴子。

有個叫電表的東西住在樓梯頂端那個大櫥櫃裡，那裡面也有燙衣板和吸塵器，不過我們從來沒用過。要是我們沒把足夠的五十便士硬幣餵到電表的嘴裡，就會沒電。它需要不停地餵，我覺得就像是在養一隻寵物龍。約翰一定是餵了它，因為燈泡和火焰都又有了。

瑪姬又換上了她的開心臉，就跟她T恤上的一樣。

「好了，去吧。」她說。

我稍微靠近樹，蹲下來就看到所有的禮物都用緞帶綁著名牌，我把一張翻過來，上面寫「艾梅」。我看了另一張，也是一樣。但是每張名牌都覆滿了灰塵，好像放在樹下好久了。我東張西望，看到這裡的其他東西也都一樣覆滿灰塵。

「妳不要拆禮物嗎？」約翰問道，點燃了一根香菸，坐在沙發上。「這裡好像沒有別人叫艾梅，對吧？」

他說這句話的時候，我在房間裡看到了另一個小女生，應該說是在壁爐架上的一個相框裡看到了她。她有點像我，可是年紀比較大，頭髮長度跟我一模一樣。瑪姬看見我看著照片，就把相框放平了。

「拆開禮物。」她說，雙手抱胸。

我拿起了最近的一個，手指和睡衣都沾上了灰塵。我慢吞吞拆開，剝掉每一段透明膠帶，盡量不撕破漂亮的包裝紙。我看到裡面像是橘色的羊毛，拉了出來。約翰拿他的拍立得拍了一張我的照片——他喜歡做這種事。他一天到晚都在拍我的照片——在店鋪裡，在我的房間，在浴室。我覺得他拍我晚上在浴室或床上的照片都拍得不好看——他從來都不給我或是瑪姬看。

「這是彩虹仙子，妳最最喜歡的東西！妳喜歡嗎？」瑪姬問道。我點頭，不確定彩虹仙子是誰，卻想起了我的臥室裡的鴨絨被和壁紙上都有她。「那，再拆一個啊。」

這一次是個紅色的機器。

「這是全新的費雪牌卡帶播放機，妳就可以聽那些《說書人》的卡帶了。只是小心別把這個弄壞了。」

我才沒有弄壞過東西。

「好，再拆開下一個之前妳要說什麼？」

我用力想，每次我弄錯了，瑪姬就會好生氣。等我覺得知道了答案之後，我轉身看著她。

「謝謝媽。」

我拿起了另一個禮物，希望我還可以再拆開。

她對著我微笑。「不客氣，寶貝女兒。」

21

二〇一七年倫敦

「妳沒事吧？」傑克問道。

不。

我先生在陷害我。

唯一一個真正認識我的人，我以為愛我的人，正在對我下手，而且是大規模的泥巴戰。我好害怕，好灰心，同時也他媽的好生氣。

傑克在警察走後不到一分鐘就來敲我的化妝室門，我還以為是他們又回來了，所以看見他站在那兒讓我大大鬆了口氣。

「我沒事。」我說，他自行進來，我關上了門。

「妳是個很棒的演員，卻很不會說謊。妳想的話就叫我不要多管閒事，不過我覺得妳可能需要談一談，而我在想不知道妳想不想去酒吧喝一杯。那畢竟是我們最後的一場戲，我覺得我會想念妳的臉。」

我現在是很想喝一杯。反正回家去也沒有什麼好事。班已經決定了要用最精心設計、最有創意的方式懲罰我了。我覺得很難相信他單憑自己一個人就想出這些手段。現在我知道了他去找警察，說了一些我攻擊他的故事，我的一切擔憂都轉化為痛恨，可是他總不會打算玩到地老天荒吧。面對著已經積累得比記錯的真相還要高的事實，而儘管我確定是錯誤的決定，我還是想喝一杯。

「好，這主意不錯。我去拿皮包。」

「好極了——妳可能也需要換個衣服，*mon ami*。（意為：我的愛人）」

我順著傑克的視線俯視自己的身體，這才發覺我仍穿著稍早服裝師給我穿的絲質睡衣。我真不敢相信我就這副模樣和警察說話。雖然一點也不暴露，可是底下我什麼也沒穿，而且我還看到薄薄的粉紅色布料下我的乳頭輪廓。

「妳確定妳沒事嗎？妳知道妳可以信任我的吧？」他話聲中的親切穿透了我的感情甲冑，我熱淚盈眶。「喔，對不起，我不是故意要惹妳哭的。」他一條胳臂攬住我的腰，把我拉過去。我只是愣在那裡，沒有劇本和舞台指導不知道該如何是好。他擦掉我的眼淚，再吻了我的額頭，感覺有點假，可是演員就是有這個毛病，不知道何時該不演。不過我確實放鬆了下來，頭棲著他的肩，閉上眼睛，而他則輕撫我的頭髮。我吸入了他的氣味，他把我再抱緊一點，我沒抵抗。我喜歡他的身體挨著我的感覺，想像他襯衫底下的胸膛，想像把襯衫脫掉。我能聽到他的心臟跳得幾乎和我的一樣快。

「如果妳想穿透明的性感睡衣去酒吧，那就請便，真的不必為這種事哭。我是不會阻止妳的。」

我笑了。傑克這個人總以為幽默可以療癒一切傷痛。

「不然我也可以幫妳脫掉。」

我假設他還在開玩笑，所以就躲到屏風後去換上不那麼暴露的衣服。然後我快手快腳把被眼淚弄花的妝擦掉，而傑克則玩著手機。他全神貫注，我忍不住猜想他是在看什麼；當然是他的推特。

我們沿著走廊步行到松木片廠裡的俱樂部酒吧，一路上吸引了每個人的目光。酒吧有時也會變身為片場，但大多數時候誰都可以在這裡喝酒，不但可以證明藝術就是在模仿人生，也可以賺進可觀的利潤。酒吧裡人很多，不過經理要求兩個人讓位，空出一張桌子給我們。我很討厭這種事情，可是我太累了。站不住，也就沒有反對。再說了，他們是被要求讓位給傑克，不是我。他可是A咖，每個人都向他打招呼，衝著他微笑。感覺就像是跟著一個高大的湯姆．克魯斯進來，而我躲在他的陰影中如魚得水。

「妳不想說的話不必跟我說，可如果妳想說，我隨時都在。」他說，等我們選了一瓶酒之後。人人都得到吧檯去點酒，只有傑克是特例。

「班還是沒消息。」

他對著我皺眉。「那警察不去找他，跑來這裡幹嘛？」

「因為他們覺得是我搞的鬼。」

說出來感覺真好。比較沒那麼可怕。

他瞪著我一會兒，隨即一仰頭，笑了起來，笑得臉都變紅了，還捧著胸口，好像笑得心臟都痛。

「噓，這沒什麼好笑的。」我低聲說。可是他的反應讓我在多日裡第一次微笑。

「對不起，我實在忍不住。我知道妳在螢幕上演壞蛋很像，可是只要是認識妳的人都知道妳不可能會傷害別人……」

我猜我的演技一定是比自己估量的高明。

「我相信一定只是個誤會；他明天就會出現。我也常常沒回家也沒跟我太太說我去哪裡——大概就是因為這樣我才會恢復單身吧。再說了，他是記者，不是嗎，妳老公？他可能是在哪裡的酒吧喝醉了。他們不都是那樣嗎？」

「對，你說的大概對。」我說，心知他錯了。

「*Bien sur, je suis trè intelligent!*（意為：當然，我很聰明）」

「你為什麼時不時冒出一句法語？」

「我是想要讓某位我認識的女士佩服啊。妳覺得有用嗎？」我搖頭。「*Merde*。（意為：媽的，該死）」

傑克去上洗手間，留下我一個人坐在那裡胡思亂想、滿心恐懼。我現在明白了班設計了我，為了某件我根本沒做的事情懲罰我。就是這麼回事：報復。班不僅僅是比我年長，他還比我聰明。他的經驗更多，讀的書更多，見識也更多。他對世界的了解是我永遠也追不上的，可我比他會看人。他在這方面不太行。我了解人性，知道他們為什麼會做某件事。而我了解他。他是想藉由摧毀他一口咬定是毀了我們婚姻的我的事業來傷害我。

我是不會讓他如願的。

傑克回來了，立刻就倒了兩杯紅酒。我注意到我的這杯比他的那杯要多。

我喝了一口。「謝謝你。我相信你說的沒錯，事情會順利解決的。」

「我當然是對的，」他說。「妳連蒼蠅都不會傷害。」

22

一九八八年艾塞克斯郡

我用捲起來的報紙打電視螢幕上的蒼蠅，照瑪姬教我的，而且很開心一次就打到了。

我慢慢習慣了在店鋪營業時坐在這個小房間裡。我知道牆壁上哪裡有裂縫，桌上哪裡有痕跡，我也知道每天早晨要記得穿大衣，即使我整天都坐在房間裡，因為散熱器壞了，屋裡很冷。我穿的大衣是別人的，因為繡了她的名字，以免我忘記。可現在是我的了。我的名字，我的大衣。

我把時間用在閱讀、看電視或是用費雪卡匣播放機聽《說書人》錄音帶上。別人的故事都聽完之後，我就自己編，編一個住在愛爾蘭的小女孩的故事。我把自己的故事說給自己聽，免得我忘記。我低聲說，不讓別人聽見，看著字句偷偷溜出嘴巴，還帶著小團的白霧，我很享受。偶爾我假裝我是一隻龍寶寶，有一天我會學會飛翔，離家出走，而且燒死每一個對我壞的人。

店鋪又吵又鬧。我一整天都聽見賽馬聲，還有那些觀看的人對著外面的電視螢幕叫嚷著什麼「跑啊！」，好像馬兒聽得見似的，真是蠢，因為牠們聽不見。有時我會從遮擋櫃檯和電話間的一條條塑膠窗帘偷看，看到那些顧客。我從他們的香菸煙霧裡看過去，他們每一個都差不多，藍色牛仔褲和很普通的臉。

我知道店鋪幾點休息，因為噪音會停止，一切歸於平靜，只有約翰的計算機在喀嗒響。我覺得他一定很喜歡數學，因為他常常在計算。他進來裡間的小房間，假裝喜歡我畫的一張畫，然後就打開後門。

「待會見，短吻鱷。」他說，金牙對著我閃光。

「一會見，鱷魚。」我回答，因為他喜歡我這樣說。我看過短吻鱷和鱷魚的照片，兩種好像。我不懂為什麼大家老是假裝兩種一樣的東西是不一樣的。名稱是不會改變一樣東西的，名稱只是名稱。

「我覺得該是妳開始自己賺錢的時候了，寶貝女兒。跟我來。」瑪姬說，鎖上了門，走回店鋪。我猜今晚只有我跟她了。約翰有時候會出去，而且不回來。我不確定他去了哪裡，可是瑪姬總是一臉又傷心又不高興的樣子。她說那是他的「消失術」，有一陣子我還以為約翰可能是個秘密的魔術師。

店鋪裡亂七八糟的。黑色皮高腳凳到處都是，地板上一大堆簽賭票和菸蒂和巧克力包裝紙。同時還有一支掃把。

「我要妳把這些都掃乾淨，再把凳子順著牆排好，做完了以後就來找我。」她說，然後就從打開的金屬門走出去了，那道門通向樓上的公寓。我聽到樓上的電視打開了，然後是她愛死了的節目：《東區人》，節目上的人說話都像約翰。

我開始排凳子，每張都比我高，而且非常重。我把椅子推到牆邊，椅腳刮著地磚，發出很恐怖的聲音。做完之後，我拿起掃把，假裝像女巫一樣在店裡飛，然後我開始掃出一小堆一小堆的垃圾。我不知道要怎麼把垃圾掃進瑪姬留下來的黑色垃圾袋裡，所以我就用手。等我做完之後，我的兩隻手又髒又黏。我站在大樓梯的底下，叫了她的名字好幾次。

「瑪姬！」我第三次喊，但是她還是不回答。我又累又餓。我覺得我們今晚會吃義大利麵圈吐司——我們的晚餐通常都是在吐司上面放東西，可以是豆子或是起司或是雞，不過無論是什麼都會放在吐司上。瑪姬說吐司百搭。我想到了什麼，這次叫她「媽！」

「什麼事，寶貝女兒？」她出現在樓梯口，像有魔法。

「我掃完了。」

她下樓來檢視商店，點點頭。「妳做得很好。餓了嗎？」我點頭。「要不要吃麥當勞？」我又點頭。麥當勞比吐司上加東西要好吃太多了。裝在盒子裡，還附玩具，我非常喜歡。

「那好，妳就在這裡等。」她走向店鋪的裡間，穿過了玻璃櫃檯後面的門，再從電話間後面出來，我看不見是哪裡。我聽見了水聲，然後她就拿著拖把和水桶回來——水桶冒著蒸氣，還有泡沫，就像個迷你浴缸。「我要妳把地板都拖乾淨，包括客人的廁所。我現在去給妳買快樂兒童餐。妳就照這樣做。」她把拖把浸到水桶裡，再舉起來扭乾，擠出了差不多全部的水，再在地板上來回滑動。她把拖把放進我手裡，走向店鋪的前部，掏出了她隨身攜帶的那串大鑰匙，打開門，走了出去，再重重關上。我沒走過這道門，根本不知道外面有什麼。我自從來這裡之後就沒有走到戶外去。我等瑪姬離開之後一會兒才從信箱口看。我看到一排房子和一條馬路，一個白髮老人在遛狗，還有一個公車站。我就想要是我在公車站搭上車是不是就能把我一路送回家。

我開始拖地。店鋪滿大的，而且地板又很髒，我花了好長的時間，而且水桶對我來說太重了，我抬不動，只能一直用手去推。我沒進去過客人用的廁所，味道好臭，所以我就一直站在門口。馬桶蓋掀了起來，白色的馬桶裡有很多又黃又褐的污垢，地板上也有很多小水窪。我不想穿著我最愛的襪子走進去，所以我就只把別的地方都拖了。

我聽到店鋪前部的門打開了，我以為是瑪姬帶著麥勞當回來了。卻不是瑪姬。

「嗨，小女孩，妳叫什麼名字啊？」老人說。就是我剛才從郵箱口看出去時看到的那個。他留著白鬍子，像耶誕老公公，還有一隻狗，所以我覺得他一定是好人。

「琪雅拉。」又聽到我真正的名字感覺怪怪的。我蹲下來摸他旁邊的毛團，牠是一隻棕白花的小東西，大大的眼睛，尾巴搖個不停。我覺得牠就像是《綠野仙蹤》裡的奧托。

「妳得大聲點，孩子。我的耳朵沒有以前那麼好了。」

「我叫琪雅拉。」我稍微大聲一點說，忙著撫摸小狗的肚子。我覺得牠喜歡。

「這名字非常好聽。」

「我們打烊了。」瑪姬說。

我抬頭看到她就站在老人的後面，拿著麥當勞快樂兒童餐，可是她一點也不快樂。

「喔，對不起，我的錯。」老人拖著腳走出商店，好像他的腳非常沉重。

瑪姬關上門，上鎖，然後轉身就重重甩了我一耳光。

「妳、的、名、字、是、艾、梅。」

她看著店鋪地板。都是濕的，我一個地方都沒遺漏。她往店鋪的裡間走，皮鞋留下了一小行的髒腳印，然後她停在客人用的廁所外面，看著裡頭。我知道我的麻煩更大了，我只是不確定有多大。她走出來的速度快得像在飛。她一手拿著我的快樂兒童餐，用另一隻手捏我的胳臂，再把我拖過潮濕的地板，我的襪子在地上滑行。

「我告訴過妳妳的名字是艾梅，我告訴妳要拖地板。妳拖了這邊的地板嗎，寶貝女兒？」她指著客人用廁所裡面。

我看著黏答答的黃色水窪。

「有。」我說謊，已經後悔沒拖了。

「妳拖了？喔，那就沒事了。看起來真的不像是拖過了，不過妳是不會說謊的，對不對？尤其是我對妳這麼好，妳爸爸不要妳了，是我把妳餵得飽飽的，穿得暖暖的。」

我希望她不要再這樣說我爸爸。

「沒有。」我低聲說，同時搖頭，想著也許她不知道我說謊，看不到水窪和污垢。

她把我的快樂兒童餐都倒在廁所地板上，再用鞋跟踩，把薯條都踩扁了，雞塊也都踩碎了。

「吃掉。」

我沒動。

「吃、掉。」她一個字說得比一個字大聲。

我撿起了半根薯條，離馬桶最遠的，放進嘴裡。

「全部吃掉。」她雙臂抱胸。「在這個家裡我們只有三條規矩，我不知道跟妳說了多少遍了，可我覺得妳好像老是記不住。第一條規矩是什麼？」

我逼自己把薯條嚥下去。「我們努力工作。」

「繼續吃。我們為什麼要努力工作，艾梅？」

我又害怕又噁心，可我還是撿了一小塊壓爛的雞塊。「因為人生什麼也不欠我們。」

「沒錯。第二條呢？」

「我們不相信別人。」

「正確，因為別人都是信不得的，無論他們假裝得有多好。第三條呢？」

「我們不向彼此說謊。」

「妳今天違反了幾條規矩？」

「三條。」我嘟嘟囔囔著說。

「我聽不到。」

「三條。」

「對，沒錯。我需要妳學會教訓，而且必須是一個狠狠的教訓，寶貝女兒，因為我需要妳記住，我也需要妳長大。妳要把地板上的晚餐全部吃掉，無論要吃多久，然後我希望妳再也不會跟我撒謊。」

23

二〇一七年倫敦

「如果要開第二瓶，那我真的應該吃點東西。」我說。傑克似乎趁我去上洗手間時又點了一瓶酒。

「那怎麼行，那我要灌醉妳，對妳為所欲為不就更困難了。我都是這樣在殺青的那天對待我的女主角的，妳沒聽說嗎？妳的合約裡可能有寫，妳真的應該要仔細讀一讀。」他幫我倒滿。

傑克喝酒有個原因，他隱藏得很好，但是我知道今年初的離婚把他傷得很重，雖然外表上他裝得好像滿不在乎。我從不過問，因為我知道他就和我一樣：對於讓世人看見的那個版本的他非常小心。有些人不相信他們值得幸福。我們是唯一而且永遠是我們自己相信的那個人。

我不再抗拒誘惑了，又喝了一口酒，同時瞄了瞄酒吧。現在人更多了，只剩下站立的空間，越來越多人在漫長的一天拍攝之後進來這裡放鬆。有些人我認得，大多數則否，等我發現所有的眼睛都瞪著我們這邊時，我的害羞有點刺痛。

「妳今天真棒，」傑克說。「妳的哭戲太厲害了，沒有用眼藥水那些的……妳是怎麼做到的？」

我只是去想真的很傷心的事情。

我聽著傑克移向他最愛的話題：他自己；我繼續時不時就掃視酒吧，就在這時我看見了愛麗西亞．懷特。她像一隻機器天鵝滑行進來，又長又白的脖子從緊身紅洋裝裡伸出來，搜尋著獵物。我盯著看，看得出神，她像個強力吸塵器來回移動，吸走所有的目光以及細碎的讚美。我想起了那支唇膏，卻排除了她和我先生有染的可能；她是他高攀不上的。我幾乎認不出她來；她把金髮染成了深褐色，所以樣子很像我，只是年輕多了。我太晚才別開臉，已經被她看到了我們。

「傑克，親愛的。」她嗲聲嗲氣地喊，打斷了他的話。他一躍而起，擁抱她，親吻她的兩邊臉頰，在和她目光接觸之前眼神先短暫地停留在她的乳溝上。

「愛麗西亞，見到妳真是三生有幸啊，*tu es très jolie ce soir*。（意為：妳今晚真美）」他說，又讓自己在她的胴體上流連忘返。我的普通中等教育程度的法文翻譯得出他的恭維，但是她卻有點茫然。「讓我跟妳介紹艾梅。我們合拍了一部片子，她是下一個明日之星；我先跟妳保證。」

她的臉遲疑了一秒——她不喜歡聽見這句話。我懷疑傑克學習法語是否是想讓愛麗西亞欽佩，而想到這裡我有一點受傷。

「其實我們認識，」她說。這話說得冷靜乾脆。「艾梅就像是我的小影子。她從中學就跟著我，一路跟到戲劇學校，然後幾年之後又跟我是同一位經紀人。你認識東尼的，是不是，傑克？」

「本地最好的經紀人。」

「一點也沒錯，所以在小艾梅．辛克萊的名字也出現在他的客戶名單上，還排在我旁邊，你能想像我有多驚訝嗎？搞不好會有人說她在跟蹤我呢！」她仰頭而笑，傑克也一起笑，我卻沒有。但是我勉強淡淡一笑，拉傷了我臉部的肌肉。「妳剛拍完的是什麼角色啊？」她問我，彷彿她不是早就知道了。她的頭髮和化妝都完美無瑕，一如往常，而我現在後悔了沒有披戴盔甲就到酒吧來。她的豔紅色嘴唇熟練地噘著，表示期待。

「是一部叫《偶爾我也殺人》的片子的女主角。我們今天殺青。」我注意到她聽到我說「女主角」時嘴唇抽動。

「偶爾我也殺人，」她說，舉起修整得很美的手指按在完美的臉頰上，做出誇大的沉思姿勢。

我有沒有說過這個賤女人一點也不會演戲？

「偶爾我也殺人，」她又說一次。「喔，對了，我想起來了。東尼把劇本拿給我看，說我是導演的首選，可是我拒絕了。角色不適合我，不過我確定對妳就很完美。妳的事業正在早期的不確定階段，我想妳也不能太挑剔了。其實呢，我覺得我拒絕了反而對妳是件好事；那表示親愛的東尼可以把妳的大頭照寄給他們。」

「那我是應該要感謝妳嘍？」

「好像是喔！」她對我粲然一笑，不是沒聽懂諷刺，就是選擇裝聾。接著她把笑臉換成皺眉，一隻冷冰冰的手按在我手上。「我相信妳一定聽說了，東尼在刪減他的客戶數量？」我的眼神一定是替我回答了，因為她能從我的表情看出來我沒聽說，她一臉開心。「我只是希望，為妳自己好，他沒採用『後進先出法』。要是他現在丟掉妳，對妳的事業可就太傷了。」我愣住了一會兒，想起了東尼說我們需要談一談卻一直沒回我電話。但是我不動聲色。

愛麗西亞賴著不走，而我喝得過量。我聽著他們兩人聊著導演、製片和合作演員的八卦，同時默默擔心我的經紀人不要我了。傑克的眼睛在笑，瞪得很大，可他似乎看不出她的真面目。愛麗西亞不只是個雙面人，沒有那麼簡單；她有好幾個面向，都一樣為自己打算。她就像是灌鉛的假骰子，但大多數的人都不知道自己被耍了。她一直看著傑克的肩膀後，看是否有更出名的人能讓她撲襲。我聽說她正息影一陣子，所以在松木看到她似乎滿奇怪的。

我欣賞著她的假睫毛，它會隨著每一句假話振動，在她驚異地瞪大眼時，每一根毛都會同步變形為一個字母。一串迷你黑字開始從她的眼睛、她的鼻子、她的嘴角中流洩而出，最後她的整張臉都被小小的黑色謊言覆蓋，如同刺青。我知道這純粹是我的想像，我也考慮到可能是我喝得太多了。她微笑，我注意到一小塊紅色唇膏染上了她的白牙；這一幕讓我開心得難以形容，所以我就喝了一大口酒慶祝。

酒瓶空了，我又點了一瓶，酒一送到我就斟了一大杯。看著傑克瞪著愛麗西亞的模樣，我巴不得她快點走開。我要他那樣子看我。只有我。這想法引發了短暫的罪惡感——我仍是有夫之婦——但接著我就想起了班現在是怎麼對我的，以及過去是怎麼對我的。我們的床鋪底下的唇膏可不是自己滾進去的，而且他一個人也想不出如此縝密的計畫來。

她是誰？誰在幫忙我先生毀滅我？等我查出來，我會毀了他們兩個。

我絕對是喝醉了。

愛麗亞西起身要離開，她親吻我臉頰兩側的空氣，我能聞到她的香水，太濃了，令人作嘔，就跟搽香水的這個女人一樣。我想說再見，卻含糊不清。現在只剩我和傑克了。他終於回頭看著我這邊，而無論是否準備好了，我都知道我要什麼。

24

一九八八年艾塞克斯郡

「我還是不知道她是不是準備好了。」瑪姬說。

「她行了，」約翰答道。「她也不過是走路，牽著我的手，又沒多難。」我覺得他們可能是要吵架了。他們常常吵架，每次都會讓我奇怪我真正的媽咪和爸爸在她死前是不是也常吵架。可能大人就會這樣：對彼此大吼大叫，跟他們真正在氣的事情沒有關係。

「妳難道是願意讓我出什麼事嗎？」約翰問。「我都開始懷疑妳更關心誰了，是我，還是一個壓根就不是我們的孩子的孩子！」我聽到了瑪姬的手打到臉頰的聲音。我知道那種聲音，因為有時是我的臉頰被打。然後我聽到約翰的大皮靴往我的臥室走，門砰地打開，他抓住我的手腕，把我拖到走廊上。我只看見瑪姬一秒鐘，我們就飛也似地經過了他們的房間。我從來沒看她哭過。

下樓時我絆到樓梯幾次，可是約翰用一條胳臂抱住了我，直到我的腳和木頭再接觸。我們下了樓，我以為我們要右轉，穿過通往簽注站的金屬門，結果並不是。約翰蹲下來，臉孔對著我的臉，他的呼吸味道怪怪的，他說話時有一點點的口水會噴到我的鼻子和臉頰上。

「妳要乖乖待在我身邊。妳牽著我的手，什麼事也不要做，也不要跟別人說話，不然我就會狠狠打妳的屁股，讓妳一個星期都不能坐。有人跟妳說話，妳只管笑。我是妳爸，妳跟我只是出來散步。聽懂了嗎？」他說的話我有一大半都不懂，可是我忘了回答，因為我一直在盯著他的嘴巴。他最近一直在嚼口香糖而不是抽菸，我認為他應該還是去抽菸比較好，因為嚼口香糖讓他脾氣很壞。「哈囉，有人在家嗎？」他敲我的頭，像在敲門。他這樣敲我很痛，我希望他不要敲我。「穿上鞋子。」

我來這裡之後就沒穿過鞋子了，花了一會兒工夫才想起怎麼穿。我覺得我的腳一定是長大了，因為我的鞋子現在好緊。約翰搖著頭，好像我又做錯了什麼事，可是他接著就打開了我那晚走過的大前門，我這才明白我們是要到外面去。

外面有房子、樹木、草地和陽光，有太多東西讓你來不及看，可是我們沿著馬路走得好快，每樣東西都咻地掠過，白花花的像一幅畫。約翰走得好快，我得跑步才跟得上。他一隻手緊緊牽著我，另一隻拎著一只紅黑色的袋子，上頭寫著「HEAD」。

我們一直到進了銀行他才放開我的手。我知道是銀行是因為看起來就像，也因為外面的招牌上是這麼寫的。我花在閱讀上的時間現在已經很多很多了，我覺得我認識的字很多了。櫃檯差不多就跟簽注站裡的一樣，有玻璃隔開我們和後面的小姐。我不夠高，看不見她，但是我能聽到她的聲音從玻璃上的洞傳過來。我認為她的聲音很美，不知道她是不是長得很美。

約翰把袋子拉鍊拉開，開始拿出一捆捆的鈔票，放在櫃檯上。我看不見的小姐拉開了一個抽屜，把抽屜清空，再推回去，然後又重來。錢有很多，所以花了很長的時間。首先是一捆捆的紙鈔用粗橡皮筋綁住，然後他又拿出裝了硬幣的五顏六色的迷你塑膠袋。綠色的袋子裝的是十便士和二十便士的硬幣，黃色是五十便士，粉紅色是一鎊。粉紅色袋子很多。等到寫著「HEAD」的大袋子清空了，約翰就謝了櫃檯後的小姐，問他能不能改天請她喝一杯。我猜她一定是很渴的樣子。

回簽注站的路上他牽我的手沒那麼緊了，我盡量走得很慢，因為我喜歡到外面來。我喜歡又看到天空和樹木，感覺太陽曬在我的臉頰上。我喜歡站在蔬果店外面的男人說：「十個李子一鎊。」還有黑盒子裡的小綠人告訴你可以過馬路。回家路上約翰說我們沒有時間等他，所以我們就在亮著小紅人的時候過馬路。

「妳很乖，我覺得可以給妳獎勵。」約翰說。我們幾乎回到出發的地方了，我沒吭聲，因為他說「獎勵」的語氣就跟瑪姬說「驚喜」一樣，所以我覺得可能不是什麼好事。

約翰把我們住的那一小排商店叫作「遊行」，我也不知道是為什麼。在我家那裡的遊行五彩繽紛，很吵鬧，一大堆人穿著漂亮的服裝在主街上行進。這裡的遊行好像非常安靜。這裡是一排五家商店：一間綠超市（就是一個人賣蔬菜水果，他本人並不是綠色的）、一家錄影帶店、我們的簽注站、一家給大家來洗衣服的店和一家雜貨店——我不知道是賣什麼的。從櫥窗看好像是什麼都賣。

門打開來，有鈴鐺響，我看到一個黑皮膚的女人坐在收銀機後。我只在電視上看過黑皮膚的人。她的額頭上有紅點，我覺得她是我見過最美麗的人。

「閉上嘴巴，艾梅，我們不是鱈魚，」約翰說，我笑了，因為這是瑪莉．包萍說的話，有點像是我跟他之間的小玩笑。瑪莉．包萍是電影《歡樂滿人間》的主角，約翰在聖誕節幫我錄進一個叫VHS的東西裡。我看了一遍又一遍。「趁我還沒改變主意，趕快挑樣東西。」

我站在那兒瞪著一排又一排的糖果和洋芋片，我從來沒看過這麼多零食，我只吃過Tayto的洋芋片。我不知道這些都是什麼，也就無從選擇。「怪獸餅好嗎？還是給瑪姬買呼拉薯圈，再來一大條吉百利巧克力，我們一起吃？」他看我沒法決定就說。

我們走向收銀機，約翰從口袋裡掏出一些錢給那位美麗的小姐。她找他零錢，他就給了我一枚十便士硬幣。

「她要十便士的綜合糖果。」他說，同時把我抱了起來，好讓我看到櫃檯後面。那裡有一罐罐各種顏色和形狀的糖果。「妳只要指著一罐，甜心，這位好心的小姐就會幫妳把一顆糖果裝進袋子裡。選十樣。」我照他的話做，指著看起來最漂亮的罐子，等到粉紅色和白色條紋袋子裝滿了，她就拿給我。我想摸她的皮膚，看觸感是不是和我的一樣，但是她以為我想跟她握手，所以我們兩個就握手了。

「很高興認識妳，妳叫什麼名字啊？」她的聲音好像唱歌，而且她的手柔軟又溫暖。

「我叫艾梅。」

「好孩子。」約翰說，而我看得出他是真心的，我把名字說對了。

我們走出商店時很開心，約翰對我笑，我也笑，雖然我能看到他的金牙。我們就要到公寓了，可是我不想進去。

「約翰？」

「爸。」

「爸，前面房間的照片裡的小女孩怎麼了？」我不知道是為什麼會想起她，我猜我是在想約翰不知道是不是也幫她買糖果。

「她失蹤了。」他走得稍微快一點，所以我又得用跑的才能追上。

「失蹤了？」

「對，小不點。她失蹤了，可是現在她回來了，她就是妳。」

我不太懂他的意思。我當然只可能是我。

主街充滿了人和聲響，但是在遊行這兒比較安靜，好像只有我和約翰出來散步。我們距離簽注站只有幾步了，突然馬路上有很響亮的煞車聲，有輛汽車，以及一堆喊叫聲。事情發生得太快了，就像是把VHS機器按快轉。三個男人，全都一身黑衣，戴著很恐怖的羊毛面罩，蓋住了整張臉，像巨大的黑色襪子挖了兩個眼洞。

「袋子給我。」最高的那個說。我以為他是指我的糖果袋，所以我就把袋子丟在地上。可是他不是在跟我說話，他是在跟約翰說話，而且他拿著什麼比著他。看起來像是兔巴哥卡通裡獵人用的槍，只是比較短，像是有人把末端切掉了。

「我沒有錢。我剛從銀行回來，你個他媽的白痴。」

另一個人打了約翰的肚子，打得他彎下腰不停咳嗽。

「最、後、機、會。」拿槍的人說。

我逃跑了。我要瑪姬。

「別動，矮冬瓜。」第三個人說，揪住了我的頭髮，把我往回拖。

「別傷害孩子！袋子是空的，拿去，你自己看。」

拿槍的人用槍重重打了約翰的臉，打得他跌倒在地上。

然後我聽見好大的一聲砰。

我睜開眼睛，發現不是那個拿槍的人弄出的聲音，而是瑪姬。她站在簽注站外面，拿著她自己的槍，而且表情是她的生氣臉。我從來沒見過她這麼生氣。

「把孩子放開，回你們車上，馬上滾蛋。否則我就斃了你們三個。」

抓著我的人冷笑，她就朝我們的方向開槍。我跌在馬路上，覺得很奇怪。瑪姬就在我的面前，我能看到她的嘴唇在動，可是剛開始我一個字也沒聽到，好像是有人在我的腦袋裡搖鈴。她看著我後面，我轉身看是什麼。那三個壞人回到了車上，我們盯著他們開走。我不覺得她射中了那個抓著我的人。我覺得她可能是故意沒射中。她輕撫我的頭髮，而我的右耳決定又可以聽見了。

「沒事了，寶貝女兒，妳安全了。」她抱著我，而我是第一次回抱她，因為雖然她傷害我，我卻知道她不會讓別人這麼做。她把我抱起來，我摟住她的脖子，兩腿夾著她的腰，這時才開始哭，因為我看到了我的十便士糖果都撒在馬路上。

25

二〇一七年倫敦

我被有人想進我臥室的聲音吵醒了。

我張開眼睛，房間伸手不見五指，聲響很小，起先我還以為是我自己的想像。但是我眨眼睛，適應偽裝成光線的幽暗陰影，我開始看見東西，我不想看到的東西。我的耳朵追蹤聲響，我的眼睛緊盯著臥室門把。門把緩緩轉動，我已經知道門後不會有好事了。

我的心臟怦怦跳，耳朵裡和胸口都像在打鼓。我想尖叫，可是我好像動不了，也發不出聲音；我的身體因為恐懼害怕而呆滯。

門把轉到極限，但是門仍沒打開。我安裝的門栓盡到了本分，而我暫時鬆了口氣，可是恐懼又回來了，甚至更快擴散到我僵硬的全身。某人不斷踢門的聲音在房間裡迴盪。門抖動了幾次，隨即飛開，打到牆上。我還沒有時間拿東西自保，他已經撲到我身上了。

漆黑一片，但是我知道是誰。

我動不了，我甚至沒想要動。

他的手箍住了我的脖子，他在擠壓，太用力了。

「他們會看到瘀血。」我設法低聲說。沙啞的話被聽到了，他放鬆力道，然後開始從體內傷害我，這樣瘀血就不會有人看到。

我讓他為所欲為。我不回應，不出聲。我以前會想擊退他，但從來沒有好結果。這不是第一次，但總是最壞的一次。我知道他是有計畫的——他只能出力到這種程度，只能持續這麼久，在他吃了一顆藍色小藥丸之後。他停止了。我聽見他摘掉保險套，丟在地板上；接上來他用不著了——不會有人因為這種方式而懷孕。

他把我翻過去，當我是個玩偶，讓我面朝下躺著。我閉上眼睛，放空身體，心裡想著如果世人知道這麼對我的人是我的先生，他們還會說是強暴嗎？

他事後總是會抱歉。

我知道他為什麼這樣傷害我，但是我不知道如何阻止他。他認為我不再愛他了，但是我仍愛他。他彷彿是在設法證明他仍然擁有我。其實不然。他從來就沒有，只有我擁有我。

他爬下床。我聽見他走向浴室，把使用過的保險套沖進馬桶裡。我以為結束了，可我又聽見他上床來，抽掉丟在一旁的長褲腰帶，我才明白今晚是那種夜晚。我文風不動躺著，面朝下，就和剛才一模一樣，使用過、被丟棄。他開始拿皮帶打我，打在他知道不會有人看見的地方。我先生一向堅持要讀我的劇本，不是因為他在乎，而是因為我每扮演一個新角色，他都想要知道世人會看到我身上的哪一塊，哪一塊仍是他個人的。他又打我，無論有多痛我都盡量不哭喊，不給他那份滿足感。

26

二〇一七年倫敦

我被一種陌生的聲音吵醒了。

我在床上坐起來，全身是汗。我在喘氣發抖，我也在哭，因為我知道我剛才的經歷是一場回憶的夢，而不是夢的殘影。我記得最後一次看到班時他把我傷得有多重。我記得在我說我要離婚之後他從餐廳尾隨我回家，踹開了臥室門，做了他想做的事。

我甚至沒要求他住手。

我覺得在某個層面上我是認為自己活該。

我們都和自己的鏡像結婚，某個和我們相反的人，但我們卻認為是一樣的。如果他是怪物，那我成了什麼？

那不是第一次，但我向自己保證那一晚會是最後一次，我絕對不會讓他再那樣傷害我。我總是言出必行，尤其是我向自己做的擔保。

萬一我真的把他怎麼了而我不記得呢？

我沒有。我很確定。幾乎是百分之九十九確定。

我的意識有一角鋪展開來，像一張藏寶圖，而我開始覺得我的腦子裡有可能埋藏了一些記憶。也許兒童時期看過男人做不該做的事情，那麼即便是長大成人了也比較難以完全理解那些事有多不對。我們都被本身獨一無二的正常狀態制約了，做了微調，把它當指紋一樣穿戴在身上。我們從一出生就被教導要融入大家，學習別人對我們的期待。我們做的每件事都是在表演。

我很蠢，倉促結婚，都還沒有真正了解他是誰。我以為我了解，但是我錯了。我是被我們旋風式的浪漫誘惑了，而我以為如果我說不就會失去他。我以為我們是一樣的。我以為他是我的鏡子，直到我仔細地看，才明白我需要轉身從我看見的鏡像前逃走，卻來不及了。我花了一個月又一個月的時間沾裹我積存的快樂回憶，最後終於空了。我以為我能改變他。如果我們能有個孩子，我覺得事情可能會改觀，可是他不肯給我我要的，所以為了報復，我拿走了他最渴望的東西：我。我撤回我的感情、我的愛、我的身體，覺得他可能會改變主意。我不明白的是他是那種不管東西是不是送給他的，他反正是想要什麼就去拿的人。

我又聽到了什麼聲音，遠處的腳步聲，把我喚回了現實。我想坐起來，但是頭痛得沒辦法。我把眼睛張開一條縫，只夠看出身在何處，但是光線太亮了，所以我又把眼睛閉上。

我覺得不對勁。

我記得跟傑克在松木的酒吧裡，我記得愛麗西亞．懷特也湊了過來。我隱隱記得第三瓶酒，然後我對那晚的記憶就斷片了。

我在哪裡？

我硬逼自己睜開眼，發現是熟悉的我自己的臥室，稍微鬆了口氣。原來我回家來了，至少確定了一件事。我的喉嚨痛，我也發現我有口臭；我是生病了。我真是個白痴，我知道我不能空腹喝那麼多酒。不知道我的腦袋是怎麼想的，我猜是根本沒在想。我希望我沒在離開之前害自己出醜，也希望我叫了計程車——我是絕不可能有能力開車的。

我不記得發生了什麼事。

我好努力想要填補空白，卻仍然是空空如也。刑警的暗示——就是我有一種會讓我遺忘創傷經驗的病症——又回來糾纏我了。要是我想不起昨晚的事，那我會不會也想不起真正發生在班身上的事呢？不過我把這個想法揮開；這和失憶一點關係也沒有，這是喝酒害的。

我是怎麼回家的？

我又聽到了動靜，這一次我豎起了耳朵。

樓下有人。

我的直覺反應是一定是班，可我其餘的回憶開始就定位，我想起了是怎麼回事了。我想起了柯洛夫特督察昨天給我看的那張班的臉又是血又是瘀青的照片，我想起了她指控我是我下的手。

我又聽見樓下有聲音。安靜的腳步聲。

不是我失蹤的丈夫回來了，就是有人在樓下偷偷摸摸。某個不應該在的人。

我不僅是恍然大悟，我更像是被淋了一桶冰水。我相信是她，那個跟蹤狂。

被人跟蹤既不是什麼光榮的事也不刺激好玩，而是可以很恐怖。

有人親自送明信片到我們家之後，那種恐懼就變成了活生生的東西，一整天跟著我，而班說他看到有個女人在屋外徘徊後，我連晚上都無法入睡。我親眼見到她之後，我還以為是見了鬼。

我知道妳是誰。

永遠是同樣的一句話，簽名也都是「瑪姬」。

事情發生時班和我交往還沒有多久。報上也才剛出現我的一些消息，還有我的照片，以及我剛演完的一部電影影評，所以說她是影迷也可以。我從來沒有過那種經驗。警方也不當回事，我卻不然。班打電話到洛城跟我說有人闖入了我們的舊家，我就知道是她，同時決定要採取行動。

我同意了搬家到一棟我連見都沒見過的房子，我還買了一把槍。

槍枝不會讓我害怕，人才會。

我沒告訴班我買了槍，因為我知道他對武器的看法，但是班和我的成長背景大相逕庭。他認為他很了解這個世界，但是他卻沒見識過我見過的事情。我知道壞人做得出什麼事來。況且，我喜歡射擊，非常喜歡，那是多年來我做過的一件能夠幫助我放鬆的活動。我第一次握槍時還是個兒童。我並不是非法擁槍，我有執照，也是　家鄉村俱樂部的會員。只是現在沒有多少練習的時間。

我在床底下摸索，我平常都把槍放在這裡。

沒有。

各種想法和恐懼在我悸痛的腦袋裡碰撞，而我聽到了腳步聲上樓朝臥室來，我急著在木頭床架下摸索，還是找不到槍。

有人就在門外了。

我想尖叫，可是我張開嘴卻發不出聲音。

我看到門把開始緩緩抖動，經歷了一種似曾相識的噁心感。

我可以躲起來，可我怕得動不了。

門開了，而我震驚得不敢相信自己的眼睛。

27

一九八八年艾塞克斯郡

我想聽瑪姬的話去睡覺，可是每次閉上眼睛就會看到那三個戴羊毛面罩的壞人，聽到店鋪外的吼叫聲。

我都不知道瑪姬有槍。

我還以為只有壞人才會有那種東西。

我的耳朵仍然怪怪的，好像小小的搖鈴人深入了我的腦袋。我想過，很多次，而且我確定她是故意沒射中壞人的，她只是想要警告他。我把被子拉上來蓋住頭——這樣感覺安全一點。我並不冷，卻止不住發抖。

瑪姬和約翰今晚吵得很兇，比平常還恐怖。他們還在吵，但是不是大吼大叫，而是小小聲地吵，他們以為我聽不到，他們像蛇一樣嘶嘶叫。我需要上廁所，可是我太害怕了，不敢走過他們的房間去廁所。我也害怕不去上的話會尿床。所以我就下了床，偷偷走向房間門口，粉紅色地毯踩在腳下軟軟的。我把一隻耳朵貼到門上，看能不能聽見他們在說什麼。

「我早就說過我們應該要到外面一點的地方找店鋪。」瑪姬說。

「而我說過那樣也沒差。哪種人才會在孩子面前表演那種特技？」約翰說。

「就是我們在應付的那些人。我叫你不要帶著艾梅——你害她有危險。」

「哼，我可沒帶著艾梅，對吧？怎麼可能？艾梅死了。」

我聽到什麼東西砸碎了。

我沒死。

我爬回床上，又用被子蓋住頭。幾秒鐘後，我的臥室門打開了，我憋住氣。在我的想法裡，憋氣會讓我隱形。

隱形，卻沒有死。

我聽到有人靠近床鋪，我希望是瑪姬，不是約翰。他有時晚上會到我的房間來。我想他一定是擔心我會不會太熱什麼的，因為他老是把鴨絨被拉開。他的動作很慢，很安靜，好像是不想吵醒我，所以我就假裝仍在睡覺，即使我已經醒了。有時我聽到他的拍立得照相機響，就奇怪他在黑暗中是在拍什麼。有時我會聽到別的聲音。

有人拉下了被子，躺到了我旁邊。她一條胳臂擺在我的肚子上，吻了我的頭。我知道是瑪姬，因為我聞得到她的香水。她說那叫「五號」，味道不錯，可是我老在猜別的號碼味道不知道是怎樣。瑪姬在捏我，好用力，所以有點痛，但是我什麼也沒說。她在哭，我的後頸很快就被她哭濕了。

「放心好了，寶貝女兒。誰也不會傷害妳，只要我還活著。」

我覺得她這麼說是為了讓我安心，效果卻相反。我的第一個媽咪在我出生那天死了，瑪姬也隨時都可能會死，然後我就又是一個人了。過了一會兒她不哭了，睡著了，可我沒有。我睡不著。我知道她睡了，因為小小的打呼聲從她的嘴巴裡發出來，鑽進我的耳朵裡，像唱歌，而那些小小的鈴鐺還在響。我也想睡覺，但是我滿腦子都是瑪姬死掉，那三個壞人又回來店鋪，而這次沒有人來救我。

28

二〇一七年倫敦

「放心好了，這個能救妳。」傑克走進了我的臥室，端著兩只熱騰騰的馬克杯，看樣子是咖啡。

「你怎麼會在這裡？」我用被子把自己裹住。

「唉唷，真是過河拆橋啊！我昨天本來想幫妳叫計程車的，可是我又不確定妳到不到得了家。幸虧我考慮周到。妳回家路上吐了，吐了兩次。而且還只是剛開始而已。妳不是說妳能喝酒？我留下來過夜以免妳被自己的嘔吐物噎死。我想此時此刻妳要說的話可能是『謝謝你』。」

「謝謝你。」我停頓了一下才說，消化著他剛說的話，不確定他的話是否填補了我的記憶留下的漏洞。我接過咖啡，太燙了，但是咖啡很濃，我大口吞下。我看著身上的睡衣，奇怪我是怎麼穿上的，如果我像他說的那麼醉的話。他彷彿看穿了我的心思。

「我幫妳脫了衣服，主要是因為妳一出計程車就吐得整個前襟都是。我稍微幫妳清洗了一下，妳自己換的衣服。我沒看到任何在片場沒看到的地方，而且我是睡在地板上。」

我看著他指的地方，看到地毯上有枕頭和毛毯。我的臉頰好燙，我敢說我的臉一定是難堪得變成了紫色了。我好像想不出妥當的話說，所以就套用了這種情況最適合的三個字。

「對不起。」低低的道歉一溜出口，我的眼睛就充滿了淚水。我老是一直犯錯，沒完沒了，搞砸每一件事，我不知道自己是怎麼了。

「嘿，沒事。」傑克放下空咖啡杯，坐在床上。「妳的私生活現在顯然是很辛苦，妳昨晚說的那些事……」

我到底跟他說了什麼？

「我們都是過來人，相信我。妳會沒事的，我保證。幸好我知道妳住在哪裡。妳很頑固，死也不肯把妳家住址告訴計程車司機或是別人。」

有個跟蹤狂盯上你就會害你變成這樣。

我在心裡把傑克的話倒帶，再播放一遍。

「那你是怎麼知道我家地址的？」

換他臉紅了，而我很詫異傑克．安德森是會臉紅的。

「我就住在兩條街外，只是拍片期間租的房子。我看過妳早晨慢跑，跟妳打過招呼，可妳好像是活在自己的小世界裡，直接就跑過去了，好像我們根本不認識。」

我啞口無言。我是很常恍神，連經過其他慢跑人都沒注意到，他們每個都在追逐永遠也追不到的夢想。感覺有點奇怪，他住得這麼近卻提也沒提，但是我提醒自己我先生是整件事情裡唯一的惡人，不是傑克，也不是我。我一定不能變得疑神疑鬼。

我聽到我的手機震動，有簡訊。手機不知為何在班的那一側充電，我拿了起來，在傑克探身過來時讀了簡訊。他有點慌張，把手機從我的手上拿走。

「這是我的，」他說。「抱歉，我的電池快用光了，所以我就借用了你的充電器……我並沒打算要整晚都待在這裡。」

蘋果手機的毛病就在這裡，全都長得一樣。我決定不提我看到的東西。

打給我，愛麗西亞

我都不知道傑克和愛麗西亞熟到可以互傳簡訊。我告訴自己別管閒事，我可不想像個吃醋的女學生。

「那你知道我的手機在哪裡嗎？」我問道。

「我不曉得。妳把皮包丟在樓下，我們一進門妳就有點像是癱瘓了。我得把妳抱上樓……」

我站起來，到處都痛。我覺得我可能又要吐了。

「哇！妳可能應該待著別動。我去拿。」他說，而我注意到他把自己的手機帶走了，好似不相信我，不敢留下來。

他拿著我的皮包回來後，我找到了手機和錢包，鬆了一口氣。我很擔心在醉酒的情況下弄掉了。我打開手機，螢幕亮了，幾乎每一個app都出現了兩位數的通知。

「怪了……」

「靠。」傑克又瞪著自己的手機。

「怎麼了？」

他眼睛四周的皺紋隨著他的笑容消失了，而且似乎是重新浮現在他的額頭上。看他沒回答，我就點開了推特。我的帳戶滿新的，從來沒有過這麼多的通知或是私信。平心而論，我不算太投入社群媒體，可這也太離譜了。我點開一個連結，就看到了TBN網站的一篇文庫，作者是珍妮佛・瓊斯。烏嘴臉。

松木製片廠斷斷續續的愛情

我的眼睛先被文字上方的照片吸引，因為是我的照片。有一張傑克和我昨晚在酒吧的照片。另一張是我們在片場，演出在飯店桌上的歡愛戲。看起來很真實。最後一張是我們在我的化妝室裡，我穿著昨天拍攝的絲質晚禮服，一點也不傷風敗俗，而傑克似乎是在溫柔擁抱我，吻我的頭頂。我不明白怎會有人拍攝這些照片；化妝室裡只有我們兩個人。

而文字則更具殺傷力：

傑克・安德森在拍攝《偶爾我也殺人》之後不久就離開了他的太太。艾梅・辛克萊仍是有夫之婦，卻在訪問中不想談她先生。這下子我們知道原因了。

我查看電郵，有幾百封信。一大堆都是那些曾是我的朋友發來的。我只掃視不閱讀，看到了我的經紀人的名字才停住。信件很短，即使是以東尼的標準來看。

艾梅，

我覺得妳應該過來聊一聊。越快越好。

東尼

我讀了兩次。由於很簡短，花的時間不多。

原來如此：他前天的簡訊，不回的電話。我消化他的話，強迫自己往肚子裡嚥，很滿意我正確理解了他的意思：我的經紀人要甩了我，而我完了。

29

一九八八年艾塞克斯郡

今天是星期天。

一個星期只有這一天簽注站不做生意，所以我們就賴床到午餐時間。我們每個星期天都這樣，我以前並不喜歡，但是現在喜歡了。

星期五下午約翰帶我到隔壁的錄影帶店，我們挑了兩部片子，準備週末看。我們總是在星期六晚上一塊看第一部片子，在前面的房間裡。耶誕樹仍然立在角落，雖然現在已經是二月了。我覺得這樣可能會倒霉，可是瑪姬說沒關係，只要我們不把彩色燈泡打開就可以。我覺得我相信她，因為瑪姬不會說謊。

我們也都在星期六晚上吃咖哩，而只要不是鋪在吐司上，我都喜歡。我住在這裡以前沒吃過咖哩，味道好極了，而且連煮都不必自己煮，是別人煮好的。一路從印度送過來，那是遠得要命的地方，什麼都熱，連食物都是。約翰用棕色紙袋帶回來時也是熱的，那叫外帶，因為你把食物帶走，在家裡吃。

我們總是在星期天早晨看第二片，在約翰和瑪姬的床上，一面吃培根三明治。瑪姬的叫法不一樣，聽起來像培根兄弟，可是我第一次那樣說時他們卻都笑了。我們現在都說是培根兄弟了，雖然我知道是錯的。

約翰每星期都會選一片，讓我選另一片。我不覺得瑪姬很在乎，播放電影時她大都在看報紙雜誌，如果約翰選的電影片頭寫了十八，她就會遮住我的眼睛和耳朵。有時她忘記，我就會看到不好的東西，但是我知道那不是真的，所以我也不害怕。今天我們吃培根兄弟，看一部叫《大魔域》的電影。太好看了！我們上週末也看。我覺得我們應該要每個星期天都看，可是瑪姬說這可能是最後一次了，過一陣子再看，可是過一陣子表示是很久的一陣子。不知為何，我開始想在我來這裡之前我的星期天都是怎麼過的。不像這樣。

「我們為什麼星期天不上教堂？」我問道，仍在看電影。

「因為上帝不會回應像我們這種人的禱告。」約翰說，點燃了一根菸。自從那些壞人之後，他就又開始抽菸了。我有點高興，因為這就表示他和瑪姬會比較少吵架。

「閉嘴，約翰。別聽他的。妳想上教堂嗎，寶貝女兒？」

我想了想才回答。有時她的問題有陷阱。「不，我不想。」我仍瞪著螢幕。差不多就是我最愛的一幕了，一隻飛天狗，其實是龍。約翰似乎覺得很無聊，可能是因為我們已經看過了。我假裝沒看到，但是他一直摸瑪姬，給她搔癢。她每次都舌頭嘖嘖響，拍走他的手，因為我不覺得她喜歡他這樣。我知道他對我這樣的時候我不喜歡。

電影結束後我覺得傷心。有時候我希望我能停留在電影和書本的故事裡，活在那裡面。瑪姬叫我回房間，關上門聽我的故事卡帶，可是我還沒準備好從一個故事跳到另一個故事。她覺得我沒聽見他們製造的噪音，其實我聽見了。每次都好像是他在傷害她，我不喜歡。我聽見瑪姬在事後使用洗手間，然後她到我的房間來，我按下播放鍵，她就會以為我在聽故事，而不是一直在聽他們。她的頭髮到處亂翹，她的臉頰也是紅通通的。

「換件漂亮衣服，我們要出門。」她說，然後轉身就要走。

「出門？」

「對，出門。跟在家裡相反。動作快。」

一會兒之後我們從後門出去。我從來沒有從後門出去過，我一跨過門就看到灰色的水泥，還有高高的籬笆，看不到後面是什麼。還有一輛紅色汽車，我覺得我以前看過。瑪姬把前座向前推，讓我爬到後面，我往後爬時好像聞到了回憶的味道。

我不確定車子開了多久——我沒辦法不瞪著窗外。我覺得我都忘了世界不只是商店和遊行街。有那麼多馬路和房屋和人，世界似乎一下子變得非常大。我們在一家酒吧停住，那是大家口渴時又不想在家裡喝水會去的地方。我會知道是因為我真正的爸爸常常做這種事。

進去裡面，瑪姬跟我找了張桌子坐下，約翰去買飲料：他是一品脫的健力士，她是一杯可樂，我是檸檬汁。我們默默喝著，瑪姬的表情很奇怪。我不確定我們來這裡是要做什麼——我們在家裡就有氣泡飲料。約翰說我們該走了，可是有兩個男人走過來，除了我以外，大家都在握手擁抱。其中一個揉了揉我的頭，弄亂了我的頭髮，我才剛梳過欸。

「記得我嗎？」他說，笑容跟他的臉一點也不搭。

我不記得他，因為我們沒見過，可是他確實讓我想起了某個人。

「我是妳的麥可舅舅，上次我看到妳時妳還只是個小嬰兒。」

「她仍然是我的寶貝女兒，對不對，艾梅？」瑪姬給了我那種表情，不用她開口我也知道她是在叫我「別說話」。

他的頭髮是橘色的，就像彩虹仙子，而且他的手對男人來說滿小的。他不是我的舅舅，但是瑪姬也不是我媽，約翰也不是我真正的爸爸。這裡的人好像喜歡假裝成別人。這兩個人說話像瑪姬，不像約翰，而他們說話的樣子讓我想起了以前，我的家在愛爾蘭的時候。我覺得麥可一定是瑪姬的兄弟，他們長得很像，同樣的嘴唇和眼睛。

他們聊了很久，我漸漸覺得睏了。瑪姬叫我不要亂動，可是我沒辦法。我很無聊，要是我知道我得整個下午都乖乖坐著，我就會把我的《說書人》雜誌帶來。

「我跟你們說，他們去的最後三家店都跟愛爾蘭有關係。那些他媽的白痴以為我們是共和軍❶，就因為我們說話有口音。」瑪姬說。

「小聲一點，」約翰看到我瞪大眼睛。「妳眼睛瞪這麼大幹嘛，小不點？妳何不到那邊去玩？」我看著他指的地方，角落有三台高高的彩色機器，都有燈光閃爍和按鈕。約翰把一隻手插

❶共和軍IRA是一九一九年為追求愛爾蘭獨立而建立的組織，使用恐怖暴力等手段，被許多國家視為恐怖組織。

進牛仔褲口袋裡，掏出點零錢給我，可是我不知道該怎麼用。

「她太小了，約翰。她不懂。」瑪姬吸著空杯裡的吸管，發出很好笑的聲音。如果是我的話，她都會罵我。

「胡說，她聰明得很！她老是埋在書堆裡，這一個。來，我來教妳。」約翰把我抱起來，走向第一台機器，再從空桌拖了張椅子，把我放在椅子上站著，我才能搆得著。他抓著我的手向上抬，按了一個鈕，它也奏起了音樂。「這叫『小精靈』，我覺得妳一定會喜歡。」

「她變得標準的爸寶了。」那個說他是我舅舅的人說。

每個人都笑了，只有瑪姬例外。

30

二〇一七年倫敦

我洗澡更衣。我服了幾顆止痛藥，應該很快就會覺得比較舒服，卻沒有。我的經紀人不要我了，他甚至沒回我發送的郵件，是他的助理回的，而且只說東尼一個小時之後能擠出一點時間來，讓我幾乎沒有時間可以準備。這一個最新的現實入侵了我為自己調配的虛構幸福生活，來得始料未及，我沒有足夠的防衛來阻止或是減輕隨之攻入的焦慮。我才剛得到我自認為想要的生活，我不能現在就失去它。

「妳的經紀人可能只是想聊一聊，就跟電郵裡寫的一樣，我覺得妳是自己想太多了。」傑克說，在我想上點化妝品時。

不工作時我通常不會來那套臉部全彩妝扮，我並不擅長。我的手指摸到了皮包裡的一支口紅。我努力讓手穩定，塗上口紅，卻太晚發覺這個鮮紅色唇膏不是我的。是她的。那個把唇膏掉在這裡的女人。只有我的下唇是紅的，有那麼一會兒我又累又迷惑，考慮要就這麼算了。

「不過就是一篇無聊的文章，到明天就不會有人記得了，而且我相信妳的經紀人不會在乎妳是不是有外遇。」傑克又說。

我轉身面對他。「可我們沒有在搞外遇。」

「我當然知道。」他坐在班那側的床上，抬高雙腳。我不知道我為什麼會覺得那麼愧疚，我又沒有做錯事。

「我還是不懂珍妮佛．瓊斯的那些照片是怎麼拍到的。」我塗好上唇，回望著鏡子。一時間，我看見的是愛麗西亞的臉。她跟我先生有染，而他們兩個正一起構陷我，這個想法到現在仍然讓我覺得荒謬可笑，但是更奇怪的事也發生過。說不定我是太快駁斥這種可能了。班是個英俊迷人、風趣幽默的人，至少他展現給世人看的是這個版本。誰也不會相信關起門來的班是哪種人。單單是想到這兩個人勾搭上了，就讓這些年來累積在我心頭的恨更加強烈。愛麗西亞從跟我同學開始就一直很賤。

「你跟愛麗西亞有多熟？」

「沒很熟。」傑克哈哈笑。「可是我不認為是她用手機偷偷拍我們的照片再賣給記者的，如果妳是這麼想的話。」

「我沒那麼說。」不過我覺得我是這麼想的。我盡量邏輯思考。「那幕戲有清場，只有幾名工作人員能拍下我們演床戲的照片。我想有很多人能拍下我們昨晚在酒吧的照片，可是我的化妝室裡的那張呢？」

「珍妮佛．瓊斯在採訪妳的早上一直在妳的化妝室裡等妳。」

「所以呢？」

「所以她一定是在妳抵達之前安裝了攝影機。」

「真的？聽起來極不可能。她是娛樂記者，不是〇〇七。那樣是合法的嗎？」

「我覺得妳會發現現在大家為了新聞幾乎是無所不用其極，根本不管是不是道德或是真實。」

我們往樓下走，我在廚房停下喝水。到城裡去見經紀人，而且還是宿醉狀態，實在不理想，但是我很急著要了結這件事，無論是什麼。我瞥見角落的垃圾桶，想起了內容物：警察覺得是我買的打火機油。我又想吐了。

「我去倒垃圾，我覺得有味道了。」

傑克走向我。「我可以幫妳——」

「不用了，真的，我可以。你何不到客廳去等——一下下就好。」

當我快速倒完垃圾回來時，傑克正瞪著手裡的什麼。

「這個一臉恐怖的傢伙是誰啊？」他拿起了我先生童年拍的那張黑白照片。

「班小時候。我只找得到這一張。」

「奇怪。」

「我知道。我到處都找遍了，以前有一堆的——」

「不是，我說奇怪是因為一點也不像他。」

我都忘了傑克跟我先生在幾個月前的派對上見過面。班是出於吃醋和疑心病而邀請他的，我非常生氣。我們剛交往時，我覺得他要我完全屬於他是很讓人飄飄然的事情，可是隨著時間經過，飄飄然變成了一種怨恨的餘暉。我有一個壞習慣，我會愛上貶低我的人，希望他們會拉抬我。從來就不會。我只是越墜越深，越快，越痛。

我記得那天晚上看到傑克和班在派對一角說話，投契得很，我覺得很奇怪。這段回憶令我不安，彷彿我是寧可這兩人是我生命中兩個獨立的個體，而他們兩人相識有點像我的過去污染了我的未來。一段記憶鑽進了我的下意識裡，像一支削尖的鉛筆刮出了記號，但很容易擦掉。

傑克放下了令人發毛的照片，跟著我離開客廳到玄關。我打開了前門，沒想到會有人站在門後正要按鈴。

「唉呀呀，想不到今天早晨會遇到你們兩個在一起。」柯洛夫特督察說，帶著大大的笑容。韋克利站在她旁邊，我還看到他們身後的馬路上停著兩輛大型廂型警車。

「我先走吧。」傑克幾乎像是一臉失望，活像他以為外面是別人。「晚上見了。」我皺眉，不確定他為什麼這麼說，尤其是當著警察的面。「在殺青宴上。」他解釋道，看出了我迷惑的表情。我都忘了是今晚了。

「殺青宴！好棒喔；你們這些超級巨星的生活真是精采刺激。我們可以進去嗎？」柯洛夫特已經往門裡邁步了。

我擋住她。「很抱歉，不行，我正要出去。」

「不會很久。我想通知妳妳說的那個跟蹤狂的最新消息。」

她吸引住我的注意了，但是我還是不能遲到，今天不行。「那就說吧。」我把前門關了一半。

她又微笑。「好吧。首先，我只是想讓妳看我們取得的更多畫面，就是妳向警察說班失蹤的那天。」她拿出她可靠的**iPad**，滑了一下。「這是銀行的監視器拍到的畫面，就是妳的帳戶清空撤銷的那時。」

我瞪著螢幕，看到一個女人的背影，跟我很像，走向櫃檯。「我說過，她打扮得像我——」

「她出示的是妳的護照。」

我遲疑了。「那一定是假的，我——」

「我們查過妳宣稱是一個叫瑪姬·歐尼爾的人寄給妳的電郵。我們追蹤了**IP**位址，發現是妳自己寄給自己的，從妳自己的筆電。」

起初我無言以對。這種暗示太可笑了——我沒有發郵件給自己，我何必？「你們弄錯了。」

我說，聽見自己的聲音有點分岔。

「我們追蹤了**IP**位址，不會有錯的。」

「我不懂。」

「妳的護照遺失了嗎？」

我想了想，隨即想起了我們放護照的抽屜裡少的不僅僅是班的護照。「對，對！」

她嘆氣。「有別人能夠進入妳家嗎？」

「沒有。等等，有，我們以前有清潔工。」

「以前？」

「她歸還了鑰匙，可是她可以去複製一把。」

「妳為什麼開除她？」

「我沒有開除她……我們只是不再雇用她了。」

因為我是個重隱私的人，也不喜歡有人在我家裡窺探，摸我的東西。

柯洛夫特瞪著我好久，久到我的臉頰紅了，但是我早學會了別多話。

「妳認為是妳以前的清潔工在跟蹤妳？」

似乎不太可能，但我仍不排除。瑪麗亞比我大一點，身高卻一樣。她換髮色的頻率就和大多數的人換床單一樣高，但是她能夠接觸我的衣物和護照。我覺得從背後看我們兩個就像是一個人，不過不可能是她，她總好像是那麼的……和善。

「我們也查過了妳筆電上的搜尋紀錄，」柯洛夫特接著說，並不等我答覆。「某個人，假設是妳，在查詢離婚律師。還是說妳覺得這也可能是妳先前的清潔工做的？說不定她家裡沒網路。」

那是我。可是我沒跟他們聯絡。我只是情緒低落。柯洛夫特以為她是誰，如此侵犯我的隱私。我讓他們帶走我的筆電是一片善意，可她又用一切東西來對付我。

「妳有槍嗎，辛克萊太太？」

我沒回答。

「根據我們的紀錄，妳有。妳覺得妳先生提到的失憶也讓妳忘了有槍嗎？」

不，我什麼都記得。一向如此。

「擁有合法註冊的手槍並不犯法。」

「沒錯，是不犯法。我可以看一下嗎？」

我瞪住她不放。「你們要是有什麼實據，早就逮捕我了。」

她微笑，跨近一步。「妳說得對，我是會。」

「你們沒聽過在證明有罪之前都是無辜的嗎？」

「當然有啊。我還聽過上帝和耶誕老公公呢，可我一個也不信。我們想再搜索妳家，方便的話。」她扭頭看著那兩輛廂型車，車門已經打開了，我看到每一輛裡都有數名警察。

「現在不方便，再說，要搜索我家不需要搜索狀嗎？」

「除非是妳拒絕我們。」

「那我建議妳去申請一張。」

31

一九八八年艾塞克斯郡

「我幫妳買了新卡帶。」瑪姬說，走進我的臥室。她有髮膠和她的五號香水味。她今天穿了一件黃色套裝，不知為何肩膀加墊，讓她的肩膀看來比本來的要大。我很高興有新卡帶。我把舊的聽了一遍又一遍，每個故事都會背了。

「這些卡帶非常特別唷。」她放了一個到我的費雪卡帶機裡，按了播放。一個陌生的聲音從機器傳出來。

「今天，孩子們，我們要學母音。跟著我唸：好、腦、高、考。」

瑪姬按了停止鍵。「來啊，照她說的做啊。」

這個故事卡帶一點也不好玩。我張開嘴，可是已經忘了該說什麼了。瑪姬嘖嘖作響。又按了一個鍵，卡帶倒帶，停止之後她又按了播放。我這次努力記住。

「今天，孩子們，我們要學母音。跟著我唸：好、腦、高、考。」

瑪姬按暫停，我重複那些字。「好、腦、高、考」。我以為她會高興，結果並沒有。

「不是這樣的。妳得唸得跟她一樣。不能有愛爾蘭口音，妳需要開始說話像她，像他們。妳需要融入社會。」

「我為什麼不能說話跟妳一樣？」

「因為別人會用外表來評斷妳，看妳的長相，聽妳的說話。誰也不在乎內在。我要妳把它當作演戲，就是演戲，而且演戲一點也沒錯。有些人還靠這個賺很多錢呢。」

「我不想演戲。」

「妳當然想。妳好愛看的那部片子，叫什麼來著？《大魔域》，就只是演員在演戲，不是真的。」她快害我哭了，可是我知道要是我哭了她會打我耳光，所以我就把眼淚眨掉。「演戲超級好玩，要是妳能學會像他們那樣說話，妳長大後就可以有各式各樣的有趣歷險，就跟電影裡的小男生一樣。」

「我有一天可以騎龍狗飛嗎？」

「大概不行，可是妳可以做別的事，只要妳用功，學會把話說得漂亮。」

「既然我需要學習，那我為什麼不去上學？」

瑪姬的表情開始變了。「因為妳還不夠大。」

我夠大了。

「那我的衣櫃裡為什麼有一件制服？」

瑪姬的五官扭曲，我覺得很可能會變成她的憤怒臉，但是卻沒有，反而變成了別的，我不記得之前看過的表情。她走向衣櫃，打開了門，動作很慢，好像是怕可能會嚇到裡面的東西。她一隻手拂過所有的小衣架，最後摸到了最尾端的那個。她拿了出來，藍色外套、襯衫和條紋領帶上仍掛著標價牌。

「妳是說這個？」她問道，聲音好小我差點沒聽到。我點頭。「喔，這本來是要當驚喜的，而且我覺得裙子可能還是太大了，不過等九月，我猜就會剛好了。」

「妳是說我九月要去上學？」

「對，」她過了一會兒說，而我站了起來，跳上床。「如果……」我坐了回去。「如果妳學會了說話跟他們一樣。妳只需要聽這些演說術錄音帶，照著那位女士說的做。妳很快就會掌握住技巧的。」

「可是我為什麼一定要呢？我為什麼不能就像我自己這樣說話？」

「別人批評妳爸跟我就因為我們的口音，而我不想妳也這樣，寶貝女兒。我要妳長大之後想做什麼就做什麼。這只是在演戲，就這樣。我們都得學會演戲，艾梅。讓陌生人看到真正的妳絕對不是好主意。只要妳永遠不忘記真正的自己，演戲可以拯救妳。」

32

二〇一七年倫敦

我滿擅長演戲的，即使狀況並不好，我也能粉飾。我可是訓練有素。但是今天我戴的面具卻感覺不像是自己的，而感覺上我的人生在一塊塊瓦解。我卻似乎沒有辦法讓殘餘的碎片不剝落，而我的經紀人認為現在是丟棄我的好時機，那我的事業就完了。

東尼的辦公室就在市中心。今天天氣晴朗，所以我走了一段路，避開地鐵以及蜂擁而入的人群。只因為我選擇了螢幕上的人生，不應該就等於我不再有權擁有自己的人生，一個有隱私的人生。儘管現代的網路攻擊，我並不太擔心有人會認出我來；現在的人比較想看他們想看的東西，而不是實際存在的東西。我見過別的女演員出門戴帽子和墨鏡，但那只會吸引注意。我不把髮弄直，也沒化太多妝，穿著打扮就跟別人一樣，如此的偽裝更好。有時會有人瞪著我這邊，比平均時間略長一點；你能從他們的眼神看出來，那認出的一刻。但是他們想不起我是誰，想不起在哪裡見過我的臉。

而我喜歡這樣。

我早到了，所以我就在皮卡迪利的水石書店晃蕩。這是幾天來我第一次稍微放縱自己，而這裡是一個閒逛的好地方；那麼多的書全都在一處屋頂下。我滿常來這裡的，很喜歡沒有人知道我是誰。偶爾我會希望我能躲在這裡，一直到別人都走了才出來，而店員也鎖好門回家了。我會一整晚都讀些舊書，黎明時我會讀些新書。你不能允許過去偷走你的現在，但是如果你能抽取正確的那一刻，就可以為你的將來增添燃料。

我在書店裡一向感覺安全，就彷彿書店裡的故事可以把我從自己和世界拯救出來。一座文學的避難所充滿了一架架紙形降落傘，在你墜落時可以解救你。有些人設法吹出了自己的童真氣泡，藏在裡頭保護自己，不受這個世界的真相侵擾。可即使你是在人生中飄浮而過，安全地躲在自己的氣泡裡，你仍然能看見周遭發生的事。你無力將恐怖完全隔絕開，除非你閉上眼睛。

我買了一本書。被這麼多書包圍，不買一本似乎不禮貌。這是寫於一九五八年的書，我讀過，但是放進皮包裡仍給我一種奇特的舒服感覺。我離開了書店及虛構的世界，感覺上我像是帶走了一小片的幻夢。一件護身符，以紙和文字製成，幫忙阻擋現實。

我步出書店時心裡懷抱的希望比進來時多一點，我開始覺得一切都會好轉。忽然有個女人攫住我的胳臂，把我往後拉出馬路，而一輛雙層巴士正好呼嘯而過。司機的喇叭聲充斥了我的耳朵，我的面前也閃過一團紅霧。

「走路要看路！」我的救命恩人厲聲說，一頭誇張的燙髮搖得起勁。

我喃喃道謝，不太能把話說清楚或是喘得上似乎被偷走的那口氣。好險，太險了。有時我就是不知道我是哪根筋不對，我這一輩子好像總是看錯方向。

我走過最後兩條街，來到我經紀人的辦公室，搭電梯到五樓。電梯沒人，所以我對鏡自照，噴了些香奈兒五號，不是因為我想要香噴噴的，而是因為這個特別的香水一直都能在我最害怕時讓我感覺鎮定。我也不知道是為什麼。看著自己讓我想起了稍早柯洛夫特督察給我看的銀行監視畫面。不是我，但是真的看起來很像我。我並沒有去銷戶然後忘記。我沒瘋。我比之前更相信是班和某人合謀要摧毀我的事業，但是我得把這些有關他和她——無論她是誰——的想法暫時封存。兩個都埋葬掉。

我瞪著櫃檯後面的漂亮招牌，寫的是「才華經紀公司」，而一如往常，忍不住想我是來這裡幹嘛。我沒有才華，而且我格格不入。我老以為東尼簽下我是誤會，所以我覺得遲早他會想通。我等待著，盡量不慌張，讓別人去告訴他我來了。

這裡很大。玻璃辦公室一間挨著一間，有如一座動物園，經紀人以才華及野心的健康結合物為食物。今天製造美夢，明天就辣手摧心。前檯的女人在我們視線接觸時對我微笑。她從我進門後就一直瞪著我看。她是新人，我沒見過她，而我不禁納悶她是否知道我是為何而來。他們是不是全知道？

經紀人隨時都在割棄客戶。來的路上我想到要在網路上查看東尼的客戶名單，但是我沒辦法，唯恐我的名字和照片已經從網頁移除了。我的自信的針眼縮小得太厲害，已經沒辦法看過去了，而即使是最細的希望之線也找不到孔洞。愛麗西亞說得對，我一開始就跟他的其他客戶不一樣，而我現在仍是。區區幾個電影角色是改變不了這一點的。

我越來越緊張，覺得快吐了。我才剛站起來想去洗手間，東尼最新的助理就出現了，帶我去他的辦公室，所以我逼自己微笑，跟著她。走過迷宮似的走廊時，我深信每個人都在看我，每向前跨一步都需要最大的心理力量以及生理力量。彷彿我是在抵抗地心引力。

東尼是中年人，中產階級，而且也總是居於中間。他披著固定不變的古銅色肌膚，穿一套昂貴套裝，眉頭總是深鎖，除非是有人看著他，那時他就會鬆開眉結，以調皮的笑容讓他的臉孔一亮。他的頭髮最近變為白色，我希望不是因為我造成的。從玻璃牆看過去，他好像很忙，俯在桌上，瞪著螢幕。他的助理問我要不要飲料，我拒絕了，即使我很渴。我始終不習慣別人幫我服務，感覺就是不對。東尼看見了我，比平常多了一秒他的蹙眉才變換成笑容。我盡量不往心裡去。

「嗨，妳好嗎？」他說，在我坐下時關上了門。

我他媽的完蛋了，而你明知故問。

「我很好，你呢？」

我敢說他會說很忙。

「我很忙，真的忙。」

幹，我就知道。我完蛋了。混帳，他幹嘛不直接寫信告訴我？我也許能找到別的經紀人，卻不會一樣。我確定我能拿到角色都是因為他代表我。我信任東尼，至少，以前是的。我不信任別人。我他媽的完蛋了。

「艾梅？」他打斷了我的內心獨白。「妳還好吧？」

不好。

「嗯，對不起，只是……累了。」

「那我就不繞圈子了。妳知道我為什麼今天要見妳嗎？」

因為你不要我了，而我為此而恨你。

我搖頭。現在是恐懼主宰了我會說的話，以及我不會說的話。我發現自己俯視著腳，無力看著或是聽著這個我信任的人磨刀霍霍。噁心感又湧上，又一次攫住我的注意，而我覺得我可能就要在他的辦公室裡病倒。我的膝蓋開始發抖，我每次害怕都會這樣，實在是很老套。我用手用力按住膝蓋，同時心想我是否能說什麼話來讓東尼改變主意。他在我有機會之前就先開口了。

「嗯，其實是有兩件事……」

我總是聽他的話，但是目前我最大的努力是不要哭出來或是吐出來。

拜託不要這麼做。

「我收到了妳先生的電郵。」

時間靜止了。

「什麼？」

「他想讓我知道妳處理不了目前的壓力。我知道妳今年拍了兩部片子，是很多，即使是對經驗豐富的演員來說。我要妳知道如果太累了妳可以跟我說。偶爾說個不沒有關係。有很多事，還有很多人，我是可以幫妳擋的。」

「我不知道他為什麼要聯絡你，我沒事，真的。」

他瞪著我看了很久。「家裡沒事吧？」

「沒事。」我沒有騙過東尼，感覺全錯了。「其實是有事，不過很快就會沒事了。我希望。」

他點頭，俯視桌上的劇本。「好，因為我找妳來的另一個理由是有導演為了另一部片跟我聯絡。上禮拜他們要妳飛到洛城去試鏡，不過我代妳拒絕了，因為我知道妳在拍片抽不出空來。所以導演跟他的劇組下禮拜會來倫敦，為了跟妳見面。我覺得那個角色差不多就是妳的了……只要妳想要。片子至少要一個月後才會開拍，所以妳可以稍微休息一下……」

「誰是導演？是我聽說過的嗎？」

「喔，對。」他微笑。

「誰？」

「芬徹。」

我等了一會兒，想確定我沒聽錯，最後我斷定我沒聽錯。

「芬徹？」

「對。」

一定是弄錯了，不然就是非常惡劣的玩笑。

「你確定他要見的是我嗎？會不會是愛麗西亞？」

我瞪著他，在他的臉上搜尋我沒發現的東西。「我不再代表愛麗西亞．懷特了。沒有弄錯。妳到底是要怎麼樣才會開始對自己有信心呢？」

我回到過去。我在學校裡，在戲劇老師的辦公室，就在他給了我《綠野仙蹤》的桃樂絲一角之後，即使我因為太害怕而沒去試鏡。我的經紀人有點讓我想起那位老師。我不懂這兩個人為什麼會願意給我機會，但是我太感激了。我的人生可能並不完全符合我的期待，可是有時我覺得好幸運，連心都痛。而這也是其中的一次。

「謝謝你。」我最後說，找到了路回到現實。東尼擺出了那種表情，意味著下個預約就快到了，需要我走開，卻不知如何啟齒。我起身欲行，鬆了口氣，因為他沒看網上今天對我的編派。

「艾梅。」我轉身，一看他的臉色就知道我又猜錯了——他當然看了，他什麼都看。但是我驚訝的是他掛著慈祥的表情，而不是我以為的失望父親的表情。「在我當妳的經紀人時，如果妳只記得住我告訴妳的一件事，我希望就是這一件：妳應該要戰鬥，尤其是妳覺得快要輸了的時候。那時妳更應該要使盡吃奶的力氣。」

「謝謝你。」我低聲說，趕緊離開了，免得他看到我哭。

33

一九八八年艾塞克斯郡

今天是我的生日。

不是我在九月的那個真正的生日；瑪姬說我必須把它忘掉。今天是我的新生日，四月的那個，而她說我七歲了。不過我真正只有六歲。

我現在不介意我有不一樣的名字和生日了。我開始喜歡這裡了。瑪姬常常幫我買小禮物，就連約翰今天都送了我東西。瑪姬在他給我的時候很不高興，而他看著地板，把玩著他的新鬍子，就跟每次她生氣時一樣。然後他說了些我一直忘不掉的話，就好像那些話卡在我的兩隻耳朵之間。「孩子需要有伴。」我明白他的意思，但是我覺得他錯了。我喜歡一個人。

不過我還是很開心他送了我一隻倉鼠。我給牠取名叫「嘟嘟」。

嘟嘟做的事不多。牠住在籠子裡，常常在睡覺。有時候牠喜歡在輪子上跑，牠跑啊跑啊，卻哪裡也跑不了。我不知道牠是不是介意。瑪姬不喜歡牠，不肯叫牠嘟嘟，反而叫牠「害蟲」，我覺得那不是好名字。

瑪姬送了我一台隨身聽，讓我可以聽我的《說書人》卡帶和演說術課，而她和約翰不必也跟著聽。我的英語發音已經滿棒了，所以我九月可以去上學，而且我的隨身聽非常酷。我一整天都戴著耳機，連不聽卡帶的時候也一樣。

約翰今天也送了瑪姬禮物，雖然是我的假生日，不是她的。她的禮物用跟我一樣的神娃（She-Ra）紙包裝，而且我覺得很好笑，竟然不准我拆開。神娃是位超能力公主，也是我最新的一個喜歡的東西。她住在城堡裡，騎著馬到處飛，阻止壞人做壞事。我長大以後想要和神娃一樣。

約翰說瑪姬應該有禮物，因為今天對她也是很特別的一天。他說今天她把一條生命帶到世界上來，他說話的時候看著我，但是他說的並不是我。我可能只有六、七歲，但是我不笨。他說話時瑪姬沒有看著我，而是看著壁爐架上那幀照片裡的小女孩。她哭了一下，卻假裝是乾草熱害她流眼淚，然後她用衛生紙把她的謊言擦掉了。我想這只是個善意的謊言。

瑪姬拆開了禮物，我不知道那是什麼東西。那叫作油炸鍋。我也不知道為什麼覺得這個名稱很好笑，可是每次約翰一說我就會嘻嘻笑。瑪姬問他是不是從貨車後面弄來的，我覺得從那裡買禮物還真奇怪。約翰不理她，說油炸鍋會改變我們的生活。我起先不相信，但是他說對了。我們之前一直都吃吐司上蓋東西，但是現在我們不管吃什麼都會配炸薯條。棒極了！瑪姬才得到油炸鍋一天，我們的午餐就已經有蛋和薯條，晚餐有漢堡和薯條了！

油炸鍋好像有魔法。瑪姬把馬鈴薯去皮，切成薯條的形狀，再丟進鍋裡。等到嗶一聲，馬鈴薯就神奇地變成薯條了！我不准碰油炸鍋，裡面有油，而且很燙，瑪姬第一次用就燙傷了指頭。

約翰說要親她的手指讓她舒服一點，但是被她推開了。我忍不住在想，親什麼東西讓它變得好一點其實是反而讓它變得更糟。

今晚為我的生日我們有特別的甜點，瑪姬說是驚喜。我希望是好的那種驚喜。她要我坐在前面房間的沙發上，在電火爐旁邊。燈不亮了，不過是因為約翰關了燈，而不是因為電表沒投錢。瑪姬走進來，端著一個蛋糕，插了蠟燭，放在我們只用來喝茶的咖啡桌上。我從來沒有過生日蛋糕。她叫我許願，把蠟燭吹熄，我乖乖照做，而約翰拿他的拍立得幫我拍照。蠟燭有七根，但是我知道我才六歲，所以我不知道我許的願望會不會實現。

在我們都吃了兩片巧克力蛋糕之後，約翰站了起來，走向壁爐，拿起了那個小女生的照片；她也是在吹滅生日蛋糕上的蠟燭，不過我只數到六根。他打開了相框，準備把她的照片放進口袋裡，但是瑪姬說不，所以他又放了回去，把我的新照片滑到舊的上面。看見我自己在相框裡很奇怪。另一個女生藏在我的後面。我看不到她了，但是我知道她還在那裡。

34

二〇一七年倫敦

我坐在中央線上，想讀我稍早買的那本書，卻看不下去。這是古老的故事，卻放了新的想法到我的腦子裡，可是目前我還沒有空間可以容納。書也可以是鏡子，提供了我們最壞的一面的倒影讓我們評估；教訓藏在書頁之間，只等著你去學習。我把書放回皮包裡，瀏覽著同車乘客的臉孔，臆測著戴著這些臉皮的人的真面目。

班和我以前坐地鐵會玩一個遊戲。我們會挑兩個在遠處談話的人，在他們說話時輪流說話，裝出可笑的聲音，虛構好玩的對話，跟我們看到的臉孔一點也不搭配，發現我們自己真的很會搞笑。當時我們很快樂。這段回憶引我微笑，但我隨即明白我是對著陌生人嘻笑，而且過去是找不回來的。我瞪著別人看很不禮貌，但是誰也沒說話。人家甚至沒看到，他們都忙著看手機，每天都從奇妙事物和周遭世界退縮。我們都太忙著俯視螢幕，都忘了要抬頭看星了。

我覺得花太多時間觀察別人的生活是危險的，你可能會沒時間過自己的生活。科技正在讓人類繳械，吞噬我們的情商，吞吃不下的殘餘隱私才會吐出來。世界會繼續運轉，星辰會繼續閃耀，無論有沒有人在看。

有時我覺得每個人都有可能是他自己的一顆星球，在他們自己的太陽系中間照耀。我觀察著同車乘客的各種變換的表情，我確定我在他們的表面偶爾目睹了火焰，在他們沉思著過去或是擔心將來時。每一顆行走、說話、思考、感覺的人類星球都有他自己的恆星圍著轉：父母、孩子、朋友、情人。有時星球變得太大、太熱、太危險，最接近的恆星燃燒湮滅。我坐在那兒瞪著面孔銀河系，想從一個地方到另一個地方，我明白了我們是誰、我們做什麼並不重要；我們都是一樣的。我們都只是想在黑暗中發光的星體。

我在諾丁丘下車，走路回家，脖子把頭撐持得比最近要高一點。每一步都讓我體驗到各種情緒上下彈跳的感覺。一忽兒高一忽兒低，接著又重來，最後，混雜的情緒在我疲憊的心裡筋疲力盡地瓦解。我最喜歡的一位導演要來給我試鏡，我的經紀人沒有要割棄我，而儘管我的私生活裡問題層出不窮，我還是有許許多多事情值得感激。跟班的誤會都會澄清。他想傷害我，可是他不能消失一輩子，而我也不能為了一件沒有發生的罪行被控訴。

我轉個彎走入我家那條街，感覺一切畢竟都會迎刃而解。

這感覺卻沒能持久。

今早停在屋外的那兩輛警方的廂型車仍在，可現在車子是空的。我的前門大開，一群警察進進出出，藍白色封鎖帶隔絕了我家和馬路。我猜柯洛夫特督察拿到了搜索狀。

這一定是場惡夢。都到現在了，她一定已經明白我說的是實話。我不知道我先生在哪裡，他為什麼會說那些話，或是這麼對我。我覺得他只是要給我一個教訓，但是夠了就是夠了。我當然沒有像她暗示的那樣做掉了他。我就算兒童時被診斷出有創傷引發的失憶症，但是醫生錯了，而且不管怎樣，我覺得如果我做了那麼離譜的事，我會記得。

我開始往封鎖線走。他們非得讓我進去不可，這是我的房子，再說了，我需要為今晚的殺青派對準備；我不能這身打扮過去。我一看到兩個全身白色鑑識連身服的人，剛吃飽了風的帆立刻一洩千里。他們抬著像是擔架的東西走出了我家前門。上頭有什麼，或是某人，掩蓋在白布下。

起初我不敢相信我的眼睛。

這一幕似乎烙印到我的心裡，留下了永久的痕跡，扼殺了我僅存的希望。

他們不可能找到屍體，因為這就表示有人死了。而要是真的有人死了，那就表示是別人殺的。我看到柯洛夫特督察的身影走出屋子；她指著什麼我看不見的東西。要是她真的找到了什麼，那她就絕對不會相信我說有跟蹤狂的事情——她一開始就不相信。距離這麼遠，我看不出她的表情，但是想像中她是在微笑。我轉身就跑。

35

一九八八年艾塞克斯郡

現在我每天晚上都會在店鋪掃地拖地，我一面聽著隨身聽，一面練習像是「石室詩士嗜獅」或「崔腿粗，崔粗腿」之類的東西。每天晚上，等我打掃完之後，我會把小塑膠容器裝滿新的簽注單和迷你藍色原子筆，準備明天使用。簽注單是兩張黏在一起的紙，寫在上面的白紙上，底下的黃紙也會有字，跟魔法一樣。客人來下注，就把兩張紙都交給瑪姬或約翰，然後再拿回黃紙和零錢。要是贏了，他們就會把黃紙拿到櫃檯，拿走他們的錢。要是輸了，他們就會把黃紙握成一團，丟在地上，連同他們的菸蒂和其他垃圾。然後，等店鋪打烊，我就把垃圾統統掃起來。我每天都要做這些事，只有星期日不必。

瑪姬只要一大喊打烊了，我就會去拿掃把，從櫃檯後面拖出來。她和約翰仍然在把今天的鈔票用橡皮筋束起來，用小塑膠袋裝滿硬幣，再丟進保險箱裡；保險箱差不多跟我一樣大，只是非常重。我有一次想抬，它卻動也不動，連移動一公分都沒有。

「你們為什麼沒結婚？」我問道，看著他們數錢。我剛在我的《說書人》雜誌上讀到一位公主嫁給王子的故事。我知道瑪姬和約翰沒有結婚，因為他們沒戴戒指，而且從樓梯底的信箱塞進來的信上也是不一樣的姓氏。

瑪姬從一堆二十鎊鈔票上抬頭。「因為婚姻是騙人的，寶貝女兒，而我們在這個家裡不對彼此說謊。我告訴妳很多次了，妳也該聽懂了。」我不懂她是什麼意思，但是我沒再問，因為瑪姬今晚戴著她的開心臉，而我不想讓她改變。約翰指著什麼被櫃檯擋住的東西。我彎下腰去，看到兩台很大的角子機，並排放在一起。

「啥個——」

「說英語。」瑪姬說。我現在不可以像她一樣說話了。我還是必須先想一想才能像別人一樣說話。

「那是什麼？」我問道，發音字正腔圓。

約翰微笑，金牙閃爍。「魚餌。」

「閉嘴，約翰。那是給妳的。」

「可那到底是什麼？」

「嗯，一台只是普通的舊水果盤，另一台嘛……知道嗎，我想不起來了——妳呢，瑪姬？」約翰說。

「我覺得可能是……小精靈！」她說。

「小精靈」是我最近愛上的東西。我每個星期天都在酒吧裡玩，而瑪姬和約翰則和跟瑪姬很像，自稱是我舅舅的人說話。他們長得一樣，口音一樣，而且說的事情也一樣。就好像有時候他們是一個人，但是他是男的，她是女的。

「謝謝，謝謝，謝謝！」我跑回櫃檯後抱住了瑪姬的腿。她說我只有在打掃完之後才能玩，所以我就動作特別快。然後約翰從保險箱拿了一袋零錢給我，把我抱起來坐在凳子上。

「好了，我知道妳滿腦子只想著要玩小精靈，我也不怪妳；那個黃色的小傢伙是會讓人上癮的。可是首先妳得玩這一台，而且要玩到贏為止。妳只要投錢進去，按這個鈕。得到三個檸檬就會有很多錢從機器下面跑出來。然後，妳不能再碰這台機器，一直到明天。懂了嗎？」我點頭。「乖孩子。等妳從水果盤拿到了錢，就可以用來玩小精靈。我隨時都可以清光那一台。」

第一台機器我玩了好久，手指頭都痠了，可後來三個檸檬出現了，很多錢從底下跑出來，就和約翰說的一樣。他說機器最靈光的時候是在白天，因為我們在晚上把錢都清空了，所以可能那就是我得玩的原因。我贏的時候機器發出好吵的聲音，而且像是沒完沒了。我從黑色皮凳上跳下來，把凳子推向小精靈，再爬上去坐好。我玩了十次，所以我的名字——新的那個——寫滿了積分榜。然後我聽到瑪姬的《東區人》節目在公寓響了起來，她往下大叫。

「晚餐五分鐘，妳得先清倉鼠籠，我告訴過妳了。」

我都忘了嘟嘟了。牠每天都做同樣的事情：吃飯，睡覺，繞圈子跑步。我不知道瑪姬為什麼那麼討厭牠，但是我希望她的電視節目能讓她稍微開心一點。我聞到了油炸鍋的味道，所以我知道我們要吃薯條。我們現在餐餐都吃薯條，什麼都配薯條。蛋和薯條，香腸和薯條，漢堡和薯條，起司和薯條。星期天我們吃澆了沖泡肉汁的薯條，是我最愛的！我喜歡每天吃薯條，但是我打小精靈才剛第一次升到五級，所以我就暫時先不理瑪姬。

等我又聽到《東區人》的音樂我才明白她的節目一定演完了。我太忙著玩，都忘了要上樓去吃晚飯了。我希望瑪姬不會對我生氣。我跑上樓，跑進廚房——油炸鍋仍開著，所以也許我沒有太晚。

「妳來了。」瑪姬站在門口。表情奇怪，我不覺得我喜歡。「餓了嗎？」

「嗯。」我低聲說。

「真的？因為我半小時前叫妳，妳沒理我。」

她向前跨步，我退後一步。

「恐怕晚餐都吃完了。妳今晚沒薯條吃了，寶貝女兒。我在煮別的東西，特別的東西。妳想看嗎？」

我不覺得想。

我轉身想離開廚房，卻被她抓住。她用一隻手把我抱起來，用另一隻手掀開了油炸鍋的蓋子。

油很燙，我能看到表面有東西在冒泡。

我一看出是什麼就放聲尖叫。

我哭了起來，想別開臉，她卻握著我的下巴，強迫我看。

然後她在我的耳邊呢喃。「可憐的嘟嘟。算了，我相信牠現在一定是在倉鼠天堂裡轉圈子。除了我以外妳什麼也不需要，艾梅。妳現在應該學到這個教訓了。下一次我叫妳做什麼，我建議妳就乖乖照做。」

36

二〇一七年倫敦

大家說我們想做什麼人都可以。

事實是我們可以做我們相信可以是的那個人。這可是有很大的差別的。才怪。

如果我相信我是艾梅．辛克萊，那我就是。

如果我相信我是個演員，那我就是。

如果我相信我是被愛的，那我就是。

摧毀這份信念，就摧毀了塑造它的現實。

我漸漸相信我的婚姻只不過是一個謊言了。我發現自己在中倫敦遊蕩，完全不記得我是怎麼來的。有那麼一刻，我以為那麼多年以前診斷出的失憶症是正確的，而我一直在騙自己，以為我記得住發生過的每件事，以及我做過的每件事，可我還是把這個想法甩掉了。當時不是真的，現在也不是真的。

我一面走一面想，卻想不出個所以然來，這幾天發生的事還是一點道理也沒有。我不知該去哪裡，該投奔誰。而明白了我覺得沒有人是可以信任的，這份領悟只是更雪上加霜。

班不可能死了，因為我不相信。

沒說出口的話在我的腦子裡搖晃，在心智的圍牆間彈跳，尋找一個出路，卻沒有出路。這次沒有。我想著近幾個月來我逆流泅泳的仇恨波濤。我想著那晚班對我做的事，我想著我的槍不在平常收藏的床底下。這整個惡夢發生以來，我頭一次真心開始懷疑自己，承認了我對現實的掌握似乎不像以前那麼牢靠。

我的先生是不是死了，我一定會知道吧？

我一定會有感覺吧？

也可能不會。

我覺得好像被放進了慢動作影片裡，我看著周遭熙來攘往的人群，人人都好像十萬火急。大多數的人都忙著看手機，看不到正走向何方或是去過何處。我發現自己站在班工作的TBN辦公室外，卻不記得是怎麼來的。看到這地方讓我回到從前，回到我們剛在一起時。我們開始約會時總是約在這裡。

我們在網上認識時根本就是陌生人。

將近兩年的婚姻後我們是感情上的陌生人。

我現在是做不出那種事了——在約會網站上使用真名和照片——可當時，誰也不認識我，不真的認識。我的名字對別人都沒有意義，包括我自己。是班先主動的。他寫信給我，我們交換了幾通電郵，然後我同意見面。一切可以說很完美，直到婚後的幾個月。然後我們就再也沒有幸福快樂的日子了。

班熱愛工作。他幾乎和我一樣頻繁飛到世界各地，那些我們認為比我們的世界更麻煩的角落。他像是對新聞上癮，而我最近則幾乎不去留意新聞。如果真的發生了什麼壞事，如果他不能去上班，他的雇主會知道；我就沒見過他請過一天的病假。我只需要證明我的先生仍活著，而且是他在設法傷害我，而不是我要傷害他。他想摧毀我的名聲，摧毀我的事業，因為他知道我只剩下這些，而沒有這些，我就什麼也不是。

我硬逼自己走過旋轉門，走向櫃檯。我等著瞪著電腦螢幕的女人抬頭，這才張嘴，但是問題卻像太膽怯，不敢出來。接待員的皮膚是完美的黑色畫布，眼神犀利，嘴唇毫無笑意。她的頭髮就和她的態度一樣拘謹，又粗又黑束成一個緊繃的馬尾，整張臉像拉過皮。她脖子上的掛繩串著的識別證寫的名字是「喜兒」。根據我迄今所見，感覺有點諷刺。我延長的沉默讓喜兒看著我的樣子彷彿我可能智商極低。說不定她是對的，說不定我真的是。

「我想找班．貝利。」我終於說出了口。

她的眼睛本來是瞇著的，現在瞪大了，隨即又皺緊了眉頭。

「請問尊姓大名？」

我不想告訴她我的名字，我寧可自己知道就好。我不再自動說出自己的名字了。

「我是他太太。」我最終沉澱下來。她對著我這邊挑高了畫過的眉毛，再在鍵盤上敲了敲。

「太太」這兩字目前似乎能滿足系統。

「那邊坐。」

我移向她要我等待的紅色沙發。她一直等我坐下才拿起桌上的電話，一邊說話一邊盯著我不放。

我坐著。別人來來去去。我看著櫃檯後方銀色的電梯吞沒了大樓內的某些人，又吐出別人。喜兒對每一個接近櫃檯的人都是同樣的眼神和冰冷的態度，活像是她的自動調溫器壞了。而我覺得很可惜，有些人好像天生就是冷冰冰的。

有個年輕男子從電梯裡出來，往我這邊走，我以為他伸長的手是在招呼別人。他二十來歲的頭髮太長了，跟他的長手長腳一樣，突出的角度奇怪。他的套裝閃閃發亮，身上有鬍後水和薄荷以及青春的味道。

「哈囉，我相信是您想見班．貝利？」他低沉的上流社會聲音與他的外表並不相符。我點頭，讓他和我握手。「恐怕班已經有兩年多不在這裡工作了。我昨天也和警察說過一樣的話。妳跟櫃檯說妳是他太太？」

我好像說不出話來，我太忙著消化他的話了，所以我又點點頭。

「真是奇怪了。」他瀏覽我的外表，然後五官出現了那種我很熟悉的神情，就是別人想不起是為何認得我的臉的表情。他結結巴巴說下去，急於表達清楚卻說得不順。「我是說，班是那種很低調的人，下班後從不上酒吧之類的。我不怎麼認識他，我們沒有一個跟他熟稔。很抱歉我幫不上忙。他是不是有什麼麻煩？」

「你說班・貝利不在這裡工作已經兩年了？」

「對，沒錯。」

大樓裡人們進進出出，電梯門開了又關，我面前的這個男孩子還在說話，但是我一個字也沒聽見。有人把世界的聲音關掉了，而說不定沒有什麼關係，因為我不覺得我想要再聽了。沒錯，我有一陣子都不過問他的工作；我們似乎只談我的工作。可是失業絕對是大多數的人會告訴伴侶的吧？我的心終於問了所有正確的問題，卻太遲了，況且，我應該早就知道答案了。

「他為什麼離職？」聲音很小，但是年輕人聽見了，而我也聽見了他的回答。

「他被開除了。嚴重失職。恐怕當時他不是很能接受。」

37

一九八八年艾塞克斯郡

今天是星期六，我坐在店鋪的裡間，在數零錢，裝進透明塑膠袋裡。我用紅色塑膠硬幣架來確定我數對了。我喜歡從十便士硬幣開始，全都堆高，一直堆到五鎊的記號，然後就裝進袋子裡；很簡單。正當我把最後一袋的袋口折好，以免零錢掉出來時，我覺得我看到有條影子掠過小窗，可我一定是眼花了，因為瑪姬和約翰都在店裡，而且店裡聽起來很忙。

星期六永遠是最忙的一天，大家好像都喜歡在週末簽賭，我也不知道為什麼。是他們覺得會運氣好吧。我覺得我可能是年紀太小了，才會不明白對著在螢幕上賽跑的馬大吼大叫有什麼好玩。那些客人的亂叫聲我已經聽夠了，也受夠了他們的臭香菸。菸味一路鑽到後面的房間來，再躲進我的鼻孔裡，害我得聞一整天。

我只要覺得無聊就會玩瑪姬給我的說話和拼寫機器，那是一台小小的橘色電腦，有鍵盤，我可以拿著走；她說機器可以幫我在學校有好成績，如果我獲准九月入學的話。我打開了機器，它播放了一首歌，然後用一種好笑的機器人聲音跟我說話。我覺得這可能就是我這麼喜歡它的原因吧；別人都一整天不跟我說話。

拼出保證，它說，然後它會讀出每一個我敲下的字母。

LIES

錯了。拼出保證。

PROMISES

正確。拼出母親。

NOTMAGGIE

錯了。拼出母親。

MOTHER

正確。拼出家。

NOTHERE

我又看到影子了，而這一次我把椅子推到窗邊，看外面，可是我什麼也沒看到，只有我們的車子，而車子是不會自己動的。有時候根本都不會動，約翰還得把車子推出後院的小山丘，滑到馬路上，而瑪姬則坐在前座踩煞車一面轉動鑰匙。我只坐在後座看；我已經學到要是我在車子發不動時說話，他們只會對我更生氣，對彼此更大呼小叫。

我從鐵窗看出去。我們全部的窗戶都有鐵窗，連樓上都是，瑪姬說是因為有一次壞人想爬上屋頂。我還在看著鐵窗外，作白日夢——瑪姬說我老是在作白日夢——忽然有一張臉出現在我面前。要不是有玻璃，我們就會鼻子碰鼻子了。

「嗨，小女孩，」窗戶裡的人說。他的聲音像約翰，不像瑪姬。「我的狗不見了——妳能不能幫我？我看到牠跑進了妳家後院，可是我現在找不到牠了。」

我們的後院一向都是鎖住的，每天都是。門比約翰還高，頂端有鐵絲網和碎玻璃。我不懂那個人的狗怎麼可能跳得過來。

「妳有沒有看到牠？牠是隻小小的白白的毛茸茸的東西，超級可愛。如果妳幫我找到牠，牠一定會讓妳揉牠的肚子。」

我確實喜歡狗。我從椅子上爬下來，抬頭看著後門。門栓和鐵鍊好多，還有一個很大的鎖，可是我知道鑰匙在哪裡。然後我想起了瑪姬說過絕對不可以打開後門，所以我就決定應該問她怎麼辦。我走過電話間，站在一條條的門帘後面，門帘外就是店鋪。電風扇開著，因為店裡今天太熱了，彩色條紋被風吹得像塑膠頭髮一樣飄。

「媽，」我低聲叫。她在招呼一位站在玻璃後的客人，沒理我。那個客人的樣子又老又壞，嘴巴咬著一根菸斗，看起來需要洗澡。

「媽，」我又低聲叫。她斜睨了我一眼。

「現在不行，寶貝女兒，妳沒看到我在忙嗎？」她又招呼下一位客人。他太白太高，好像有人用擀麵棍把他擀平了，再把他藏到沒太陽的地方很久。

我走回我的小房間，不知道應該怎麼辦，心裡希望那個人可能已經找到了狗，走掉了。可是我站在椅子上往外看，他還在。

「我好擔心我的狗喔……妳好心幫幫我好嗎？妳到外面來幫我找牠好嗎？」他用傷心的語氣說話，讓我也覺得好難過。

「我不可以。」

他的表情比他的話還要傷心。

「沒關係。」他的臉又和玻璃靠得很近，所以我稍微退後，雖然我知道他碰不到我。「我懂。不過妳不能幫我真可惜——牠是一隻好乖的狗。我不想要牠發生什麼壞事。妳不想讓牠發生什麼壞事吧，對不對？」

「對。」

「那是當然的，我看得出妳是個好孩子。那，如果不會太麻煩，我可以借用你們的電話嗎？我可以報警，他們可以幫我找到狗。」

我們有很多電話，一整個房間都是，給那些想簽注又不能來店裡的人用的，可是我總覺得需要想一想。瑪姬說警察不在乎我們這些人，所以我們這些人也不在乎警察，而且絕對不能跟警察說話。可是電視上的卡格尼和蕾西（Cagney and Lacey）也是警察，而我很喜歡他們，所以有些警察應該沒關係吧？如果這個人是壞人，他就不會想報警，因為警察會把他關進監獄裡。我還是不知道該怎麼辦，就決定再去問瑪姬。

我回頭走向條紋門帘，用指頭繞住紅色塑膠，從縫隙往外看。瑪姬忙得要命，約翰也是。

「有什麼事嗎，小不點？」約翰說，數著櫃檯上的十鎊鈔票。我看著他把那捆錢塞到在另一邊等待的人的手裡。這個意思是有客人贏了。而約翰最恨的就是他們贏。

「有一件事我不知道該怎麼辦。」

他轉向我，搖搖頭。「妳沒看到我跟妳媽有多忙嗎？妳夠大了，可以自己決定了，小屁孩。妳也該長大了。快點，下一個是誰？」他對著排在玻璃後的人說。

我從電話旁邊的鉤子上拿了鑰匙，再把椅子推去後門邊，一次拉開一道門栓，從第一個到最後一個，再轉動鑰匙。門從另一邊推開了一點點，我看到了那人的靴子。

「妳忘了鍊子。」

我拿掉鍊子，他走了進來，滿臉是笑，關上了門。

「乖孩子，」他低聲說。「好了，保險箱在哪裡？」

「我覺得你的狗不在那裡。」

他哈哈笑，再把我推到一邊。我聽到店裡的賽馬開始了，好吵。我覺得我可能是做錯了事。

「你他媽的是誰？」約翰問，站在我們後面的門口。

那人抓住了我，我看到他手裡的刀。他拿刀對著我的脖子，把我抱了起來，我的兩腳懸空。

「把她放下。」約翰用正常的聲音說，好像一點也不害怕。可是我嚇死了，我尿了褲子，小便從我的腿往下流，停在我的襪子裡，再滴到石頭地板上。

「我要保險箱裡的東西，快點，不然我就割開她的喉嚨。」

我開始尖叫。我能聽到前面店鋪的賽馬聲，電視上的男人的聲音在我的耳朵裡好像越來越大：「理性兒歌還是領先，後面緊跟著小禱告者，黑騎士殿後……」

瑪姬出現在約翰後面，她看著我的臉，再看著那個抓著我的人。她的臉色沒變，但是眼神變了。

「錢給你，我不在乎，我們有保險。只是別傷了我們的女兒。」約翰說。

「少跟我玩把戲。」壞人說——我現在知道他是壞人了。我感覺到他把刀尖抵在我的脖子上。

「艾梅，別怕，甜心，」約翰說。「我們會給這個人他要的東西，不會有人受傷，我保證。」

「你不應該保證你做不到的事情。」那人的呼吸像星期天的酒吧。

「瑪姬，去把保險箱裡的東西都裝進塑膠袋裡，把這人要的東西都給他。」約翰的眼睛好像忘了怎麼眨眼，而且有一點不一樣，變得更暗。

瑪姬不見了。我聽到保險箱打開了，然後她的高跟鞋敲在地磚上，她又回來了，提著一個裝滿鈔票的塑膠袋，交給那個男人。他伸手去接，她的另一隻手突然從口袋裡伸出來，握著槍。她開槍，這一次她沒有打偏。我摔在地板上，再扭頭看那個壞人時，他的半張臉不見了。

38

二〇一七年倫敦

班兩年前就被開除了。

這是我往他以前工作的大樓出口走去前聽到的最後一句話。傳達這個消息的男孩還在說話，但是我一個字也聽不見了，我腦袋裡的聲音太喧囂，淹沒了一切人事物。他們一直在問的問題嚇著了我，因為我不再確定我知道答案了。我先生兩年前丟了工作，我怎麼居然都不知道？那一定是就在我們認識之後。那段時間他都在做什麼？他假裝去上班時是去了哪裡？他的錢是從哪裡弄來的？

我是應該要問班是做錯了什麼的。嚴重失職指的是什麼？

我漸漸覺得我嫁的這個男人是個徹底的陌生人了。

說不定我也不像自以為的那樣了解自己。

我殺了我先生嗎？

我拿了床底下的槍殺了他嗎？

是我開車到加油站去買打火機油試圖毀屍滅跡嗎？罐子為什麼在垃圾桶裡，而為什麼監視畫面上有個像我的人在購買？

我不記得做了這些事情，但我不再確定這樣就足以證明我沒做了。我覺得從所未有的迷失和孤單。我連自己都不能信任，我能信任誰？生活舉起了最後一面鏡子，我希望我仍然能夠去看。

我的手機響了，我瞪著看。螢幕上是傑克的名字。

妳今晚幾點會去殺青派對？我已經在想妳了！

我都忘了殺青派對了。

我現在哪有可能去參加派對；我哪也去不了。

我盡力去理解其中的真味，忽然明白我不能回家，那裡擠滿了警察。要是他們真的找到了……什麼，萬一他們逮捕我呢？我做沒做錯事無所謂，重要的是別人的看法。討厭的謠言就像水蛭：黏著不放。我像碎掉的樞紐在抉擇之間笨拙地搖晃，最後決定我只有兩個選擇。我可以躲起來，向自己和別人證明我有罪，可我想不起來是犯了什麼罪。或者，我就當什麼也沒發生一樣繼續過日子。如果我不去殺青派對，會有人注意，但不是有情有義的那種，反而會有後遺症。

我只能表現得和平常一樣。

面對著沉沒或游泳的選擇，我選擇求生。每、一、次。有必要的話，我會教會自己在水下呼吸。

我沒殺我先生。

我走進百貨公司，搭上電梯到女裝部時我如此告訴自己。我在挑選十號黑禮服，拿到試衣間時如此告訴自己。在我告訴售貨員把價目標籤剪掉因為我現在就要穿時我如此告訴自己。我不理睬她疑惑的表情，我付了錢，把之前的那身衣服交給她，請她丟進垃圾桶。

我沒瘋。

把真相和謊言編織在一起，就會開始看起來和摸起來都一樣。

回到百貨公司的一樓，我停留在最愛的化妝品櫃檯，付費化妝。

「幫我抬頭看上面，」為我描黑色眼線的女人說。「妳知道嗎，妳長得就跟那部電視節目的女主角一樣……有人跟妳說過嗎？」

「有啊。」我叫自己的臉微笑。「可惜我不是。」

「唉，誰不希望是呢。低頭。」

我瞪著腳，注意到我穿的是運動鞋。跟我其他的裝扮並不搭，所以等化妝完之後，我匆匆趕往鞋子部門。我開始有點疑心病了，深恐別人可能會認出我來，因為我現在就像螢幕上的那個我。我瞪著琳琅滿目的鞋子，看到架上有一雙紅鞋，光芒蓋過了其他的。它讓我想起了有一次在學校的話劇穿的一雙鞋。我滿肯定這雙鞋跟我的黑禮服並不搭配，但我還是試穿了，像隻紅鶴在鏡前顧盼。完美。

我等著售貨員去拿我要的鞋號，一面觀察一群群的客人，全都希望能讓下一個消費額度創新高。我很確定別人瞪著我看了。誰知道有多少人讀過珍妮佛·瓊斯的網路新聞，或更糟，班的事以及他控訴我的事是否也走漏了。售貨員終於回來了，已經有一排人在等了，翻白眼的翻白眼，嘖嘖作響的嘖嘖作響。她為動作慢道歉，退到存貨間裡，我都還沒機會把鞋盒蓋掀開呢。

我把嶄新的紅鞋套到腳上，又一次攬鏡自照。這雙鞋竟帶給我一種說不清的安慰感，然後我又想到了班。他知道我有多愛鞋子，我們在一起之後的每次生日和聖誕節他都送我名牌鞋：我自己也買得起，只是找不到花錢的好理由。他總是會選一雙我私心渴望的鞋子——他太了解我了。這是很貼心的舉動，他也很喜歡看著我拆開禮物。每一樁婚姻都不同，也沒有誰的婚姻是完美的。我們之間並不全是不愉快的事。

我猛地回到現實，看見了收銀台後有長蛇陣，再一次感覺到別人盯著我，像胸口的大石頭，讓我呼吸困難。我再看了鏡中人一眼，然後像吞藥一樣把恐懼吞進肚子裡。我決定做一件以前絕不會做的事，我沒付錢就走了出去，丟下我的運動鞋和那個版本的我。我就要被控謀殺了，再加一件商店竊盜也不算什麼大事。我很怕警察以及等在我的未來的事情，但是我剛才在鏡中看見的女人，她什麼人什麼事都不怕。

我只需要記住從現在開始都要當她。

39

一九八八年艾塞克斯郡

「妳只需要記住自己是誰。」瑪姬說。

警察來店裡時她牢牢握著我的手，好像不敢放開我。我很擔心都是我的錯，因為我明明知道不該打開後門的，還是把門打開了，可我只是想幫那個人找到他的狗。我不知道他其實並沒有養狗。

警察在這裡時瑪姬一直戴著她的親切臉，雖然看起來真的有點裂開。她在警察來之前說我們都需要演一點戲，而我要把台詞記住，這非常重要。她要我用最字正腔圓的英語腔說了一遍又一遍。

我要背三句話：

1　是壞人騙我把門打開的。

2　壞人有槍（不是刀），而且拿槍瞄準我。

3　爸（約翰）給了他錢，可是壞人還是不放我走，所以他們就打了起來，槍就走火了。

其餘的話我一個字也不准說。我得說我不記得，雖然我記得。我不可以說到麥可，那個說是我舅舅的人；我不知道為什麼他們覺得我會說。我不可以說槍是瑪姬的，或是開槍打那個壞人的人是她。約翰說「照著劇本走」非常重要，因為瑪姬有唱片❷。我不知道他指的是什麼唱片，她有一大堆；她喜歡聽音樂。

警察來了好幾個小時。問我問題的女士說我是個「勇敢的小女孩」，還給了我棒棒糖，可是我不想要。我不覺得勇敢，我覺得害怕。瑪姬的親切臉好像也跟著他們走出了後門，無論我有多希望沒有。我不知道他們是幾點離開的，但是外面天黑了，所以我知道很晚了。我在猜是不是還有晚餐吃，我在猜是不是有薯條。可後來我想起來我們沒有油炸鍋了，因為嘟嘟。瑪姬把鍋丟了。

她把我抱起來，穿過店鋪，我的大腿纏著她的腰，胳臂抱著她的脖子。她有五號香水的味道，讓我覺得安全。店裡的螢幕還亮著，但是音量關小了，所以沉默的馬匹在賽跑，躍過籬笆，像什麼秘密。我從瑪姬的肩上扭頭看，看到地板上都是垃圾，可是她沒叫我打掃，反而一直把我抱到樓上的公寓，走過廚房，走進綠色的浴室，把我放進浴缸裡。

「衣服脫掉。」她說。我照做。

我現在總是乖乖聽話。

瑪姬消失了一會兒，再回來時拿著一盒閃光粉，是我每天晚上拖地之前會倒進水桶裡的。

「坐下。」她說。她的臉很奇怪，有點向錯誤的方向扭曲，看著她的臉，我的膝蓋覺得虛弱無力。她把浴缸的塞子塞好，再打開熱水等。水淋在我臉上起先是冷的，等流到我的腳踝時已經變熱的了。有點太熱了。

「可以加冷水嗎，拜託？」

「不行。」

「水好熱。」

「很好。」她倒了一點粉末到一塊濕法蘭絨布上，再把剩下的都倒進浴缸裡，把整盒都倒光了。熱水燒燙著我的皮膚，我想站起來，可是她把我壓下去。「閉眼睛。」她開始很用力擦洗我的臉，感覺粉末把我的臉皮都刮掉了。我尖叫，可是瑪姬好像沒聽到，只是一直擦一直擦，而且水也一直好燙。「妳的手上有血，妳需要洗乾淨。」她擦光我的胳臂、我的腿、我的背。水好燙，法蘭絨也好痛，我尖叫，從來沒有叫得那麼厲害過。叫聲從我的嘴巴冒出來，聽起來卻不像是我。我聽到約翰在捶浴室的門，但是瑪姬把門鎖死了，不讓他進來。

她把我抱到床上，我全身都痛。

她沒有親親我讓我舒服，也沒有親我道晚安。

我的皮膚紅通通的，我也因為尖叫而喉嚨痛，但是我現在安靜了。

我一個人在黑暗中，但是在我的耳朵裡我一直聽見瑪姬說的最後一句話，就好像她是在跟我

❷ record有紀錄和唱片兩個意思。

咬耳朵，一遍又一遍。她把我關在我的房間裡，把天花板和床邊的檯燈的燈泡拔掉了，雖然她知道我害怕。我又餓又渴，可是沒吃的也沒喝的。我閉上眼睛，兩手摀住耳朵，可是我還是能聽見她的話：

那個人死了是因為妳沒有乖乖聽話。我沒殺他——是妳殺的。

她說我殺了他，所以一定就是真的。瑪姬是不說謊的。

我殺了我的媽咪，現在我又殺了那個壞人。

我一直做壞事，可是我不是故意的。

我哭了，因為我覺得我一定是一個非常壞的人，而我哭是因為我覺得瑪姬不愛我了，而這讓我更傷心，比全世界其他的事還要傷心。

40

二〇一七年倫敦

殺青派對是在倫敦市中心的一家私人俱樂部舉辦的。我小時候就討厭派對。我從來沒辦法和別人說話，也沒辦法融入。我是應該是我的，可我從來不知道該是誰。我今晚不想去，可是我的經紀人說我應該去，而且依照目前的情況，照吩咐做似乎才聰明。他似乎不了解社交聚會，一整晚都有人看著我，會讓我充滿了最驚悚、最說不分明的恐懼。

說不定我只是在怕他們會看出什麼來。

想到我今晚必須用的那個版本的我，接著手一抖，打開開關，變成了她，希望她會在我有需要時一直陪著我。她不見得聽話。

我經過了一家麥當勞，想起了我什麼都沒吃。我折回去，點了快樂兒童餐，希望它不只是有止飢的效果。三十年前我也選了一樣的餐點：雞塊和薯條，外帶。我沒進步多少。我甚至沒打開盒子。我看到了一個女遊民躺在門口一片對折的厚紙板上，我就停下來。我知道我可能就和她一樣。她看來又冷又餓，我就把外套和我的快樂兒童餐給了她，再繼續往地鐵站走。

我瞪著車廂的地板，迴避和其他乘客的視線接觸，假裝我看不到他們他們就看不到我。我小時候總是害怕會消失，像那個在我之前住在店鋪上方公寓的小女生。我仍沒有自己的孩子，儘管極為渴望，而時間也漸漸流逝，夢想難以成真了。在我死後我如果還能留下些什麼，只能透過我的作品。如果我能在最完美的那部電影裡主演，一個世人會記住的故事，那麼一小部分的我也許會繼續存在。有人曾說過像我這樣的人是在泥巴裡出生死亡的，而我不想要這句話是真的。芬徹的試鏡可能可以解救我，而如果我拿到了角色……唉，那也許我就不必再害怕會消失了。

我出了地鐵，在人群中殺出路來到地面，搭電扶梯上去，穿過了剪票口，步上石階梯，最後又來到了空曠的空氣裡。外套送人了我好冷，但能到地面上感覺好多了，我提醒自己要呼吸。

不過是一場派對。

我暫時放開了那個我需要當的我，任她遺失在人潮中。我的恐懼調高了音量，我的驚恐攀升到最高。我俯視我的新紅鞋，彷彿是釘在了路面上。我胡思亂想：要是我踢三次鞋跟，是否能奇蹟般消失，但是沒有過家的人是找不到一個像家的地方的，而我只是在學校演過桃樂絲之後，這麼多年來還一直在假裝是她。一如我只是一直在假裝是艾梅・辛克萊。

我越靠近場地就越恐慌。我有幾天沒睡了，感覺上我對現實的掌握也搖搖欲墜。我用一隻顫巍巍的手扶牆，穩住自己，而尖峰時刻的交通呼嘯不止。一輛黑色計程車飛馳而過，然後一輛雙層公車好像對著我撞過來，車窗變形為一雙黑暗中的邪惡眼睛，而即使我知道不是真的，我還是轉身就逃，推擠著反方向行進的一片人海。他們彷彿是勾著胳臂，刻意阻擋我的去路。我雙手抱著頭，閉著眼睛，等我從指中偷看，感覺上整個世界都瞪著我。那一張張多彩的面孔漸漸被街燈和交通弄得扭曲模糊，彷彿是某人拿了支畫筆畫出了我生命中的這一景，又決定要重新再畫。我放下了手，看到他們仍是同樣的顏色，公車滴下了紅漆似的東西。也可能是鮮血。我又閉上眼睛，等我再睜開來，世界重設，恢復平常。我又把她打開了，強迫自己的腳再一次邁向正確的方向。

我做得到。

在自保的協助下，我們都有本事虛構出最奇幻的遐想。謊言鑄成的盾牌可以擋住殺傷力最大的真相。

俱樂部戴了偽裝，掩藏在三棟喬治亞式透天厝裡，有優美的院子，距蘇活區步行只需幾分鐘。我用鍛造出的自信把自己像繭一樣纏裹住，按了門鈴。晶亮的巨大黑門打開來，露出更多十八世紀建築，以及內部更富麗奢華的設計。的確是別具情調。有個男人端著一盤香檳立在精美的石製螺旋梯樓梯腳。我拿了一杯，喝了一口，希望酒精能稍稍中和我的焦慮。我提醒自己我是我們來此慶祝的電影中的女主角，我本就應該來，但是這句話聽在腦子裡卻像是謊言。

電影公司租下了整個地方，三層樓。我在來之前看過場地的網站，記下了這地方的格局。我發現我這麼害怕大型活動，這麼做對我有幫助；在抵達之前知道某個地方是什麼樣子。我信步走過各個房間，每一個都有不同卻吸睛的風格。我覺得自己是個客人，走進了一家我絕對不可能是會員的俱樂部。

有人朝我招手我就點頭微笑，在吧檯放下空杯，再拿了滿滿的一杯，再穿行到另一個房間。

這一間的牆壁是藍色的，我喜歡這個顏色，我覺得有撫慰的效果。然後我看見她大步向我走來，像是在練習台步的模特兒，而短暫的寧靜感立刻煙消雲散。

愛麗西亞・懷特不應該在這裡。

「艾梅，親愛的，妳好嗎？」她嗲聲嗲氣地說，親吻了我臉頰邊的空氣。

她穿了一件紅色荷葉邊禮服，像是隨時都會鬆脫，腳上的高跟鞋若是我穿連路都不會走。她一身曬黑的皮包骨，站在她旁邊我比平時更高大蒼白。她的髮型現在跟我驚人的相似，我們就像是什麼失敗的減肥比賽的前後對照。而我是減肥前。

「我很好。很高興見到妳。又一次。」我也和她一樣假笑。

看到她一點也不好，每次都不好。她不應該來的，她又沒有拍這部片子。沒道理，就好像她是不請自來，只為了氣我。

「想想也真好玩，我本來是可以演這部片子的——」她搖頭，「要是我沒拒絕的話。」

她爬得太遠爬進自己的屁眼裡，不知道怎麼出來了。

「對，妳上次就說過。」

我恨不得一拳打在她的臉上。她活該，可是我從沒打過別人的臉，我不確定該怎麼做才不會傷了自己的手。她的紅唇分開，我好怕她那張有毒的嘴又會吐出什麼來。

「我知道妳沒有多少經驗，可能會感覺很驚駭，不過東尼很內行。我相信他如果不是覺得可以幫妳更進一步，他是不會推薦妳的。有時候妳就是只能拿得到什麼就拿什麼。」

去妳的，還有妳的自大偽裝成同理心一點也不像。

「其實我今天見過東尼了。」我擠出話來，不確定是有什麼用意。

「多好啊。他好嗎？」

「他很好。他提到他不再代表妳了。」

她的笑臉變得那麼快，我險些沒看見。「對。該是前進的時候了。」自戀到像她這種程度真不知是需要幾世的修煉，我是真的不知道。但是她還有一點可憐和殘破的地方。聚光燈把愛麗西亞帶向了闇黑的地方，而燈光熄滅時她卻無法明白。我想誰也沒跟她解釋過即使是太陽都會消失一陣子，在輪到它的光芒結束後。每一顆星都是注定要死亡的。

「喔，看看妳的小紅鞋，好可愛唷，真像是妳想再演一遍《綠野仙蹤》裡的桃樂絲呢，」她說。「我是沒那麼快釋懷的喔，不過我覺得我就快原諒妳在學校裡偷走了應該是我的角色。」她的話聽來有點遲緩。我不知道她有為那個角色去試過鏡；她一定很恨我，尤其是我還比她低一年。愛麗西亞一向就是隻女王蜂，也一向我行我素。

「我……我不知道妳——」

「妳當然不知道啦。」

「不，真的。要是我知道，嗯，我覺得妳會很出色。」

現實生活中水是融化不了巫婆的；最好是用親切殺死她們。

她笑了。「我知道，可是現在真的無所謂了。那都是二十多年前的事情了！妳大概在奇怪我今晚跑來做什麼。」

妳大概就是不請自來，是妳一貫的作風。

她不等我回答，這樣也好，因為我實在想不出什麼禮貌的話說。

「我們一直在保密，可是我覺得他不能再忍受跟我分開了，我也沒辦法。他就在這裡。妳老是離家去拍片，要維持感情實在是太難了，可是用不著我來告訴妳。妳先生好嗎？」她環顧四周。我真的一點也沒興趣見她最新的男朋友，正要找藉口離開，她又開口了。「傑克，親愛的，過來這裡跟你的共演女主角打招呼。」

我覺得要吐了。

傑克從角落的男人叢裡出現，悠然走向我們這邊，才到觸手可及的距離，她就用骨瘦如柴的一條胳臂纏住了他的腰，但是他看的人是我，彷彿他知道他是站在蛇髮女妖的旁邊。她吻他的臉頰，卻自始至終盯著我的反應，紅唇在他臉上留下了印記。我的笑容就快掛不住了，硬撐實在是很累人。

「我知道報上的照片是假的，不過今晚我沒辦法待在這兒盯著你們兩個，所以可別動什麼歪腦筋喔。我需要睡美容覺，明天還得去為我的下一部芬徹的電影試鏡呢。」她說。我的表情洩了底，雖然不到一秒鐘，她卻看見了。「喔，妳也要試鏡啊？妳不會以為是只有妳一個人吧？唉呀，老是這麼天真可愛。」

「我看到了一個一定得去打聲招呼的人，那麼我就告退了？」我向他們兩人說，戴上了最甜美的笑臉。

我不等他們兩個回答就走開了。這一次我發現自己走進了一間紅色的房間——紅色的牆，紅色家具，我的紅鞋匆匆踩過紅色的厚地毯——沒辦法阻止自己去想不該想的事。這個念頭只是借來的，暫時的租賃，我早就知道遲早是要歸還的。我不能太依戀。可眼下，再拖延一會兒。我允許自己放縱這個念頭。我又拿了一杯香檳，言語一遍又一遍重複，在我自己的心裡，嘹亮清晰：

我希望愛麗西亞・懷特死掉。

41

一九八八年艾塞克斯郡

我們有地毯了。

整個公寓都鋪了全新的紅地毯，只除了我的臥室，因為已經有粉紅色地毯了，還有廚房和浴室也沒有，因為兩間都有新地板，還有個名字，叫作油地氈，我喜歡穿著襪子在上面滑行。瑪姬說地毯是紅的是為了讓我練習當電影明星，可是現在我最愛做的事情就是坐著從公寓一路滑到店鋪去。約翰笑我，也跟我一樣，還大喊大叫說他要跟我比賽從蘋果和梨子滑下去。他常常這樣，編一些一點意思也沒有的話。「蘋果和梨子」指的是樓梯。「狗和骨頭」指的是電話。有時候我聽不懂他在說什麼，像是他說「褐色麵包」——我們都只吃白麵包。瑪姬越過欄杆看著我們比賽，還拿約翰的照相機拍照。

「白痴。」她說，不過她微笑，所以沒關係。我聽到她打開了樓上的電視，留下約翰跟我在笑，可是臨街的門有人敲門，我們兩個都嚇了一跳。今天是星期天，星期天一直都只有我們三個人，除非是我們去酒吧和麥可舅舅見面，可是我們今天不去，因為約翰說我們需要「伏低」。我猜那個意思可能是要睡在地板上之類的，可是瑪姬說那是別的意思，卻不告訴我是什麼意思。在樓梯腳靠近臨街的門旁邊有一個高高的籃子，是我們插雨傘的，也有高爾夫球桿和一支棒球棒，雖然這兩種運動我們都不玩。

約翰先拿了球棒再把我推到他後面，然後才靠近門邊。「誰？」

「是辛太太，」外頭有人說，我認出了是雜貨店的那位美麗的女士，皮膚褐色還有紅點的那個。約翰把門打開了一條縫，把球棒藏在背後。

「有什麼事嗎？」

「有人放了東西在你們的店外面，我覺得應該要告訴你們一聲。」她的語氣抱歉，可是我不知道有什麼好抱歉的。

約翰把身體向外探，瞪著我看不到的東西。

「是什麼？」我問道，但是他沒回答。

「是什麼？」瑪姬問，像是長大的回聲。她又出現在樓梯口，而我知道約翰不會不理她，不然的話只會害她更生氣。

約翰張開了嘴，卻沒有聲音，好像是舌頭卡住了。然後他從口袋裡拿出了他戒掉不抽的香菸，點燃了一根。抽菸好像幫他又可以說話了。

「是個箱子。」

瑪姬下了樓梯，超級快。「那，打開啊。」

約翰謝過辛太太，把箱子搬進來，拖進了簽注站裡，那邊空間比較大。箱子很大，看起來很重。他從口袋掏出摺疊刀，劃開紙箱，把蓋子掀開。

瑪姬的臉變得又白又生氣。「上樓去，」她對著我的方向說，但是我沒動，我想看裡頭是什麼。「我叫妳上樓去！」她推了我。她好像突然間很生氣。我開始慢吞吞走開，走得很慢，然後我向後轉，看到了一個白色的空棺材。不大，跟我在葬禮上看過的不一樣；這一個差不多就跟我一樣大小。

42

二〇一七年倫敦

我在派對裡走動，想像著愛麗西亞死掉的樣子。

我知道這種想法既不正常也不健康，但目前佔據我心頭的就是這些，而且我還樂在其中。我需要再來一杯。俱樂部到處是吧檯，所以至少有一樣欲望是不難滿足的。我登上螺旋梯，往三樓走，那是能和傑克及愛麗西亞拉開的最遠的距離。

我不知道我是在不開心什麼，或是為什麼會驚訝。男人迷上那種女人是家常便飯，他們好像看不出在美貌之下的卑劣。傑克又為什麼會不同？我倒不是認為我們之間有什麼真情實意；顯然性張力只是為了攝影機在表演，而培養出的友誼也是因為這些個月來一塊拍戲的結果，只是共度一段時間的產物，相同經驗的同志之情。

至於試鏡，我覺得我有權不高興。東尼說得好像角色已經是我的了。我猜經紀人，就和正常人類一樣，偶爾會說你愛聽的話。有可能他是看過了網路造謠我有外遇的文章，刻意提振我的自信。也許他看出了我在分崩離析，只是在設法把我拼裝起來，保護他的投資。

飲品都是免費的，電影公司付的賬，所以我又喝了一杯。我覺得這是我辛苦賺來的。焦慮改變了我和飲食的關係，阻擋住食物，逼得我和酒精接近。我知道我需要慢下腳步，但有時我們給自己的忠告是最逆耳的。酒保似乎很驚訝這麼快就又看到我。我告訴他這一杯是幫朋友拿的，他禮貌地點頭。我今晚的演技顯然是誰也騙不了。

我往樓下走，另一個房間，另一種設計。這一個全是黑皮革沙發和低矮的照明，牆上掛著現代藝術。黑色窗帘遮住了外頭的世界，也不讓外面的世界看見我們。而且有一個吧檯，這個酒保沒見過我，不會像我批評自己這樣批評我。這一杯一定得是最後一杯。

再往下走幾級我又回到了一樓。我不會待得太久，但我也還不能離開。再說了，我能去哪裡？為了我的未來，我需要被人看見我向更多人寒暄問候。這一行的幕後有太多眉角，一般大眾是不知道的。說不定這樣最好。魔術師揭穿了自己的手法就很難讓人再相信他的魔法。

在堂皇的喬治亞式建築的正廳之後，我看到了一間尚未探索的房間。這一間是紫色的，金屬吧檯，燈光低矮得讓室內的面孔更像是影子。我感到一陣微風，看到紫色房間外有什麼：是一處花園。我步入幽靜卻寬敞的花園，在倫敦市中心實在是隱藏的珍寶。被高牆圍住的院子中央有一頂白色帳篷，裝飾著金星，遠遠的一角有香檳吧。這裡就是大家躲藏的地方——在戶外。我又拿了一杯酒，不理會腦子裡嚴厲的聲音強烈建議我不要，然後我掃視周遭的臉孔，看見了導演和他太太。他們在跟我不認識的人說話，但我還是過去了，感覺安全了一點，至少周圍有幾張熟悉的臉孔。我吃力地聽著他們的交談，希望能淹沒我腦子裡的念頭。我覺得看到鎂光燈，但我抬頭看卻沒看見有人朝我這邊舉相機。再者，今晚不應該有記者——這不是那種派對。

導演太太從皮包裡拿出一包菸。菸味仍然能夠讓我回到從前，而觸發的回憶未必是美好的。我看著她把一根菸叼在塗了唇蜜的唇間，注意到那根菸又長又細，而且通體雪白，好像沒有濾嘴。

「好漂亮的菸。」我在她點火時說。

她以修整過指甲的手把菸拿開。「妳要來一根嗎？」

我十八歲之後就沒抽過菸了。

「好啊，謝謝。」我聽到一個聲音說，這才恍然是我自己說的。

她為我點菸，以另一隻手擋風，我聽著她的好萊塢故事，卻是左耳進右耳出。我深吸一口菸，享受著短暫的尼古丁刺激。我漸漸覺得為了要當那個我可以忍受的我，我大概沒有多少事是不肯做的了。那是可以得到原諒的那個我，為了能爬到今天的地位而逼自己做出各種可怕的事情。

我的注意力隨隨便便就從對話中飄移，轉而聚焦在院子另一邊一個裝扮入時的男人的背上。他的身高、體型、髮線垂在頸子上的樣子，都有點太過熟悉了。

是他。

我看不見他的臉，但是全身的每一個細胞都在跟我說那是我先生。

我覺得比剛才更冷，我拿著菸的手抖了起來。我用眼睛命令他轉身，向我的心證明它錯了，但是他沒有轉過來面對我，反而舉步走開。我跟上去，盡可能快速卻又不驚動旁人，但我追不上，很快就在人群中失去了他。我往回走，穿過每一間不同顏色的房間，狂亂地掃視，想再瞥見班一眼，但是在回到院子之前我還是看不到他。

我一定是眼花了。

我累了，還有點醉，是我的心智又在騙我自己，就是這樣。

我回到剛才站在一起的那群人裡——在群體中尋找安全——然後允許自己又一次迷失在自己的思緒裡，酒精和菸草聯手把我的思緒拐騙走。我仍在尋思我是看見了一個人的鬼魂，還是回憶的鬼魂。

班不可能死了。

因為我沒殺他。要是我殺了他，我會記得。

我記得每一個被我殺掉的人。

43

一九八八年艾塞克斯郡

今天我在學開槍。

有壞人想傷害我，還有瑪姬和約翰。瑪姬說我們必須要準備好。我不確定是要準備好什麼，可是我知道我害怕。瑪姬說害怕沒關係，可是我必須把恐懼藏到我找不到的地方。我猜她就是把車鑰匙藏起來了，因為她老是找不到。瑪姬說我得學會把恐懼轉化成力量。我聽不懂她在說什麼。我只想回家，而且我懂了家就是店鋪上面的公寓。我不再那麼想老家了，我現在不再想回去那裡了。我在這裡有好東西，而且我不想像我哥有一次說的那樣「死在泥巴裡」。

我們開車到一個叫艾平森林的地方，在早晨，可是太早了，連太陽都還沒起床，月亮還在漆黑的天空裡歪著嘴笑。我們走了一會兒，瑪姬、約翰和我，踩在樹葉和樹枝上，我覺得我喜歡森林。這裡漂亮又安靜，不像店裡。約翰說如果看見別人，我們要說是來野餐的。我覺得很呆，沒有人會在這麼一大早出來野餐，而且我們也沒帶吃的。

警察拿走了瑪姬射死那個壞人的槍，可是我們現在又有兩把新槍了，是那個我們叫麥可舅舅的人送的。他上個星期天在酒吧拿給我們。我覺得他需要剪頭髮，他的頭髮太長了，像是女生。瑪姬說我必須學會用槍的時候我一定是拉長了一張臉，可後來她保證會很好玩，就和我的「說話和拼寫」機器一樣。我要學會用的槍叫作手槍——連槍都有好多種不同的名字，跟人一樣。它一點也不像我的「說話和拼寫」機器——它是銀色的，不是橘色的——而且拿在手裡很重。

瑪姬打開了她帶著的袋子，拿出一些亨氏烤豆子罐頭。我在猜我們是真的要野餐吧，可接著我就看到罐子是空的。瑪姬把罐子到處放，有的在地上的葉子上，有的在樹枝上。然後她回來教我開槍。約翰沒說什麼，也沒做什麼。瑪姬叫他「繼續監看」，可是我不確定是要他監看什麼——這裡又沒有別人。

瑪姬能從滿遠的地方打中罐子，打中時會有奇怪的聲音，罐子會翻倒。她把罐子又都扶正，再把手槍交給我，說輪到我了。手槍好重，我很難拿得直。我閉上一邊眼睛，就跟瑪姬一樣，然後我用力壓，槍發射之後我就往後倒。約翰嘲笑我，可是瑪姬沒有。她要我再射一次，又一次，又一次。後來我的胳臂好痠，耳朵也被砰砰聲弄得好痛，我就哭了起來，因為我不想再開槍了。

瑪姬叫我不要哭，可是我沒辦法。

她又叫我不要哭，我沒聽，她就把手槍從我發抖的手裡拿走，脫掉我的長褲，拿手槍用力打我的屁股。我尖叫，她就又打。

約翰看著另外一邊。他瞪著一棵長得很完美的樹，從我們抵達之後就一根接一根抽菸。我看到樹皮上刻了一個漂亮的字母A，忍不住想他是幾時刻的。

他轉過來看著我們。「我實在不覺得有必要。」

「他們送棺材來警告，約翰。我不要也失去她。」瑪姬咬著牙回答。

「她不行。」

「不，她行。」

「我告訴妳，她不行。」

「而我告訴你閉上你的鳥嘴！」

他瞪著地面。

我不哭了，因為我知道瑪姬會一直打到我不哭為止。她一句話也沒說，只把槍塞給我，然後幫我提好褲子。我氣死了，我想拿槍比著她，可是如果我那麼做，她可能會殺了我。我不想消失，我也不想死在一個叫艾平森林的泥巴裡。我知道她愛我，真的。她一定愛我——她一天到晚都這麼說。

我拿槍比著樹上最低的錫罐，閉上一隻眼睛，穩穩拿住槍，就跟瑪姬教的一樣。然後我扣下了她叫作「提格」的東西，就像小熊維尼卡通裡的跳跳虎的名字，然後錫罐掉到了地上。

瑪姬微笑，這是一整天她第一次用開心臉看著我。她把我抱起來，好像她剛才對我做的壞事沒有發生，所以我就假裝沒有發生，用兩條手臂抱住她的脖子。她的味道好香。等我長大我也要像她一樣搽五號香水，我根本不在乎別的號碼是什麼味道。瑪姬戴著開心臉的時候，我喜歡假裝她沒有別的臉孔。

「我就知道妳行，寶貝女兒！」她看著約翰，雖然她是在跟我說話。

我又開了一次槍，這次約翰用他的拍立得幫我照相。不過我沒看到我拿槍的照片，因為照片都還沒出現瑪姬就一把搶了過去，再拿約翰的打火機把它燒得精光。

「白痴。」她說，而他瞪著腳，好像在看什麼很好玩的東西。

我又射了錫罐十次。瑪姬說我今天學得夠多了，約翰就開車載我們回家。瑪姬跟我坐後面，我很開心她又愛我了。回到店裡後，瑪姬帶我去看手槍放在哪裡，叫我絕對不准去碰，除非是有她的命令。她說現在我是個大女孩了，我們需要密碼，而密碼是「唸祈禱文」。我覺得很好笑，因為我們從來不祈禱，可是她叫我不要咯咯笑。我看到她戴著她最認真的臉，我就不笑了。她因為我很乖送了我最棒的禮物——一件神力女超人衣服——而且我可以穿一整天。

晚上店鋪打烊之後我們三個在他們床上一起看《卡格尼和蕾西》，是我最愛的節目。這兩個女生都又漂亮又聰明，而且她們都開槍。我在腦子裡假裝瑪姬跟我是卡格尼和蕾西，追逐每一個壞蛋。

節目結束後，瑪姬用遙控器關掉電視，然後看著我。

「如果我現在說『唸祈禱文』，那妳要怎麼做，寶貝女兒？」

我很用力想，因為我知道我絕對不能弄錯。我知道很重要。

「我就去把槍從藏的地方拿出來。」

她點頭。「然後呢？」

「開槍。」

「開了槍，然後呢？」

「開槍，然後就一直射一直射，到沒有人動為止。」

「聰明的孩子，正確答案。」

44

二〇一七年倫敦

我又喝了口香檳，從眼角看見了。

閃光。我確定這一次不是眼花。

我一向討厭拍照，我也不知道為什麼。我連婚禮上都不想要攝影師，幸好班似乎也不介意。我們的大日子只有一小張照片，是註冊處外面某個陌生人拍的。世上有些地方的人相信拍照會偷走你一部分的靈魂。我的恐懼倒不在這裡，但是我確實擔心相機可能會捕捉到我的什麼地方卻是我寧可不曝光的。

我盡力聆聽我假裝在參與的交談，然後我又看到了，手機鏡頭的閃光。就算之前我只是懷疑，看見有個人拿著手機也證實了我的猜測。珍妮佛．瓊斯瞪著我這邊——她居然還有臉微笑。我不知道該怎麼辦，只是慌張地轉頭，尋找某種協助。

就和愛麗西亞一樣，她不應該在這裡。

我不僅是瞧不起珍妮佛．瓊斯而已，我恨她，以及每一個像她的人；挖掘我所有的秘密，一個也不放過，打造出一座真相的高塔，但是我寧可誰也不會看到。我的秘密是我自己的，我也不喜歡分享。我又一次環顧四周，然後，可能是因為我的私生活發生的那堆事情，也可能是因為我這晚攝取了過多的酒精，我決定要親自處理這件事，於是邁步穿過院子。

「妳好大膽，跑來這裡。」我忿忿地說。

她當著我的面笑。「我只是在工作。妳要是想怪誰，就去找那個跟我密報的女人好了。妳被某個妳認識的人設計了，那可是我賺過最輕鬆的鈔票！」

她的話害我呼吸困難。「是誰？」

「這值多少錢呢？」

「值得我不把玻璃杯砸在妳的臉上。」有那麼一下我覺得我可能不是在虛張聲勢，可是她一點擔心的樣子也沒有，反而還像是談交易讓她津津有味。

「我覺得剛剛還在這裡看到她。」她說，看著我的肩後。

她。

「是誰？」我環顧房間，以為會看到愛麗西亞。

「她不肯告訴我名字。她有點像妳，穿著也像。一樣的髮型，黑墨鏡，紅唇膏。比妳老一點。想起來了嗎？」她描述那個跟蹤狂。原來如此，發生的每件事都是環環相扣的。那個假裝是我的女人在和我先生搞外遇，我在床底下找到的是她的口紅，而她利用我的筆電傳送郵件，自稱是瑪姬來構陷我。

「當然啦，記者是需要不止一個消息來源的，我也需要有照片為證，幸好，傑克太樂意幫忙在妳的化妝室裡拍你們一起的自拍再轉傳給我。」我不敢相信自己的耳朵。「妳沒事吧？妳變得好蒼白唷。妳不會是要吐了吧？那可是會毀了錄影……」

我定睛一看，發現她的手機仍對著我。

「妳在錄影？」

「恐怕是的，甜心。TBN又要裁員了，而記者就得做記者該做的事才能在這一行裡求生存。可不是針對妳喔。」

就是針對我。

我從她爪子似的手裡搶走了手機，摜到石地板上，然後用紅色高跟鞋的鞋跟去踩踏螢幕。周圍聚集了不少人，包括導演，他召來了警衛。

「我看妳今晚是寫不了我的事了。」

她被帶向出口時扭頭看我，仍然一臉是笑。

「喔，我今晚已經送出去妳的一篇報導了。我接到線報，今天下午去了妳家一趟，什麼都知道了。一個小時左右就會實況報導，我會說這會是本月的演藝圈頭條，雖然我可能是太偏心了。不管怎麼說，都是最殺的新聞。」

她消失在全都瞪著我看的人群裡。

45

一九八八年艾塞克斯郡

我不喜歡別人瞪著我看。

瑪姬和約翰今天雇了人來幫忙，她叫蘇珊。蘇珊一直瞪著我看，我真希望她不要看。

今天是一個叫國家大賽的日子，約翰說這是一年裡最忙的一天。他一直說一直說，好像是怕我會忘記。他不需要擔心，我的記性很好，我唯一一次忘記是我故意的，雖然是故意的，我其實並沒有真的忘記。我記得住我以前的名字，我不准用的那個。晚上睡在床上有時候我還是會在心裡說，有時候我覺得那是我應該要記住的東西。

琪雅拉。琪雅拉。琪雅拉。

我不喜歡別人忘記我，那會讓我有一點害怕。有時候是很害怕。我是覺得如果我被忘記了，那我可能就根本不存在。約翰說以前住在這裡的那個女生消失了，我一點也不想消失。我想要大家記得我是誰，雖然他們記得的那個我不是真正的我。我還沒有想出來應該要怎麼讓別人記得我，可是我相信如果我想得夠久，那我就會想出來。瑪姬說我很聰明，她說我長大以後想做什麼都可以，我很喜歡聽她這麼說。

約翰說今天是一年裡最忙的日子，說了一百遍了，然後又叫我要對蘇珊和氣一點。他們雇她來幫忙接電話，我不知道是為什麼，我可以接啊，可是瑪姬說我的聲音太年輕了。除了練習英語以外，我也要開始練習讓聲音老一點，這樣我們就不用雇用陌生人來幫忙了。

我不喜歡蘇珊。

我覺得只有我們三個比較好。

蘇珊帶了一罐「花街」巧克力來分給我們大家吃，假裝親切，可是她已經把所有的太妃糖拿走了，那才是最好吃的。所以她顯然是不可靠的。瑪姬說蘇珊是老朋友，所以要對她好，可是我不這麼認為。她確實是很老。她有灰頭髮，眼睛周圍有很多小皺紋，牙齒黃黃的，我覺得那可能是因為她吃了太多的太妃糖。她又矮又胖，有點像太妃糖。我會盯著蘇珊，也許會兩雙眼睛都盯著她——我覺得她鬼鬼祟祟的。

今天太忙了，連我也在幫忙。我們得去銀行三次，而不是一次，我也不知道是為什麼。約翰說保險箱不可以太滿，我覺得他可能是怕錢太多的話門會關不上。我們現在都開車到銀行了，雖然銀行並不是很遠。第三次去的時候，我問能不能買麥當勞，可是約翰說不行。他把那個「HEAD」袋子裡的一捆捆鈔票給了那位女士，可是她花了太多時間才把他要的一袋袋零錢拿給他，約翰就生氣了。我也生氣，因為我餓了，也因為他對我不好。今天沒有人對我好。也不過就是一堆馬跳籬笆，有什麼了不起的。我還寧願看書呢。

約翰在銀行外踹了車子，因為輪胎扁了，不過我不覺得踢它會有用。我們走回商店，走得超級快，我還不准說話。約翰叫我把柵門鎖上，然後他鎖上後門，檢查了兩遍，這才消失在條紋門帘後，去招呼那些在等候的客人。今天好吵，比平常還吵，我看到他們擠著搶著要靠近櫃檯。他們抽菸的煙變成了室內的雲，刺痛了我的眼睛。

我回頭往我的小房間走，看到蘇珊坐在電話旁邊吃東西。她老是在吃東西。我都忘了她在這裡，我就給了她最邪惡的一瞪，因為我不在乎她是不是知道我不喜歡她。

她不咀嚼了，露出笑臉。「妳要不要吃我的三明治？」

我好餓，可是我不知道該不該吃。

「裡面有什麼？」

「就是麵包和鹹牛肉。」

我喜歡鹹牛肉，所以就說好。她的三明治切成三角形，她從盤子上拿了一塊給我，我對她的不喜歡比以前少了一點點。

「我知道今天對妳這樣的小女孩來說並不好玩。妳應該到外面去玩，呼吸新鮮空氣。」

我不理她，去坐在小小的裡間看電視，其實只是瞪著螢幕。蘇珊出現在門口，我希望電話會響，她就會走開。電話好久都不響了，真奇怪。

「我覺得妳沒把柵門鎖好。」她說，看著窗外。

「我有。」我滿口食物說。

「不，我不覺得，我覺得妳爸發現之後會真的很生氣。」

我確定我鎖好了。

「妳要我去檢查嗎?我不會說出去的。」我看到有一小塊鹹牛肉卡在她的黃牙上。

「我們不可以打開後門。」我說,記起了那個拿刀的壞蛋。

「我只需要一分鐘。不然的話,等他們發現妳沒把門鎖好,那妳的麻煩就大了。我只是為妳著想。」

我不想有麻煩。

「好吧。」

我看著她拿了鑰匙,打開後門,走到柵門那邊。我看不到她在做什麼,可是等她回來後,她說我真的有把門鎖好。我知道我有。我不喜歡蘇珊。她開始鎖門,我看到她把鑰匙插進孔裡,可是她又停住了。

「妳喜歡牛奶巧克力嗎?」

「沒有堅果或是葡萄乾的。」

她微笑,我又瞪著她牙齒上的鹹牛肉看。瑪姬說瞪著別人的缺點看是錯的,可是我沒辦法讓眼珠不去看它想看的地方。

「知道嗎,我今天帶了一大條吉百利牛奶巧克力來,那種最大條的,可是我發現我一個人吃不完。妳要不要幫我吃?」

我愛死吉百利了。我喜歡把小方塊的巧克力放在舌頭上吸吮,直到所有的巧克力都融化在我的嘴巴裡。我點頭，希望她不會改變主意，因為我一整天都對她不友善。

「謝謝妳，妳真是個乖孩子。難怪妳媽這麼愛妳。巧克力在我的皮包裡。妳何不去幫我拿過來，趁我確定這道門鎖好的時候？」

我走到電話間，立刻就找到了巧克力。我拆開來，小心不要撕破紫色包裝紙和錫箔紙，然後折了一小塊，丟進嘴裡。我想著剛才蘇珊說的話，說瑪姬愛我，我才發現我也愛她，而我因此覺得很開心。

很晚了店鋪才終於打烊，我又累又餓。瑪姬答應我們晚餐要吃炸魚薯條，只要錢先數完收好。

「鱈魚和薯條，我的最愛。」約翰說。我看著他，他拉出一張鱈魚臉，我也是。我們都張開嘴巴，嘴唇像字母O，然後我們悄悄笑我們的瑪莉．包萍笑話。瑪姬沒笑，因為她不覺得好笑，雖然真的很好笑。她說我們今天賺了好多錢，所以我今晚不必掃地了，明天大家再一起掃。

蘇珊從前門離開，說去公車站比較快，瑪姬等她出去後就鎖上門。蘇珊拒絕了晚餐的邀請，我很高興。我還是不喜歡她，雖然她讓我吃巧克力，不過炸魚薯條是我們三個人的，就像約翰老愛說的，我們不需要別人。

瑪姬幫忙約翰數櫃檯後的錢，我能聽到計算機喀喀響。我一邊等一邊決定要在店裡蓋堡壘，我把一些皮凳推在一塊，把從牆上掉下來的報紙鋪上去。

事情發生得太快，而且聲音好大。

汽車撞進了店鋪前面，差點就直接撞上我的堡壘。時間停止了一下。我看著櫃檯後的瑪姬和約翰——他們兩人都張大嘴巴，瞪著那輛藍色汽車，我這才發現我也張著嘴巴。我覺得我們現在一定很像鱈魚。瑪姬的眼睛瞪得好大，對著我喊什麼，可是我聽不見。玻璃碎掉和開車門的聲音太大了。我的眼睛瞪著兩個臉上戴著面罩的人下車，然後我的耳朵想起了該怎麼聽，我就聽見了瑪姬。

「快跑，艾梅！」

我就跑了。

我跑到櫃檯後面，約翰鎖上了分隔我們和店鋪的門。瑪姬一手揪住我，另一手拿起電話，用肩膀夾住。她一直戳九，可是又把電話摔下來，說沒聲音。

「混帳。」約翰說，可是瑪姬不理他，低頭看我。

「唸祈禱文。」她說，而我知道是什麼意思。

瑪姬教我什麼我都會記得。

我往小小的裡間跑，可還沒接近條紋門帘就聽到有人砸碎了櫃檯。有個人揮舞著大鎚子，鎚子比我還要大。

「把保險箱打開。」另一個人說，而我看到他拿槍指著瑪姬的頭。約翰彎下去開保險箱，我繼續跑，躲到桌子下，手指摸到了用膠帶黏著的手槍。雖然我兩隻手都在發抖，我的手指卻好像知道該做什麼。後門飛開來，又一個壞蛋進來了。他沒看到我躲在桌子底下。我不懂他是怎麼進來的，因為我知道我們從銀行回來之後我就把門鎖好了。可是我想到了蘇珊、柵門、牛奶巧克力和不響的電話。我知道她騙了我，而我又迷惑又生氣。

我不再害怕了，我只是生氣。從來沒有這麼生氣過。我站在條紋門簾後面，盡力拿穩槍，不確定該瞄準誰——現在有三個人了。一個壞蛋抓著瑪姬，另一個用槍比著約翰，他開始照他們的話做，打開了保險箱。然後每個人都吼了起來，我聽到很響的一聲砰。

瑪姬摔在地上前我看到她的白毛衣全變紅了。

約翰跑向她，他們也射殺了他，在他背上開了兩槍。

他們用髒靴子踢我媽和我爸，我站在那兒動也不動。誰也沒看見我，我好像已經消失了。兩個壞蛋蹲下來，一面笑一面把我們的錢裝進他們的袋子裡。我回頭看著瑪姬，看到她又張開眼睛看著我。

我開了槍。

我就在他們後面，我不能射偏。

我照她教我的做，一直射到沒有人動為止，然後我還是繼續開槍，一直到把子彈全都打光。

「過來這裡，寶貝女兒。」瑪姬的聲音沙啞，而且好小聲。我坐在她旁邊，用兩手按住她的肚子，想幫她止血，就跟電視上演的一樣。可是血流個不停。現在有好大一窪紅色的血了，我的手也都紅了。

「把槍給我，」她低聲說，我就給了她。她用長褲擦槍，再從衣袖裡抽出白色手帕，包住手槍。「不要再碰了，什麼也別碰。去把這個放進約翰的手裡，去，快去，小心別碰到。」我在哭，在發抖，但是我還是照瑪姬的話做，因為我早就學會了不照她的話做就會有壞事發生。我把槍放進約翰的手裡，他動也沒動。我不喜歡碰他，所以一放回去就趕緊跑回瑪姬身邊。她用一條手臂抱住我，我把頭躺在她的胸口上，像我們兩個躺在床上時一樣。然後我閉上眼睛，聽著她的呼吸聲和說話聲。

「他們來了之後妳就說妳躲在後面，一進來就發現是這個樣子。不要告訴他們手槍的事，什麼都不要告訴他們。我愛妳，寶貝女兒。妳告訴他們妳的名字是艾梅・辛克萊，他們來了妳就這樣說，而且妳要記得我愛妳。」

我哭得好大聲，說不出話來。我躺在她懷裡，她的血沾滿了我的臉和衣服，等我能開口了，我就說：「我也愛妳。」她的眼睛已經閉上了。

46

二〇一七年倫敦

我從俱樂部的洗手間出來，硬逼著自己把頭抬高，而且打算儘快離開這裡。我覺得在我和珍妮佛．瓊斯談話之後，人人都盯著我看。雖然她被請了出去，我現在也沒辦法留下來了。她證實了我一開始就懷疑的事情：我被我先生以及一名假扮成我的跟蹤狂設計陷害了。我想起了在閣樓上發現的那一鞋盒的舊明信片，都是她寫的，都只有一句話：

我知道妳是誰。

嗯，我不知道她是誰，但是我知道是他們兩個人聯手，我敢確定。

如果她的年紀比我大，那就不會是愛麗西亞，可我也不認識什麼人恨我恨到會想要像這樣子毀了我。至於傑克嘛……

「妳在這裡啊，我到處找妳！我聽說了。」他說，該他上場的時候就出現了。他一臉關切，演得真像，我幾乎相信他是一片真心了。

「你怎麼可以那樣？」

他反覆張嘴又閉嘴，無論他是想說什麼，都找不到正確的詞語。「*Je ne comprends pas*。」

（意為：我不明白）他終於說出話來了，還孩子氣地咧嘴一笑，伴隨著誇張的一聳肩。

我想強行通過，他卻阻止了我。

「我沒心情聽你的蠢法語。」

「對、對，抱歉。如果妳指的是我把照片傳給媒體，我是為了妳，也是為了我自己——將來有一天妳會感激我的。所有的新聞都是好新聞，沒人教過妳這個嗎？」

「我要走了。」

「不，不行。」他擋住了我的去路。「留下來再喝一杯。不是只有記者和政客需要為了謀生睜眼說瞎話，妳需要這裡的每個人都覺得這件小事不必放在心上，一笑置之即可。讓他們看到妳一點也不在乎，然後，只有在那個時候，妳才能離開派對。」

「我現在很討厭你。」

「我沒有一分鐘不討厭我自己，可是我覺得妳應該要暫時先別管這個。用妳的頭腦思考，不是妳的心，然後明天妳就可以再回去討厭我了。」

「不，我要走了。」

他嘆氣，假裝沮喪。「好吧，那讓我送妳回家。我會叫計程車。」

「我不需要你送我回家。去找愛麗西亞吧。」他聞言微笑，我覺得很幼稚，真希望能把話收回來。

「我們根本沒什麼，從來就沒有。我沒跟她睡過，無論她是怎麼跟妳說的。而且我也不打算跟她上床。媽喲，她八成事後會把我囫圇吞了，就像那種交配之後會把雄性吃掉的蜘蛛。我只是因為她現在不是很順遂，所以才對她客客氣氣的。她母親幾星期前過世了，她似乎是被傷心吞噬了。起初我是有點意外，因為她們好像關係不是很融洽。我一直忘不了她跟我說她的童年過得非常不快樂。她媽有一次有一個多星期不跟她說話，就只因為她沒在什麼學校的戲劇公演裡拿到主角，妳能想像嗎？」

他說的是我拿到了桃樂絲一角而不是她的事，我很確定。

「愛麗西亞最後逃家了，因為她認為她媽不再愛她了。她睡在街上，睡在紙箱裡，睡了三個晚上才回去。即使如此，她母親也始終沒有原諒她，說她沒拿到主角，讓她失望了。很好笑，對不對，我們為什麼會做我們做的事？我們為什麼會變成我們變成的人？我得到的結論是我們的野心極少是我們自己的。她的母親雖然死了，但是我發誓愛麗西亞仍然想要讓她引以為榮，一心一意想得到她的原諒。想想看：拿鬼魂當繆思。她母親下葬之後幾天，她的經紀人就不要她了。不能怪他，他並不知道，而且持平而論，她有好幾個月連試鏡的機會都沒有。」

難怪她那麼恨我。

「她說她明天要去那部芬徹的新片試鏡。」

「哈！明白我的意思了吧！愛麗西亞就是一個知道怎麼睜眼說瞎話的人！從現在開始，無論是什麼情況，我都要妳這麼想：『愛麗西亞會怎麼做？』然後妳至少應該考慮也做一樣的事，而不是一天到晚溫良恭儉讓。電影裡好人會贏，但現實生活裡卻很少見。沒有芬徹的試鏡——小道消息說他已經決定女主角的人選了，而且差不多是已經簽約了。」

我感到一股純然的喜悅流貫全身，但是我沒吭聲。我在這行已經學會了一切都要保持沉默，直到最後的契約簽字交換。口頭保證和道聽途說都一文不值。但是我仍能感覺到別人瞪著我看，我想叫他們別看了。

「我需要回家。」話從我的口裡跑出來，變成低喃，但是傑克聽見了。

「我來幫妳。」他牽住我的手，我讓他帶著我穿過人群以及顏色不同的房間，步向出口。

一名服務生端著托盤，盤上只有一杯香檳，在紅室中央擋住我們的去路。

「不了，謝謝。」我說，避開視線接觸。

「這是香檳王，不是一般的酒，」服務生說。「我們通常是不會單杯提供的，但這是吧檯的那位紳士付錢的，他也要我告訴妳他喜歡妳的鞋子。」他又說，表情不只一點點尷尬。我看著他的後面，卻沒看見我認識的人。我看到的每個人都像在朝我這邊瞪，我不再覺得是我自己的想像了。我的手機在手拿包裡響了，我放開傑克的手，慌張地找手機，很怕會是什麼內容——有新聞說警察認為我做了什麼，或是珍妮佛．瓊斯最新的網路文章。但只是簡訊，不過號碼我不認得。我讀了螢幕上的四個字，附隨了一個連結，我起先還以為是寄錯了，但接著我就覺得全身冰冷。

「今天幾號？」我問傑克。

他轉動手腕看他的蘋果手錶。每過一秒鐘房間裡似乎就湧進了更多的人。

「九月十六，怎麼？」

我又讀了螢幕上的四個字，眨眨眼，不確定是不是眼花了。

生日快樂！

我大半輩子都在四月慶祝生日，誰也不知道我其實是九月出生的，只有瑪姬。可她已經死掉很久了。

我看著她死的。

我慌亂地環顧房間。

是誰為我買的這杯酒？

是誰發的簡訊？

是誰知道真正的我？

我看到的不是她，而是他。只瞥見他在紅室的角落裡盯著我。我終於找到了我那個沒有失蹤的先生了。他朝我的方向揚起酒杯，但有人走在他的正前方，我再看時，他不見了。就像一條鬼魂。

是我想像的嗎？

更多人瞪著我看，不是我自己的想像。

我轉向傑克，但是他忙著看手機，等他抬頭，他的表情就跟房間裡的每個人一樣。他看著我的樣子彷彿是看著一隻妖怪。我回頭看簡訊，按下連結，把我帶到了TBN新聞網頁，我在螢幕上看到了我的臉，在頭條上讀到我的名字。

我頓時覺得天旋地轉。

就好像覺得你是坐在觀眾席裡，不料卻發現你其實是在舞台中央，被期待的眼神包圍，卻記不起你的角色，更別說是台詞了。我覺得暈眩，我覺得我會在眾目睽睽下嘔吐。人群幾乎完全沉默，而我看到已經很眼熟的艾麗克絲．柯洛夫特偵緝督察向我走來，那片期待的臉龐海分開來讓她通過。

「唉呀呀，這個派對可真熱鬧不是嗎，」她說。「艾梅．辛克萊，我要因為妳涉嫌殺害班．貝利逮捕妳。妳什麼也不必說，不過如果被問到一些將來在法庭上很重要的問題妳也選擇沉默，那可能會對妳不利。妳說的每一句話都會被當作呈堂證供。」

她說的每一個字好似都宣告著希望渺茫，直到最後連一丁點也不剩。她歪嘴一笑，隨即傾身在我的耳邊低語，這才給我上手銬。

「我就知道妳是個會殺人的演員。」

47

二〇一七年艾塞克斯郡

瑪姬．歐尼爾坐在她的公寓裡看週日的報紙。她兩手戴了棉手套，因為公寓很冷，也因為她討厭看到自己的手；那是一輩子都在勞動的手，而不是演戲的手。她的手辛苦勞動因為她的人生很艱難，而且沒有一個地方公平，因為人生就是不公平。瑪姬等了很久要訴說她的故事，而現在終於輪到她了，她覺得每一分鐘都樂趣無窮。

她暫時摘掉手套，看著小邊桌上的電話旁艾梅小時候的照片。相框蒙上了薄薄一層灰塵，木頭有裂痕，多處有刮痕。相框裡的照片現在很舊了，也有點褪色。瑪姬搖頭卻不自覺，對著照片中的兒童的那張笑臉瞇起眼睛。*虧我為妳做了那麼多*，她想著，舌頭嘖嘖有聲。瑪姬相信她是艾梅之所以會成功的功臣；她小時候畢竟是她扶養的，教導她，給了她瑪姬自己從沒有過的機會。而這個孩子又是用什麼來回報她的？零，就是零。甚至不承認她的存在。

她把相框拿到鼻子前，彷彿是要親吻玻璃，但是她吹氣在上頭，用帽T的袖子擦拭灰塵和污垢，想把灰塵下的臉蛋看得更清楚點。艾梅拍這張照片時才五、六歲，當年的她是個好孩子，非常聽話。

不像現在。

瑪姬比較喜歡記住艾梅小時候的樣子，而不是現在的這個女人：一個演得像瑪姬不存在似的女人。她花了幾年的時間猜測照片中的甜美小艾梅是怎麼了，但是她知道真相了，無論真相有多傷人。甜美的小艾梅為自己找到了新家，有一連串的養父母，開始演戲了。她小時候就太會假裝成不是她的人，現在更靠這個賺錢了——一輩子在騙人，也騙她自己。但是瑪姬知道真相。瑪姬知道艾梅真正的身分。說不定這就是艾梅表現得好像瑪姬死了的原因。

瑪姬讀了每一篇網上有關艾梅的文章，至少每小時會查看一遍推特和臉書和IG。她每份報紙都買，剪下了每一篇影評，再收進艾梅的巨大紅相簿裡。她讀了每一次的訪問，儘管她尋尋覓覓一絲半毫的感激或是認可，但是艾梅卻一次也沒提到她，一次也沒有。

瑪姬又低頭看著醜陋的手，看見她在做那個自己時不時就會做的事。她記不起是從幾時開始的，只希望能停止。她用右手握住左手最小的三根手指，閉上眼睛，這樣比較容易假裝她仍握著那個小女孩的手。艾梅以前都會牽著瑪姬的手，可後來她走了，長成了一個外表和聲音都一點也不像艾梅的女人。我們養大的孩子是應該要愛我們的，而不是拋下我們。

瑪姬把那張艾梅的照片擺在電話旁，是因為她知道這個女孩有一天會打電話來，她就是知道。她的眼睛從照片中笑容可掬的孩子上移到了自己拿著相框的手上。看到的兩樣東西都讓她噁心，於是她又把白色棉手套戴上。

妳可以用各種手段來讓妳的臉蛋和身體看來年輕美麗。門外漢有形形色色的乳液和保養品，而在維護自己方面更內行的人則有各式各樣的手術和步驟。但是手卻總是會洩漏年紀。她站起來伸個懶腰——她的背痛，因為彎腰看報太久了。

瑪姬繞著小小的客廳，在雜物中走出一條路來。有些是她自己的東西，大多數是繼承自那些死不帶去的人的。她現在經營一家清理公司，生意滿好的，最近經常得拒絕一些工作，她一個人的能力有限，但是她喜歡一個人工作——她很久以前就學會了別人是不可靠的。清掃死人的家是個辛苦活，不像演戲，不過也不會做白工。

她不再踱步，停下來對鏡自攬。牆上的鏡子很不錯，鏡框結實，是她上星期在奇季克的一位老太太家裡收獲的——瑪姬只拿走不會有人想念的東西。看著鏡子，她大體上很滿意。大體上。她在這張臉和這副軀體上可是下了很大的功夫。她求助過：隆鼻、抽脂、除眼袋、注射肉毒桿菌、玻尿酸填充注射。她的臉和從前相差極大，但還是不太對。

她拉開黑色的長鬈髮，像幅帘子，再甩過肩，然後低眉垂目，解開了襯衫的幾顆鈕釦。她的胸部是她最大的缺點，每次看到就會在她的自信上造成傷害，但是哈利街的醫生仍堅持要她再去看一次門診才能決定是否進行手術。她閉上眼睛，以指尖碰觸胸部，想像著在每一個項目都做完之後她的身體會是什麼樣子。

理論上她現在已是中年人，也該是她享受人生的階段了，畢竟這是她辛苦賺來的。她更靠近鏡子，看到臉頰上有根黑毛，就去拿鑷子——她家裡擺了好幾支。等到瑪姬辛苦維護的臉蛋上一根毛也沒有了，她才坐回沙發上放鬆。

她又打開筆電，笑著看推特上有關艾梅的新聞，每一則都截圖。接著查看電郵，卻沒有新的郵件。瑪姬過去試過約會網站，但真愛是奢侈品，她一直都負擔不起。而且她這麼多年來辛苦保持身材可不是為了要跟某個窩囊廢分享。她怒目看著壁爐架上哈利街醫生的來信，因為她經常覺得她當前的情況——孤身一人——都是他的錯。

瑪姬回頭注意今天的報紙，把眼鏡推到鼻梁上，舔舔手指再翻頁。她喝著不冷也不熱的綠茶，發出很響的聲音。她討厭綠茶，可是經過證實的抗老化和抗氧化的優點勝過了味蕾的不愉快體驗。大口喝茶時她提醒自己綠茶有助於延遲肌膚老化的種種跡象，比如說皮膚下垂、曬傷、老人斑、細紋以及皺紋。瑪姬覺得，內在最重要的想法只不過是醜八怪發明的一個迷思。

她的眼睛找到了要找的東西，戴手套的手停在半空中，在牆上形成了一個小鳥形狀的影子。報上艾梅．辛克萊的照片回瞪著她：女演員艾梅，長大成人，愚蠢欺騙的臉上咧開大大的笑容。這一定是舊照片，她很肯定艾梅再也笑不出來了。

瑪姬的眼睛黏著頭條的文字，彷彿是被下了定身咒。她摘掉眼鏡，拿帽T擦拭，不理會衣服上有昨晚烤豆子加吐司的污漬。然後她再把眼鏡架到鼻梁上，看個仔細。她瞪著文字，有如恍神，迻譯成某種讓她笑到會痛的東西。

艾梅．辛克萊因謀殺親夫被捕

瑪姬讀了報導三次，讀得很慢。有些心靈糧食太珍稀了，不能狼吞虎嚥。她拿起了左撇子專用剪刀，剪下文章，剪得很謹慎，唯恐弄破了薄薄的紙張。然後她把沉重的相簿從咖啡桌上拿過來，翻到後面僅餘的幾張空白頁，掀開透明套子，把新的艾梅．辛克萊剪報插進正中央。

48

二〇一七年倫敦

「姓名？」櫃檯後的獄警說。

「艾梅．辛克萊。」我低聲說。

「大聲點，還有看著鏡頭。」他大喝一聲。我重複名字，同時瞪著牆上的黑色小儀器。感覺有點像在機場，只不過我知道我並不是要去什麼美麗的地方。

「右手放在螢幕中央。」他接著說。

「為什麼？」

「我需要採妳的指紋。右手放在螢幕上。」他的聲音疲憊。我照他的話做。「現在只要右手大拇指就好。」我移動手。「換左手……」

我跟著一名女性獄警走過一關又一關機場般的安檢，覺得怪怪的。有點頭重腳輕，好似我在作夢，這一切都不是真的。我走過了全身掃描機，再四肢打開而站，讓兩名獄警搜查我身上的每一個地方。

「脫衣服，全部脫掉，放在椅子上。」

我乖乖照做。

起初我覺得受到冒犯，因為我並沒有做錯什麼，他們不應該這麼對待我，但後來我又開始質疑每件事，不確定我是否該信任自己以及我的記性。

班死了。

他們發現他的屍體埋在我們的花園露台下。他的屍體曾用某種助燃劑焚燒過，就像我在我們的廚房垃圾桶找到的打火機油，而警察在外面的垃圾桶裡找到了空罐，上頭還有我的指紋。他們說我是在加油站買的，然後在別處焚燒他，再把他的遺骸埋在家裡。

他們的指控簡直是匪夷所思。

起先我不相信他們說的話，但是牙醫紀錄證實了是班。我覺得我看到了他，就在我被捕前的殺青派對上，但關於這一點我也弄錯了，因為我先生絕對是死了，而全世界都認為是我殺了他。

刑警說他頭骨上的子彈跟我放在家裡的那把手槍的子彈吻合。那把我合法購買的手槍是要讓我自己感覺安全的。他們找不到槍，因為我不肯告訴他們去哪裡找。

他們以為我在隱瞞證物，但是我沒殺我先生。

我有嗎？

萬一有呢？

不，沒這回事。不可能。我甩掉這個想法，牢牢抓住我為自己寫好的劇本：我被陷害了。我只是不知道是誰。

我進了警察局，再進了警察局牢房，然後我被銬在一輛白色的廂型車裡，而現在我在這裡。我不知道時間過了多久，可能兩天吧——我腦子裡的時鐘不再運作了；我不知道要如何報時了。他們說我可以用電話，但我不知道該打給誰。不過我找了個律師，很高明的一個。這兩年來他處理過許多備受矚目的案件，而且他似乎胸有成竹。我告訴他不是我做的，我問他是否相信，他只是微笑，說無所謂。他的回答一直在我的腦子裡轉圈子：「我相不相信無關宏旨；我能不能讓別人相信才是攸關未來的關鍵。」感覺他的話像是為我寫的。

我穿上了監獄發下來的綠色上衣和慢跑褲，我身上的每一吋肌膚都癢了起來，害我好想要抓癢。我瞥見了鏡中怪模怪樣的女人；一點也不像我。如果你往下挖掘，深入你自己的絕望，你通常就會遇見那個以前的你，但是我不記得她。感覺上我現在必須當另一個人，一個堅強勇敢的人，一個我不確定該如何扮演的角色。

我沒進過監獄。監獄跟你的想像差不多：高高的外牆，牆頭上有鐵絲網，一大堆門，一大堆鎖。氣氛冰冷，到處都是灰綠色的。我看到的人都不愛笑。我跟著另一名獄警走，看著他又鎖上了後面的一道柵門，再打開下一道柵門，他的制服腰帶上掛著一大串鑰匙。

鑰匙讓我想起了瑪姬，以及她在店裡攜帶的那一串。我被捕之後常常想起她，彷彿有人在我沒注意時按下了重新開機鍵，而我感覺又像個小女孩，一個被教導絕對不要相信警察、不要和警察說話的小女孩。他們把我帶走之後我只和我的律師說過話，而他是個徹底的陌生人。

我覺得他認為是我殺的。

我能退縮到多遠就退縮到多遠，並且把我自己的門用一把我以為已經丟棄的鑰匙鎖了起來。我看著我經過的另一個女人，忍不住想我不像她們，我不屬於這裡。

萬一我屬於呢？

我們穿過一處庭院，我看到一系列的建築，牆頭上都有鐵絲網，窗上都有鐵欄杆，讓壞人出不去，而不是讓壞人進不來。獄警拿了另一支鑰匙開了另一扇門，我們進入一棟較小的建築。牌子上寫著「A區」。我等著他鎖上後面的門，然後我們默默上樓，再沿著一條走廊前進，經過了數不盡的金屬門，門上有小窗。我快覺得人生不過是一連串的門了：每天我們都必須選擇要打開哪一扇門，走過哪一扇門，再關上哪一扇門，讓門永遠鎖住。

萬一我真的做了他們指控我做的事呢？

感覺越來越難證明我沒有，即使是向我自己。最讓我吃驚的是我的傷心。我先生死了——不再是失蹤人口了，而是死了。走了，沒了。而我什麼感覺也沒有，只除了為自己哀愁，為那個我知道絕不會有的孩子傷心。也許他們是對的，那些醫生對我的記性及心理狀態的診斷和推論。

說不定我是有哪裡不對勁。

「到了，溫暖的家。」獄警說。打開了一扇藍色的金屬門，推開來，介紹給我我的未來。我邁向前，只是小小的一步，看著裡面。牢房很小。右手邊有一張上下鋪，而就在床的前方有一幅看起來不乾淨的帘子，勉強遮掩著髒污的馬桶和後面的洗手台。左邊有張桌子，上頭的東西像是電腦，倒是讓我始料未及。另外還有一個小櫥櫃，擺滿了別人的東西：一罐烤豆子、幾本書、一些衣服、一支牙刷和一個水壺。

「這間牢房已經有人了。」我說，回頭看著獄警。他是個年紀大的人，滿臉倦意，小眼睛下是黑眼圈，過大的肚子垂在腰帶上方。他的嘴太小，不整齊的牙齒太大，肩上掉落的頭皮屑很可觀，而且鼻孔中的灰色鼻毛也很驚人，張牙舞爪似的。

「恐怕閣樓套房已經被預訂了，所有的單人客房也是，所以妳只能跟別人同房了。放心吧，希拉蕊非常友善，而且妳只會在這裡住到出庭，然後他們就會幫妳找個永久的家了。」他催我進去。

「我沒殺我先生。」

「去跟那些關心的人說吧。」他關上了牢門，砰的一聲響。

49

二〇一七年艾塞克斯郡

瑪姬決定要用咖哩來慶祝艾梅入獄。

她做胃束帶手術已經三年了，而那一條小小的矽膠束帶改變了一切。她在三十幾歲時放縱自己，那時日子過得很艱苦。她放棄了讓人生符合她的希望，因為什麼都缺，她就在食物上找安慰。可四十幾時她找到了艾梅。

加入那一大堆約會網站最好的結果就是多年之後又找到了她。可真是個不小的意外。艾梅的臉孔即使稍微不同，可就算燒成灰瑪姬也認得；她每次閉上眼睛都會看見那雙眼睛。所以她才開始了自我改造。國民健保為她支付胃束帶手術的費用，但是其他的項目都是她自己出錢的，她倒是不介意；瑪姬覺得投資自己是個人資產最聰明的支出。

她事先打電話去訂餐，到了那家印度餐廳就不必等候了。有時她不喜歡餐廳裡的人看她的樣子，活像她是什麼魯蛇。瑪姬不是魯蛇。電話那頭有印度口音的男人說全部餐點是十一點七五鎊時，她糾正了他。她早就計算過了，金額應該是十一點二五鎊，根據餐廳目前的外帶菜單上的定價。那人沒有爭論就說她算得對。雖然只是五十便士，但那可是她的五十便士，而瑪姬不喜歡小偷。

瑪姬覺得所有的移民都是違法的，而且不乾不淨。她在報上看過報導，讓她擔心這個國家的未來。她出生是愛爾蘭人，卻不認為自己是移民，即使有人可能會說她是。她跟那些移民不一樣。

她穿上大衣，在頭上綁了條絲巾，在下巴下牢牢繫緊，再把它塞進領子裡，直到圍裹得夠嚴密。她穿上靴子，拿起鑰匙。她收藏了許多鑰匙，形狀和大小都不同，但不全是她自己的。大多數是那些她負責清理的過世屋主的——是用來打開大家以為絕對不會外洩的秘密的。

她抵達餐廳時她的餐點已經做好了。

「雞肉咖哩，米飯，大蒜烤餅和薯條嗎？」櫃檯後的男人一見到她走進門就說，彷彿那是她的名字。他的聲音就跟電話中的人一樣，但是她沒辦法確定，而且他的外貌也比她想像中年輕得多，只是個大男孩。

「牛肉咖哩，應該是牛肉，不是雞肉。」她的聲音怪怪的，比原本的要低沉。

「對，是牛肉，抱歉。牛肉咖哩。」他把薄薄的白色塑膠袋遞給她，裡面裝的是她的慶祝大餐。她咂舌，嘟囔著說她不吃雞肉，然後又在男孩繼續為他的失誤道歉時搖頭，對他的口音不以為然。瑪姬很奇怪為什麼沒有人教導男孩正確的英語。她付了十一點二五鎊，不必找零，以免又有更多錯誤。

她邊吃飯邊看新聞，希望能看到艾梅被捕的消息。她錄了下來，按了遙控器上的紅色按鍵，只是以防萬一。有時她對著螢幕說話，可能是因為沒有一個可以說話的人。瑪姬總是運氣不好，老遇人不淑，即使有約會網站的協助。

她仍然記得她是如何遇上班．貝利的。她一開始沒有多想，完全不知道他會在她的人生以及艾梅．辛克萊的故事中扮演什麼角色。有時，在我們最低潮的時刻，生命會借給我們一個指標，而瑪姬夠聰明，知道聽從它的指引，在她把旅程想個通透，明白了那條路可能通往何方之時。她很高興她這麼做了，事實上是非常高興。

班．貝利是那種什麼事都藏在心裡的人，沒有家人或是朋友可以談心，至少瑪姬在網路上搜羅了半天一個也沒找著。他的家一團亂。真的很可惜。明明就在諾丁丘的漂亮街道上，價值不凡，卻疏於整理。她覺得奇怪，他居然連隨手收拾一下都懶，連別人到家裡來看到他的雜亂也好似無所謂，不過怪人本來就多，本來就有人很安於自己的本性。

班．貝利的花園是對花園最大的嘲諷。它是可以成為美麗隱蔽的綠洲的，在一個人口過多的城市裡。可是它卻雜草叢生，骯髒的白色塑膠椅子亂扔，還有一處醜陋的露台。瑪姬在園藝上一向就很有興趣，而打從一開始她就覺得木質陽台比較賞心悅目。

班．貝利顯然是個聰明人，他的書架上有許多時髦的書，大多數都像是真的讀過，不像你去別人的家，一看就知道只是擺設。他連一張照片都沒擺出來，一張也沒有。她有時仍會納悶他是做了什麼才把周遭的人都推得遠遠的，讓他好像是孤伶伶一人在這個世上。但是她盡全力不去把他往壞處想；他幫助了她，在她先前連作夢都不敢想的地方。

計畫必須天衣無縫：一個錯誤就會害遊戲在尚未開始之前就結束。要讓計畫爛在她自己的心裡實在是好難，但是她知道她不能告訴任何人她在做的事，如果她想要計畫成功。而班・貝利也是沒有一個可以說話的人。

他失業了。

重大行為不當，他書桌上的信是這麼說的。她偷看時心中不安，彷彿她在第一次到他家時就侵犯了他。但後來她猜他把信這麼丟在那兒就是知道會有人看到，好像他是想要她看。那晚她回家後就上網搜尋了「重大行為不當」；她覺得難堪，並不真正了解那是什麼意思。她可不喜歡感覺自己比別人無知，就只因為她沒受過什麼昂貴的教育，也沒上過大學。

瑪姬的一切都是她辛苦奮鬥來的。雖然沒有學位，但是她在許多方面都很聰明，那是在學校裡學不到的。她只要有什麼不懂就會靠網路自學。

「重大行為不當」指的是員工的行為太惡劣，摧毀了勞資關係。

這個定義立馬就讓她想到了艾梅。艾梅的行為非常差勁，摧毀了她們的關係。艾梅和班在瑪姬的眼裡都有重大行為不當；唯一的差別在班因為自己的行為而得到了懲處，而艾梅卻逍遙自在。直到現在。

頭幾天瑪姬沒辦法不去想班・貝利，她好像是走火入魔了——她想要把他的底摸個一清二楚。她去了他當記者的那棟建築，第二次去他家後還拿走了他的一件襯衫，那晚穿著它睡覺，想著他，以及為了給艾梅一課終身難忘的教訓他會幫她做的一切。

瑪姬放下刀叉，因為清光了盤子而覺得不舒服。她不應該點了米飯又點薯條的。她關掉電視，很失望新聞沒提到艾梅或班。她在心裡記下稍後要換個頻道，希望他們會有比較好的新聞嗅覺。

等她再也等不下去了，她就走進浴室，把晚餐吐掉。一滴不剩。多虧了胃束帶，她不必再用手指挖喉嚨了。吐完後她覺得好多了。她知道她不能再像這樣吃大餐了，但她還是我行我素。人生中偶爾犯錯沒關係，只要你能接受後果，瑪姬是這麼相信的。你做了惡事，你就付出代價：規矩就是這樣。瑪姬做過一些惡事，但是她一點也不後悔，一次也不後悔。

50

二〇一七年倫敦

我坐在牢房的下鋪上，什麼也不碰。我這一生做過一些惡事，所以也許我是活該被關。也許這裡就是我的歸宿：一個我最終可能融入的地方。灰牆上沒有時鐘——我完全不知道時間，也不知道接下來會發生什麼，所以我只能坐著等待。

我等了很久。

小小的鐵窗射進來的光線變弱了，最後天花板幾乎全黑。我閉上眼睛，想要封擋一切，讓自己關機。我進行了一個真相的祛邪術，給心靈宵禁，有效，至少是一陣子。我筋疲力盡，卻不敢睡，這時我聽到了門外有鑰匙玎玎響，我文風不動。燈亮了——亮得讓人眼花——我遮住眼睛。

「要死了，妳差點把我嚇死！妳他媽的是誰啊？」一個矮胖的中年婦女問道，牢門在她背後重重關上。她結實的身體在髒污的綠色囚服褲腰下明顯可見。她酷似一坨白色的「培樂多」黏土從極高的地方被甩下來。她的頭底部剃光，頭頂則留了一條烏黑的馬尾。她雙手握拳，置於身側，每一根手指上都有刺青。我不想憑駭人的外表來評斷她，可是我實在是嚇壞了，我覺得我可能會吐出來。

「抱－抱歉，」我結結巴巴地說，緊接著剩下來的句子就像連珠砲似地跑了出來。「是他們把我關進這裡的。我什麼也沒碰，妳的東西我都沒動。」

她環顧牢房，彷彿是在心裡清點，然後又盯著我看。我不知道自己是不是該站起來。坐在下鋪的我覺得渺小脆弱，有點像是困獸，掉進了陷阱裡。我的優柔寡斷讓我動彈不得，在我還未能決定怎麼做之前，她三大步就走了過來，彎下腰，臉孔整個貼了上來。她的小眼睛用力瞪著，首先盯著我左眼，然後是右眼，然後又重來一次，好似她決定不了該看哪一隻眼睛。她張開嘴，我立刻就聞到難聞的蒜味。

「我知道妳是誰。」

我發誓我連呼吸都停頓了。

我的心裡浮現出這個女人寄送匿名信的畫面，寫在典雅的明信片上，但是畫面扭曲，不肯變得平直。不可能是她，我滿確定我們沒見過。

她等著回應，我卻決定不反應。接著她又挺直了腰，開始查看她的小櫥櫃，好像仍在檢查我是否偷了她的什麼東西。「妳是那個殺了老公的演員，朝他的頭上開槍，還把他埋在花園裡。」

她繼續翻檢，隨後轉過來微笑。「我看過妳的新聞！」她往我這邊塞過來一本便條簿和一支筆。「幫我們簽名。」這個經驗有點超現實，不過我還是照她的話做了。她看著簽名，似乎很開心，接著翻頁，露出底下的空白頁。「再來。」她說。

「為什麼？」

「不是給我的——我要妳的爪印幹什麼？是給eBay的，等我出去以後就可以賣了。說不定也把我的故事賣掉，告訴他們我是怎麼跟一個危險的名人殺人犯住同一間牢房的。妳覺得報社為了這個故事肯給我多少錢？妳一定知道這種事是怎麼玩的——」

「我沒殺我先生。」

「妳殺沒殺都不要緊，要命的是他們覺得是妳殺的。這可不是《刺激一九九五》，妳不會想在這裡到處說妳是無辜的。最好是讓大家覺得應該有點怕妳。對了，我是希拉蕊。」她的語氣表示她覺得我沒問她的名字很沒禮貌。

「妳犯了什麼罪？」

「我？不像妳那麼刺激。網路詐騙。這一次。我猜這是妳第一次進來？」我點頭。「就知道。其實沒有那麼慘——早晚會習慣的。通常他們要二十四小時才會把妳安排到系統裡。」她轉向電腦。「他們給妳密碼了嗎？」我搖頭。「就知道。等拿到密碼之後，妳就像這樣登入。」她用食指慢慢敲出每個字母。「然後妳就會看到這個選單，妳就可以申請課程：藝術、電腦、美髮——這個很熱門，排隊的人很多——我們現在連瑜伽課都有了。妳可以看電視或是他們串流的電影。妳可以參加圖書館——我大力推薦；管理圖書館的獄警是這邊的好人。妳也可以在這裡訂餐，告訴他們要吃什麼，他們就會在吃飯時間送到牢房來。有點像是在網上逛特易購，像妳這樣的人應該是維特羅斯超市吧。我跟妳說，水果和沙拉是絕對買不到的。妳每星期可以在系統裡額外拿到十鎊的信用額度，這是政府送的小禮物，怕妳會餓肚子。」

「妳們不在食堂裡吃飯？」

「當然不！食堂有一些很卑鄙的女人，而且大多數的打架都是因為食物。有些人大概就是不知道要排隊吧，而且我在外頭也從來沒見過有誰只為了要在塑膠餐盤上多得到一點馬鈴薯泥就對別人下手那麼重的。女人餓怒症的時候，食堂就太危險了。」

「餓怒症？」

她又微笑。「對，餓怒症。妳沒聽過嗎？意思是妳餓到發怒。說到這個，妳上一頓是幾時吃的？我可不想要妳趁我睡覺時攻擊我。」我想了想，這才明白我不記得了。「要不要吃點烤豆子？」她舉起一個罐頭，也不等我回應。「我可以幫妳加熱，妳拿到自己的零用錢之後只需要還我一罐就行。」我格外著迷地看著她用那個小旅行水壺燒水，打開罐頭。單單是看到「亨氏」商標就讓我想起了瑪姬。雖然我沒有殺害我先生，我卻殺過人，我只是一直沒有落網。

希拉蕊從一個外觀破舊的盒子裡撕了一片保鮮膜，舀了半罐豆子放到中央，再包好扭緊，放進了水壺裡。

「這樣真的可以嗎？」我問道。

「妳待會兒就會知道了。」

五分鐘後她用一只有裂痕的神力女超人馬克杯盛給我我在監獄的第一餐，吃起來有家的味道，而一時間，我閉上眼睛，想起覺得安全是什麼感覺。我注意到她臉上有一道新的裂口，偽裝成笑容，我對她的親切感激萬分。

「妳很漂亮，我是說沒化妝，」她說，而我想起了我一定是一副鬼樣。我至少有四十八個小時沒洗澡，沒洗頭，沒刷牙。「妳在現實生活裡跟在網路上很不一樣。」

「妳可以用這個上網嗎？」我指著牢房裡的電腦。

「少笨了，這裡是監獄，牢房裡或是別的地方都不能用網路。」

「那妳怎麼上網？」

「用我的手機。」

「妳在監獄裡可以用手機？」

「當然不能。妳是智障還是怎樣？」她伸手到長褲的前襠，看來她是從內褲裡拿出了手機。「我喜歡交朋友。我替他們做事，他們也替我做事。在這裡面跟在外頭其實沒有多少不同——這間監獄只是比妳習慣的那間小一點，如此而已。現代的世界把我們都變成了囚犯，只有傻瓜以為自己是自由的。D棟的角落有4G，所以才有那麼多人參加藝術課，方便他們上網。他們可不是為了能畫出漂亮的圖來。我在這裡不能更新網頁，可是，看，這是妳在TBN的網站。」她把手機伸給我看。我起先不想碰，因為知道它是藏在什麼地方，可我一看到螢幕上的畫面就忘了個一乾二淨。「妳在左邊，化了妝，頭髮很漂亮，妳先生在右邊。妳為什麼要殺他？」

我沒回答。我太忙著瞪著圖文說明：

班・貝利，人夫及被害人。

我兩手抖得太厲害，很怕會砸了手機。我緊緊握著手機，還不願歸還，然後坐在下鋪上，無法消化我的眼睛剛才看見的東西。

「妳還好吧？」她問道。

要是我能回答就會說不好。

我看著螢幕上的臉孔，但一切都沒變。我幾乎不認得自己，可是我也完全不認得照片中那個站在我旁邊的男人。

我不認得那個他們說是被我殺害的男人，原因是照片中的那個人不是我先生。不是班。

51

瑪姬應該要去清理在艾克頓的一棟屋子，可是她抗拒不了先駕車再次緩緩經過艾梅在諾丁丘的家的衝動。一隻喜鵲俯衝過廂型車車頭，瑪姬停車敬禮，看著牠飛走。

「一呀哀愁二喜樂。」她嘟囔著說，隨即唏哩呼嚕喝了一口咖啡，同時默默觀察前方的景色。藍白色警方的封鎖線仍然在空中飄揚，封鎖了屋子，但是警車和媒體轉播車不見了。她想他們需要的線索應該都已經找到了，她留下來讓他們找到的東西，包括打火機油以及清洗得不徹底的血跡和屍體。

她記得第一次來這棟屋子時她是那麼的歡喜。他自己朝頭部開槍，真正的班．貝利。自殺。他失業了，而事實證明失業對他的打擊太大。瑪姬拿到整理遺物的合約時牆上仍殘留著星星點點的血跡和腦漿，但是她不介意。她的工作不是清理，而是擺脫。她才剛入行，這也可能是她拿到這份工作的原因：她猜大多數的人會拒絕這份工作，因為太慘不忍睹了。但是瑪姬從來就不怕鬼。她一踏進去就有一種奇怪的感覺，彷彿是命中注定的。班沒有真正的家人等著來爭奪他寶貝的財產，而且他也沒有多少財產。

她不慌不忙地整理他的物品，了解這個曾經活著的人。她找到了他的護照、駕照、銀行對帳單和水電瓦斯帳單。幹瑪姬這一行要假冒身分實在是輕而易舉的事，每樣東西都擺在那裡，邀請她來扮演上帝，讓死人復活。她愛上了他住的那棟屋子，也愛上了利用他的念頭。不是房子當時的樣子，而是她知道可能會有的樣子，只需下點功夫。有些人就是看不出來事物的潛力，但是她可以。在這方面瑪姬一向眼光獨到。看看她在艾梅小時候看出的潛質就知道了。她對艾梅的看法是正確的，而且她知道她對班也一樣。

瑪姬知道班．貝利會是最完美的假男友，然後是艾梅那個演員最完美的假丈夫，所以她是不會讓他死掉了這種小事來阻撓她的。她只需要找對了人來扮演他，而且她還不必踏破鐵鞋地找。

52

我不知道別人在監獄裡怎麼睡得著，吵得要命，即使在夢裡我都聽到呢喃、喊叫，偶爾灰色牆外還有陌生人的尖叫聲。而我發現自己獨自在自己的腦海中時甚至還更吵。今天晚上我的惡夢的熟悉投影精采登場。而在我心中的舞台上搬演的故事最恰當的回響就是失眠起立鼓掌。我這下子拿不到芬徹電影的角色了，這是可以確定的。我失去了一切，失去了每個人。我們不能吻別我們的哀傷，而沒有人比我們自己更懂得自傷。

我覺得僵硬，就站起來做點伸展運動，兩臂一抬就聞到了自己的體臭。牢房裡那面小小的毛玻璃窗只打開了一條縫。我用臉貼著窗上的鐵欄杆，大口呼吸新鮮空氣，看到外面草皮上有隻喜鵲。我向牠敬禮，想不起我是從幾時開始做這種奇怪又迷信的事情的。

希拉蕊預測的沒錯，她獲准去上許多課，到院子裡運動，但是我被關在牢房裡，等待著被加入到「系統」裡。我知道我坐牢還不算久，但我覺得如果我說「系統」是故障的，也八九不離十。要不是我的牢友慷慨，我現在連吃喝都成問題，而幸運的是希拉蕊似乎有源源不絕的罐頭豆子和一包又一包的利賓納黑加侖汁。我通常都不喝含糖飲料，但是我不敢喝這裡的自來水。我已經病了，而馬桶只有薄薄一張帘子隔開我和一個徹頭徹尾的陌生人，這比丟臉還要糟糕。我一直在想希拉蕊手機上的班的照片，不是他。我現在明白了，我沒辦法把發生的事都拼接起來是因為沒有一片是嵌合的。可我是沒辦法和別人說的，就算說了也不會有人相信。

我聽見越來越熟悉的鑰匙聲在牢房門後響，我就假設是希拉蕊又遊覽完畢回來了。結果不是希拉蕊，而是獄警，昨天把我帶進來的那個。他的樣子像是也沒睡覺。不過他的一邊肩膀上堆積的頭皮屑消失了，我忍不住想是他還是別人拂掉的。

「唉，走啊，我可沒閒工夫等。」他對著我這邊說，卻沒有實際看我。

我站起來跟著他走出了牢房，走上昨天同樣的路途。其實不需要那麼久的時間，可是得等他關好我們後面的每一扇門，再邁開幾步，再停下來鎖下一扇門。

「我們要去哪裡？」他沒回答，而我的胸口開始變緊，彷彿空氣變得很難呼吸。「你能告訴我你要把我帶去哪裡嗎？拜託？」我加上了「拜託」兩字，讓我想起了童年和瑪姬。我記得她是如何調教我、如何配給她的愛的，一次只給一點點。她好像是從死人堆裡回來糾纏我。我停步不走，對他的不理不睬表示抗議，最後獄警轉過來，嘆口氣，搖著頭，彷彿我做了什麼比問簡單的問題更壞的事。

「繼、續、走。」

「除非你告訴我要把我帶去哪裡。」

他微笑，五官扭曲，讓他已經排列組合得很難看的五官更解體。

「我是不知道妳在外頭是自以為是多麼了不起的人物。在這裡，妳什麼也不是。妳是無名小卒。」

他的話對我有一種討厭的影響。我以前總覺得自己是個無名小卒，現在仍是，卻不是他說的那種意思。我覺得我們都是無名小卒，但我不要讓一個因為工作的關係而穿著制服，帶著一種過度膨脹的權力感，而且還口臭得要命的人對我這樣子說話。有時你得摔得夠重才會痛，才知道幾時該爬起來。如果你不知道自己破碎了，你就沒辦法動手把自己組裝回去。我微微抬高了頭，踏近一步，再給他我的答覆。

「而我不在乎你會失業、失去你的家、你的寵物色情片——看你這樣子，我非常懷疑你會有老婆——如果我得提出正式的投訴，讓你從這個機關被開除。我認識的人只要一通電話就能解決你。」

他瞇著眼睛惡狠狠地看著我。「妳有訪客。」

「誰？」

「我又不是他媽的秘書。妳自己去看。」

他打開了另一扇門，我看到她在那兒，坐在桌子後等著我。

「坐下，」艾麗克絲．柯洛夫特督察說。

我待在原處不動。我有點厭倦別人對我發號施令了。

「請坐。我想跟妳談一談。」

「我沒殺我先生。」我說，非常清楚我的聲音一定像是一張破唱片。

她點頭，向後靠著椅背，雙臂抱胸。「我知道。」

53

「妳知道？」

我說出口的話在冰冷的監獄房間中像是耳語。

柯洛夫特督察向前傾身——今天沒帶隨從。她年輕的臉蛋一如往常，高深莫測。

「對，我知道妳沒殺害妳先生。」

總算。我覺得我會笑出來，或是哭出來，如果我不是這麼又累又氣的話。

人生有時也真妙：你溺水了，頭就要淹沒在最黑暗的麻煩之下時又拋給你一條繩索。

「你認識這個人嗎？」她把她的iPad滑過桌面。是TBN網站新聞的同一張照片。

「不認識。他是誰？」

「他是班．貝利。」

「他不是我先生。」

「對，他不是。可這是他的名字，而且是他的屍體埋在妳的花園裡。TBN證實了這一個才是為他們工作的班．貝利，土地註冊處確認了在妳買下房子之前他擁有妳的房子十年，而這個人已經死了，埋了，兩年多了，只不過是埋在別處。他失業後就自殺了，安葬在蘇格蘭，但是有人決定要把他挖出來，轉移到妳在西倫敦的露台下。這件案子有我知道的地方，但是大多數我都不明白。比如說，我不明白妳為什麼會牽涉其中。」

她瞪著我，彷彿在等待我說什麼，但是我的心思忙著處理她剛才說的話，努力理出個頭緒來，可就是一點端倪也沒有。我覺得這好像不可能是真的，可偏偏是真的。矛盾的思路和感覺在我的腦海中交雜，折疊出一堆結論，我好像都沒辦法熨平。

「有人花了很大的心力來陷害妳。」她說。

「而你們就上當了。」恨意讓我管不住舌頭。「我一直跟你們說我被設計了，你們就是不信。」

「妳的說法有點牽強。」

「是你們失職！」

我看著她掂量我的話，隨即決定不予深究。

我讓音量恢復到正常的大小。「現在會怎樣？」

「妳會被釋放。我們不能因為妳殺了一個已死的人而關押妳。」

「然後呢？」

「嗯，我們會設法找到他。那個假裝是班．貝利的人，那個冒用死人的身分娶了妳，還說服妳買下那個死人的房子的人。為了要了解犯人是誰，還有案子的內情，知道原因會非常有幫助。為什麼有人會費這麼大的力氣來這樣子對妳？」

「我不知道。」

「如果妳嫁的那個人不是真正的班．貝利，那他是誰？」

「我、不、知、道。」

她瞪著我一會兒，顯然是認定了我說的是實話。

「妳是怎麼認識他的？」

「約會網站。」

「妳上約會網站？使用妳的真名？」

「對。那是在我拿到第一個重要角色之前，幾年前。那時我的名字對誰都沒有意義。」

「是誰跟誰聯絡？」

「他聯絡我。」

「那麼我猜妳的名字對他是有什麼意義的。無論是誰設計妳的都計畫了好一段時間。說不定約會網站就是他找到妳的方式。而他打從一開始就跟妳說他是班．貝利？」

「對。」

「妳嫁的那個人在約會網站上有照片嗎？」

「有啊，當然有。」

「好，我們會去查，看還在不在上頭。我猜現在妳在家裡找不到他的照片是因為他刻意拿走了。他還跟妳說他在TBN上班？」

「對，我們甚至在TBN大樓外碰面，好幾次。」

「可妳沒進去過？沒見過他的同事？」

「對。」

「他的家人呢？」

「他說都過世了。這是我們的一個共同點。」

「妳也沒見過他的朋友？」

「他說他的朋友都在愛爾蘭。他來倫敦沒有那麼久，而且感覺上他是太忙了，沒空交朋友。」

「妳為什麼會同意在短短的幾個月內就嫁給一個實際上完全陌生的人？」她看著我活像我是她見過最可悲最愚蠢的人。我有同感，而且開始認為說不定我就是。我應該早就學會放手，可是我卻把我認為我想要的東西攥得太緊：一個重新開始的機會。全都是我的錯。你的過去只有在你自己允許時才會主宰你。

「他說我們在找到彼此之前浪費了太多年身處兩地。他說你知道找到了對的人就不需要再等了。」我終於說。

她的表情像是要吐了。

「妳顯然是有敵人。妳提到的跟蹤狂，她使用的名字……瑪姬。這個名字對妳有什麼意義？」

「瑪姬死了。不可能是瑪姬。我看著她死的。」

柯洛夫特向後靠，表情像是對接下來要說的話沒有把握，這讓我滿肯定那是我不想聽的。

「我讀過妳小時候妳父母發生的事……」

她的話讓我有些呼吸困難。我不談這件事。我沒辦法。我從沒談過，將來也不會談。

她叫我不要說。

「我知道妳母親是怎麼死的，那種經驗一定很恐怖。」

「我父親也死了。」我說，想起了我的台詞。

「約翰．辛克萊？」她的額頭出現了深深的皺紋。

「對。」

「約翰．辛克萊並沒有死在那場搶劫裡。他住院了三個月，然後就坐牢了。」

「什麼？不，約翰死了。他背部中槍，兩槍。我在現場。」

她又滑起了iPad，滑了幾下，然後讀著螢幕上的字。

「約翰．辛克萊被判十年徒刑，在貝爾馬許監獄服刑八年後出獄。」

我努力吸收這個新消息。「罪名呢？」

「他以違法武器殺死了據稱的搶匪。手槍在他的手上發現，而且涉及其他三宗重大案件。」

約翰還活著。約翰坐牢是因為我。是我把槍放進他手裡的。

「他現在在哪裡？」

「我不知道。而且我也不知道該怎麼看這件案子了。」她起身要走，揮手叫門外的獄警讓她出去。

「就這樣？」

「目前是的。」

「那，我要去哪裡？」

她聳肩。「回家。」

她似乎不了解我沒有家。

54

瑪姬踏入公寓，不小心重重甩上了門。她知道今天過得不順不是門的錯——死人的要求可以多到討厭。她戴上白色棉手套遮住自己的手。她知道也不能怪手，可就是這個醜東西時時提醒她，她是誰、不是誰。瑪姬很年輕時就被教導要強悍潑辣，但是她對痛苦並不是免疫的。厚厚的皮磨得太厲害也是會變薄的。

她想起來一整天都還沒吃東西，所以就把疲憊的腳換上拖鞋，拖著腳走到廚房去檢查冰箱。她看到的東西都健康得讓人失望，而此時此刻她需要的都不是這些。她走回到客廳，拿電話撥了熟悉的號碼，等著有人接聽。相框中童年的艾梅瞪著她，瑪姬瞪回去，扭絞著電話線，越來越不耐煩。

「幹，」她對著照片說，把它面朝下放倒，以免再看到艾梅。「不是你。」她又說，發覺終於有人接電話了。

她把披薩的錢裝在回收的白色信封裡，分毫不少，放在門階上，外加一張便利貼寫著：放這裡。她已經卸了妝，今天不想再見人了。她閉上疲倦的眼睛，把左手最小的三根手指握在右手裡，假裝是在安慰兒時害怕什麼的艾梅。瑪姬希望她能回到從前。她坐在門裡的黑暗中等待，幾分鐘後她打開了門，彎腰在便條紙上又加上「謝謝」兩字。她不想沒禮貌，把氣出在別人身上。

等她幾乎吃光一整份辣香腸加額外起司的大披薩之後，她到浴室去全部吐掉，沖了馬桶兩遍，再拿超厚衛生紙擦嘴。她給自己泡了杯綠茶，加了一點涼自來水，再在沙發上坐下來看新聞。

她一看到艾梅的臉就覺得又想吐了。

看著報導時甚至更糟。

艾梅獲釋了。

55

我站在門階上，身上的黑禮服和紅鞋跟我被送進監獄時是同一套。我不知道該去哪裡，獲釋之後我沒有別的衣服可穿，我以前住的房子外面擠滿了記者和採訪車。看起來我的名人地位這幾天來又水漲船高了，卻全是負面聲量。

門打開來，他只猶豫了一下，害我擔心他是否在我從計程車上打電話給他之後就反悔了。

「進來。」傑克誇張地看了看我後面，活像我可能被跟蹤了。「實在是對不起，我一開始沒聽見——門鈴壞了。我弄壞的。記者老是來按鈴。」

他的房子很美。格局幾乎就跟幾條街外我的房子一模一樣，但這一棟是個家。有書，有照片，還有一般的生活雜物，每個家都有的，而我費力地把一切都收入眼簾。這裡溫暖，感覺安全，就是不熟悉。我等著他請我坐下。我覺得自己很髒，唯恐碰了他那些美麗的東西會傳染什麼病菌。

「要不要先洗個澡？」他問道，彷彿是看穿了我的心思。我猜我一定很臭。「有乾淨毛巾，還有很多熱水。妳在浴室裡找到什麼都可以隨便用，我有摩洛哥堅果油潤髮乳。」他微笑，輕撫他變灰卻仍光滑的頭髮。

我站在蓮蓬頭下很久，讓水沖擊我的身體，不明白我是怎麼會淪落到這步田地的：幾乎是在世界上孑然一身。我不認識傑克，不算認識；他只是同事，不是朋友。有人分不清差異，但我分得清。此時此刻，感覺像是天底下沒有一個人認識真正的我。我跟誰在一起都做不了自己。

我一直都算不上有家人，但是我以前有朋友。我有可以打電話的人，手機上的姓名以前是有意義的。可如果我真打了，或是發簡訊，他們也不會為我而來，他們會為她而來。他們會來看她，事後再和每個認識的人傳八卦，同時假裝是我的朋友。可嘆的是，這是我的經驗，而不只是我的疑心病在腦子裡大聲清晰說話。有時自保的意思就是離那些假裝關心你的人遠遠的。

我想大多數人在世界進逼時會轉向家人的懷抱，但是我的家人都沒了。我十八歲時回到愛爾蘭，從我跑掉的那天起就沒和我父親、哥哥聯絡過。我不再確定會找到什麼，我覺得我只是想要看一看我拋下的地方。我發現我的親生父親幾年前死了——就埋在以前我們每星期日去的那間教堂的墓園裡，和我母親同一處。我去掃了墓，瞪著雜草叢生的墳墓以及簡單的墓碑不知該作何感想。一位鄰居證實了我哥哥仍擁有那棟我們以前住的房子，可是有一陣子沒見過他了。我寫了一封信給他，塞進門縫下。他要不是沒看，就是我寫錯了話。他始終沒有聯繫我，而我也因此明白了相同血緣未必就是家人。

瑪姬死後我被送進了兒福體系，不過我總覺得有點諷刺，因為大多數的機構並不照顧我們的福利。我被送進許多寄養家庭，卻從不覺得真正找到了歸宿。我覺得這種感覺是相互的。我不是壞孩子；我不惹麻煩，在學校也是好學生。我只是很文靜，至少在外表上；我想要當的那些角色在我的腦子裡太喧譁，對我來說，幾乎是害我震耳欲聾。別人通常不喜歡文靜，當時不喜歡，現在當然也不喜歡。今天我們活著的這個世界太吵嚷，所以大多數的人認為他們必須要時時刻刻拉高嗓門吼叫才能融入。我在融入上向來表現不佳，而在我環顧四周的世界時，我甚至不確定想不想融入。

我想著那些年來我一直相信約翰死了，可他卻沒死。那如果瑪姬也一樣呢？

不會。

我看著她死的。

可我也看著約翰死掉了，至少我是這麼以為的。我不知道該怎麼想了。

我希望能抹去今天發生的事。今天的回憶一直在騷擾我，而我一直覺得在這世上孤苦無依。每次我拍片都被人包圍，他們噓寒問暖，跟我說我想聽的話。可等拍片結束，他們就回到自己的家人身邊，而我一個人被丟下。這一點是不會改變的，會一直持續下去。我不會再婚了——我哪有可能再遇見誰？我永遠也不會知道他是想和我在一起還是和她。有時我恨她，那個我變成的人，可沒有她，我什麼也不是。沒有她，我什麼人也不是。

人生是一場遊戲，蛇蠍比階梯還多，只有少數人知道怎麼玩。我漸漸覺得說不定我一直玩錯了。也許，等該說的都說了，該做的都做了，而世界決定要對付你時，人會比角色重要。有人把我恨到可以這麼對付我，而無論是誰，都在外頭。一直要到我把每片拼圖都組合起來才會結束，而一直要等到那個時候我才會安全。

我把殘留的恐懼和污垢洗淨，踏出了淋浴間。我用又厚又軟又白的毛巾裹住身體，再拿一條包住濕髮，這才偷偷走到樓梯平台，靠著樓梯頂端的欄杆。

「傑克？」我喊道。

他沒回應。屋子裡一片寂靜，只有走廊上的特大號金屬鐘在滴答。我拾級而下，享受著腳下的地毯觸感，告訴自己一切都會順利，因為如果我能讓自己相信，那麼或許就有可能是真的。

「傑克？」

我逛進每一個房間，最後來到後面的廚房，現在腳下是冰冷的地磚，冷得我全身發抖。這種感覺很奇怪，在一棟格局跟你家一模一樣的屋子裡走動。我折回客廳，一看到咖啡桌就全身凍結。我瞪著桌上的東西，活像是什麼危險的爆裂物，驚慌害我動彈不得。

「傑克！」

無人回應。

又來了。

他的手機和鑰匙都在桌上，可是傑克不見了。

56

瑪姬提早抵達了哈利街。

全拜艾梅之賜，她今天該做的事太多，時間卻不夠，而她一點也沒有心情聽那個所謂的醫生找藉口或是扯謊說他們為什麼需要延後她的手術。身體是她的，她應該可以想怎樣就怎樣。她又沒有要求別人來為她的自我改善付錢，所以他們憑什麼不批准她的需求？

瑪姬覺得整個國家都用紅膠帶把自己綁死了，被一堆檢驗和要命的平衡給消耗殆盡，所以一事無成。她嘖嘖作聲，搖搖頭，這才明白她一直低聲嘟囔，而在這時她注意到候診室裡有個女人瞪著她看。瑪姬抬高下巴瞪回去，直瞪到女人移開視線，低頭看著假裝在看的雜誌。下一個敢對瑪姬直眉瞪眼的人一定會後悔。

診所的一切都是白色的。候診室裡的牆壁、地板、古怪的現代椅子，員工、病人以及每次來都會拿到的長長發票。全都是白色的。無菌的。這地方太白太安靜了。沒有音樂，只有接待員用漂亮的小手不停敲鍵盤的單調聲音，逼得人發瘋。瑪姬總覺得應該要有音樂，讓你能暫時忘記當下，忘記過去，幻想美好的未來。沒有東西可聽，她只能用觀察其他來看診的人來打發時間，猜測他們來此的原因，猜測他們想要做的手術。她發現他們都滿迷人的，她努力靠觀察他們的臉和身體來猜測：隆鼻、縮小腹、植髮。現在這種日子，幾乎沒有不可能的事；你完全可以重塑自己。重新開始。

「醫生現在可以見妳了。」接待員說。在她的預約時間應該到了之後的十四分鐘。醫生，醫生個屁，瑪姬心裡想，從不舒服的白色椅子上站起來，聽見了膝蓋喀喀響，希望診所肯投資買些白色椅墊。瑪姬看得出接待員也動過手術。她毫無皺紋的額頭標榜著肉毒桿菌，而臉部拉皮做得很好，不明顯——她臉頰上的皮膚並沒有拉得過緊。只有她頸部的皮膚洩漏了年齡。瑪姬猜想接待員是不是有員工優惠價，又覺得直接問沒禮貌。所以她只擠出笑臉，說：「謝謝。」這才拖著腳沿著白色走廊到三號診間。

她一走進去就看到他微笑。他這副白色的笑臉習練有素，幾乎像是真的。

「哈囉，妳好嗎？」他問道，好像真的在乎似的。

他比她年輕，卻已經賺得盆滿缽滿，她連作夢都追不上。他的古銅色皮膚是真的，不像對她的關懷，而他鬆軟的金髮就像是吹整過。他的桌上裝點著照片，影中人是笑容滿面的妻子和兩個看來十全十美的孩子，強調了人生勝利組的形象。

瑪姬知道這個人很忙，她看見了候診室裡坐滿了那些想要讓自己更漂亮的人。瑪姬也很忙，她雖然不是醫生，可是她有許多事需要處理修補，重要的事，所以她寧可他們不要再用無謂的閒聊來浪費他或是她的時間。

「你為什麼又延後了我的手術？」她在椅子上盡可能前傾而不摔下去，好像是耳朵如果比較靠近他的嘴巴就可以早點聽見他的回答。

他稍微往後了一點，但眼睛仍盯著她。那雙眼是深藍色的，長在這麼年輕的一個人臉上格外顯得睿智。

「在快速減重之後多出一些乳房組織是極其普遍的，就像妳做了胃束帶手術——」

「對，可我不想要普通，我想要像這樣。」她從口袋裡掏出一張從雜誌撕下來的紙，丟在他的桌上。他看了一眼，是某名人的照片，他只隱約有印象，然後他接著說下去。

「妳要的手術是相對非侵入式的，我非常樂意操刀，可是妳記不記得妳上次來我們做的掃描？」他不等回答，逕自往下說。「妳記不記得我們意外發現的那個腫塊，我做了化驗的？」

瑪姬是記得，她又沒有老年痴呆。那就像是想像中有一把釘書機釘在赤條條的肌膚上，尖銳的刺痛，然後是一整天的悶痛。

「我的記性沒有問題……謝謝。」她現在更氣他了，卻努力保持禮貌；她需要這個人來幫她變成她想變成的那個人。「你說化驗只是為了預防，沒什麼可擔心的。」

醫生低頭，彷彿是忘了台詞，以為寫在手心裡。他的大拇指互相繞圈，像在跳什麼有催眠效果的旋轉舞。

瑪姬極力按捺才沒嘖嘖作聲。他又要拒絕給我動手術了，她心裡想，而且能感覺到怒氣在心底鼓漲。她一直都不太能控制脾氣，她如果對誰生氣那真的會氣上一輩子。瑪姬知道這樣子既不聰明也不和氣，可她就是管不住自己。她繼承了她父親的脾氣，而他父親則繼承了他父親的，就像是一種遺傳性的憤怒失調症。她微微坐直，努力保持鎮靜，卻失敗了。

「如果你不幫我動手術，那我去找別人——」

「實在是很抱歉，可是我們發現那是腫瘤。」房間，裡頭的一切，都變得僵直安靜，好似他的話創造了一個真空，吸光了她可能還沒說完的話。

「好，」她說。「那就在手術時一起割掉。」

「恐怕是不可能的。妳是乳癌。」他把話說得那麼親切，她覺得她可能真的會哭出來。

「我不懂。」她低聲說。

「組織樣本檢測的結果證實了細胞是惡性的。據我所知，已經擴散了，不過有適合妳的治療，無論是健保或是自費——」

「我不懂。」瑪姬又說。

「我寫信給妳的家庭醫師了。我建議妳儘快和他們預約。」

「我不懂！怎麼會是我？」瑪姬的聲音比之前大，稍微分岔，好像她有哪裡破了。她的眼睛充滿了淚水，而她就讓淚水從臉頰滴落。她一定有三十多年沒讓男人看她哭了，可是她現在不在乎，她什麼也不在乎了。

醫生點頭。她看得出他是在腦子裡尋字覓句，想要組構成什麼稍微乾脆俐落的話再出口。

「這種事其實比大家以為的普遍。」

瑪姬痛恨這個字眼，普遍。她希望他不要再說這兩個字了。

「我還有多久？」

「妳的家庭醫師可以建議妳——」

瑪姬俯趴在桌上。「我、還、有、多、久？」

他別開臉，隨後搖頭，然後才又迎視她的目光。

「沒有一個醫生能斷定，不過根據我看到的，不會非常久。我很遺憾。」

57

男人老是從我生命中消失，我不懂。

我裹著毛巾在傑克的屋子裡跑，一遍又一遍喊他的名字，彷彿我是多出了一種焦慮誘發的妥瑞氏症。我搜尋了每一個不熟悉的房間，停在一樓的一間兒童臥室裡。地毯是粉紅色的，家具是白的，角落的書架和床上的玩具顏色繽紛。小女孩的臥室把我拖回到過去，挾持了我一分鐘；跟我在簽注站樓上的臥室太像了，太詭異了。我站在那兒瞪大眼睛，完全愣住。心煩意亂。惴惴不安。

我是快瘋了嗎？

我靠著牆，呼吸急促不穩，最後，當下的困境加之於我的壓力打破了迷霧。我強迫自己站直，關上門，彷彿這個房間引發的回憶需要關起來。我搜尋房間的其他部分，再回到客廳，但是傑克不在這裡。我瞪著他的鑰匙和手機，覺得在咖啡桌上很多餘，覺得我好像是徹底瘋了。我怎麼可能會碰上這種事兩次？

我找到了自己的手機，一時間考慮要打給柯洛夫特督察，可後來我想起了上次的教訓：害我進了監獄。我不能打給警察，我不能相信警察，我誰也不能相信。我發現我有五通未接來電，又看到都是我的經紀人打的。我可以告訴東尼傑克不見了，可那又能如何？我否決了這個選項。我滿肯定我的經紀人已經覺得我瘋了。我看到他留下了兩則留言，我顯然是失去了芬徹的片子。我還沒能聽他的留言，就聽到有人敲門，我當場僵住。我不知道該怎麼辦。我相信是警察，說不定我又被設計了什麼我沒做的罪行。

敲門聲幾乎是一停頓又響起，這次比較大聲，比較堅持，好像門外的那個人完全沒有走開的意思。我走向門廳，看到毛玻璃後是某個體型比我高大的人，但僅此而已。萬一是他呢？是那個我嫁了將近兩年的男人，連真名實姓都沒告訴我的男人。

有可能是他。

我走向廚房，從流理台上的不鏽鋼菜刀架上抽了一把刀，這才回到門廳，刀子藏在背後。我打開門，只開了一條縫，足以看見是誰站在門外。

「我忘了鑰匙。我可以進來嗎，*s'il vous plait*（意為：請、麻煩）？」傑克說。

我從門邊退開，看著他進門，兩手各拎著一堆購物袋。我跟著他到廚房，神不知鬼不覺把菜刀放回去，再稍微把毛巾裹緊一點。傑克放了盒牛奶到冰箱裡，再轉過來，眼睛先在我的腿上徘徊才和我視線相觸。

「我覺得我們需要一點補給，我也覺得妳需要衣服。要是我買錯了尺碼，我先道歉。全都是從波托貝羅市集買的，讓妳現在先湊合著穿。」他給了我一個袋子，我看見了兩件洋裝、一些家居服，一些新的內衣褲。「我還幫妳買了這個，我知道妳有多愛跑步。」他打開了一只鞋盒，露出了看來很昂貴的一雙慢跑鞋。

「謝謝你。」我覺得被他的親切弄得招架不住，所以不知道我為什麼阻止不了自己說出不該說的話。「我都不知道你有女兒。」這句話說得像指控，而我能看出我讓他猝不及防。

「對，我有女兒，她叫莉莉。我能看到她的機會不夠多，工作的關係，妳也知道的。」

不盡然。如果我有孩子，我會放棄一切。

「她和你前妻一塊住嗎？」

「不，我女兒是我第一段婚姻的結晶。她在法國出生，一直住到五歲，所以我才會自學法語。她去年搬到這裡了，我工作時她和我妹妹住，我不工作時她就來跟我一起住。這不是秘密，只是單親爸爸這種事容易讓人沒人緣。改天我倒想讓妳見見她。」

他在乎我的看法，在乎到會對我隱瞞真相。

我不怪他之前沒告訴我。我們學會了日久見人心，卻打造出一個迷宮來，複雜得幾乎不可能讓別人來發現我們的心。我想像自己變成別人的女兒的母親。我做得到，可是內心深處我依然想要一個自己的孩子，我的骨肉。我看得出傑克想換個話題，但是我還不想。

「她為什麼不跟你的第一任太太住？」

他暫時別開臉。「因為她死了。」

「喔，對不起——」

「不用，妳又不知道。癌症奪走了她的命。她奮戰了好久，有時候我希望她沒有，她病了很久，而且很辛苦。對我們大家來說都是。我的心碎了，其實我的一切都粉碎了，可是為了莉莉我得撐下去。我們現在沒事了。」他的表情變換，彷彿我的眼前罩上了一層濾光鏡。「對了，妳的經紀人打電話來，他說要妳回電，很緊急。」

「我的經紀人打給你？」

「對，他說妳不接電話。」

「可他是怎麼知道我在你這裡的？」

傑克皺眉。「親愛的，妳看過推特嗎？臉書？新聞？」

「能不看就不看……」

他走回客廳裡拿起咖啡桌上的手機，敲了幾下，再拿到我面前。他點開了TBN網站，我就在上頭，又是頭條新聞，連同一張不到一小時前我在傑克家門口擁抱他的照片。

「你跟她說我在這裡嗎？」我問道。

「這次我可是無辜的。」他有點受傷的樣子。「真是抱歉了。我幾年前犯了一個大錯，在我的第一任妻子生病時做了不該做的事情。看著她消蝕實在是很可怕的事情，我使盡了全力在面對，我不是在給自己找藉口，可是我很害怕，而且又很……孤單。珍妮佛．瓊斯知道我做了什麼，威脅要對外公佈；她從那時起就一直在勒索我。要是我曾覺得有別的機會，我絕不會照她的話做，而且我跟妳保證，那種事再也不會發生了。

「要是那天我不讓她進妳的化妝間，又把我們的照片傳給她，她會毀了我。不僅僅是我的事業，還有我跟女兒的關係。我不能讓莉莉在網路上看到我做的事，她死也不會原諒我的。」

「你太太生病時你跟別人上床？」我猜測道，希望是猜錯了。

他瞪著地板。「對。真的沒必要那樣看我，我們在巨大壓力下都會犯錯。我喝醉了，情緒上也整個掏空了，完全沒有別的意思。」

「你是跟誰上床？」我低聲問，不確定是不是想知道答案。

「她是我拍的那部片子裡的一個小角色；是很蠢，可是家裡的日子太辛苦──」

「誰？」

「珍妮佛．瓊斯。所以她才會知道我背著我生病的太太偷腥，因為對象是她。可能她是以為我能幫她在毫無希望的演藝世界裡平步青雲，我不知道，可是我辦不到，而且我也從此沒有再跟她見面。我那時就知道錯了，但是我不知道它會糾纏我這麼久。她不久之後就放棄了演戲，變成了娛樂記者，可她從沒放棄過為我們的一夜情報復我。」

他的坦白讓我有點噁心。我不喜歡傑克跟別人睡覺，倒不是說我有什麼權利可以這麼想，可是天下的女人那麼多，偏偏是鳥嘴臉。難怪她那麼恨我們兩個。我另外想到了一件事，打斷了我的反胃。

「如果不是你告訴她我在這裡，那她是怎麼知道的？」

他聳聳肩。我們都低頭瞪著珍妮佛．瓊斯最新的頭條：

艾梅．辛克萊洗清殺夫罪名之後重回情人懷抱

58

瑪姬回到家了，幾乎想不起是如何從診所回來的。在得知那樣的消息後回到一間冰冷空洞的公寓裡一點也不理想，但是她沒有人可以傾吐。像這樣的時刻，她真後悔沒養隻寵物；她一向就比較喜歡動物——動物知道自己的本分。她覺得，自己比以前還矮小，好似生命的脆弱如此向她丟擲而來讓她又萎縮了一些。

她餓了，但是她不能吃東西，現在不行。她覺得知道末日將近比末日本身還要可怕。她的父母親不知道他們大限將至，而她忍不住想，要是他們知道他們會有什麼不同的做法。答案只有四個字，而且她相信是真實的：全部不同。事情不對勁時，有時你就是得改變觀點，她這麼想著。然後她做出了一個正更面的結論：

這個死刑判決是一個在為時已晚之前修正一切的機會。

她終究還是決定要吃東西了，知道她會需要力氣來做事。冰箱基本上是空的，所以她做了吐司加烤豆子。「沒什麼不對，充滿了蛋白質。」她喃喃自語，同時用小鍋子攪拌橘色的烤豆子。

等她吃完，她點燃了壁爐，可以讓公寓暖起來，而且她可能應該動手把她不想別人在她死後找到的東西都燒掉。匆匆忙忙之下她忘了戴手套就拿起了一塊木頭，結果手指被木刺扎到。她拿鑷子來夾掉，卻反倒夾斷了，變成兩截，一大半還埋在她的皮膚下。她不理會疼痛，擦燃了火柴，點燃一小捆報紙和火種，看著紙上無用的文字冒煙著火。她意外地發現自己在微笑。生命可能趁她不注意時移走了球門柱，但如果稍稍調整計畫和目標，她有信心還是能贏得比賽。

瑪姬有她的悔憾，卻不想說出來，甚至不想跟自己說。一輩子都活在謊言中，現在開始說實話感覺是有點遲了。她查看電郵，再查看艾梅的；她知道她所有的密碼。她也能看到她在哪裡，多虧了她在艾梅手機上裝設的追蹤應用程式。她就知道艾梅跟傑克．安德森有一腿。在她的想像中他現在就在跟她親熱，而她緊緊閉上眼睛，想把畫面刪除。婊子。瑪姬把小道消息送給了一個記者，很開心看到已經出現在網路上了。珍妮佛．瓊斯到目前為止的確是非常好用。

瑪姬合上筆電，默默坐在爐火前，努力想壓抑對她而言似乎太過吵鬧深沉的思緒。可能是因為清清楚楚知道她的旅程就快到終點了。她環顧房間，覺得她的人生沒有什麼成就。她的眼光落到咖啡桌上那堆未拆封的郵件上：白色長方形的紙，小小的塑膠框露出她的姓名。

瑪姬．歐尼爾。

只不過這不是她的真名。

知道一個人的名字並不等於認識一個人。

她使用這個名字太久了，有時她都忘了是個二手貨，借來的，偷來的。她不禁想艾梅是否也有同感。瑪姬瞪著火焰，開始覺得她跟別人的共同點比她之前以為的還多。我們都是孤伶伶出生的，也孤伶伶死亡，而且我們都有點害怕會被遺忘。

瑪姬並不總是瑪姬。

瑪姬只是她變成的人，是為了躲避。
如果你只是在找毛毛蟲，你是找不到蝴蝶的。
等到瑪姬和艾梅再團圓，她就會回到以前的她。

59

和經紀人見面實在不是我今天需要的事情，但是東尼在電話上滿堅持的，說不能等。我不認為我現在是最佳狀態，不過也許也無所謂了。傑克幫我買的衣服不是我會給自己買的。緊身的紫紅色布料大概很有烘托的效果吧，比我平常穿的衣服更暴露一點。我的頭髮吹乾了，恢復成正常的鬈髮，而且我沒化妝，因為化妝品都在我自己家裡，而我不敢這麼快就回去。

我走進餐廳立刻就看到了他。東尼是個經常外食的人，每到一處都有他最愛的桌位。他正在看菜單，雖然他總是事先就挑好了要吃什麼，而且他的樣子有點緊繃。

他要甩掉我了。

我這一次很確定，在發生了那麼多事之後我也不怪他。沒有人會想和一個被控殺人的女演員合作。說不定經紀人在決定不再代表你的時候就會這樣做——帶你吃一頓豪華大餐，緩和一下衝擊。我正要朝出口後退，他就抬起頭來，看見了我。我來不及逃走了。

「妳好嗎？」他問道，在我就座時。他一臉關心，很是真誠，而我不知道該如何作答。他不等我回應就自顧自往下說，但是我仍想著同一個問題。實話是，我從沒有這麼接近湮沒過。我從不允許自己。我從不讓生活擊潰我，儘管有數不清的時候它是那麼的出力。為此我引以為榮。為保持堅強為榮，至少在外表上。我為了隱藏內在而披戴的盔甲多年來變得厚重，壓得我喘不過氣來，所以越來越難讓自己站起來。別人一向對我極其嫉妒，但是如果他們知道我為了過現在的日子需要吃什麼苦頭，他們就不會嫉妒了。

「……所以我覺得我們可以吃頓午餐，看看怎麼樣。」東尼說，而我回頭來注意他在說什麼。我疲憊的心又不知去哪兒神遊了，讓我的人和魂都有點出竅。

「午餐？」這裡的薯條很棒，但我覺得我太焦慮了，沒胃口。

「對，沒錯，午餐。妳好像瘦了，可是妳還是得吃飯吧，是不是？」

「我還以為你是要甩掉我。」

他皺眉。「我為什麼要甩掉妳？」

「我害你失望了。」

他搖頭。「妳沒有害我失望，再說了，我之前就說過，所有的新聞都是好新聞。光是今天早上就有七份劇本等著給妳看呢。就連JJ的人都跟我聯絡了。」

去年我差一點就跟JJ合作，興奮極了，結果是一場空。

「JJ不是拒絕了？」

「我想他又改變主意了。有四個劇本值得妳看一看。我有最喜歡的，不過，一如既往，我會讓妳決定。我猜這就是芬徹把會議提前的原因。」

「提前到幾時？」

「午餐。這裡。現在。妳到底有沒有聽我說話啊？」

我低頭瞪著不熟悉的衣服，看到我的手放在大腿上，樸素的指甲映照出我當下的裝扮。我想起了我凌亂的頭髮和一張素顏。我一直想跟這個人見面，可是想像中的場景可不是這個樣子的。

我沒練習，我不知道該說什麼……

「我不能現在跟芬徹吃飯！」

「不，妳可以。勇敢地跳，艾梅。只有在妳忘了妳會飛的時候妳才會摔下去。」

60

瑪姬覺得她還像在墜落。時間正從她的身邊溜走，而她不再確定她能否追得上。她那麼辛苦，辛苦了那麼久，為了糾正一切。她值得讓事情都回到一向該有的狀態。那對她們兩個都是最好的，她只需要讓艾梅看清這一點。她不能再等那個女孩自己想通了。瑪姬翻開最後一頁她的艾梅・辛克萊相簿，重讀了多年來蒐集的每一份報紙雜誌的剪報。相簿也差不多滿了，也許是時候了。

瑪姬畢生藏匿在其中的陰影變得更黑了，她能感覺到，她胸部的腫塊。她現在會痛了，以前都沒發現過，好似她一直都能感覺到癌細胞在她的體內生長，卻假裝不知不覺。我們如果覺得真相太傷人，總是會迴避。她用手指去摸腫塊，不明白洗澡時為什麼會沒發覺；很大。她感覺到一種刺痛，就拿開了手，知道這種不適來自她的手指，而不是她的胸部。柴火的木刺仍深埋在她的皮膚下，儘管她摘拔了幾次。她讀過木刺順著血流一路流到心臟而殺死人的文章，她不知道是否屬實，但是她不想冒險。

她站在浴室鏡前，用鑷子拉扯著粉紅色的皮膚，把手指都弄出血了，但她還是拔不掉那個可惡的東西。她的鏡像讓她忘了疼痛，她注意到下巴又長出了小小的黑毛，就動手拔毛，每次拔掉一根就會有小小的滿足感。從痛苦中萃取喜悅。

她要今晚是最佳狀態。

她從手機追蹤程式看到艾梅正在某個特別的地方吃飯，活像是有什麼值得慶祝的事。她查看艾梅的電郵，讀了她的經紀人發送的最新的三封信。

瑪姬不想要艾梅再出演另一部電影。

這不是計畫的一部分。

她聽過艾梅去的那家餐廳，是那種需要提前幾個月預訂的，除非你是像艾梅那樣的人。或是傑克·安德森。所以瑪姬知道她需要特別打扮。

她披上了艾梅的舊風衣，把超小的腰帶繫在她苦心孤詣才得到的纖腰上，然後最後一次用加厚衛生紙沾點上大紅唇膏，這才對鏡自照。她戴上墨鏡，離開了公寓，儘管外頭已經天黑了。瑪姬最近常常想悲傷是否是親情的一個值得付出的代價，她斷定是。瑪姬一直想要的就是愛，而她會得到的，無論她要付出什麼代價。

61

「乾杯！」

「敬妳，」傑克說，香檳杯與我的相碰。「再多說一點開會的事。一點小事都不能漏掉，他說的每一個字我都要聽。」

我笑了。「不行，我不想觸霉頭。我覺得午餐很順利，現在我們只需要等著看我是不是拿到角色了。」

我們坐在一家西倫敦的會員制餐廳的吧檯裡，等候帶位，提早享受名人的滋味。我讓自己放鬆一點點，很感謝酒精麻痺了我的感官，減輕了從這個惡夢開始後就不停擴大的恐懼。

我已經說了過多我和經紀人和芬徹的午餐會議的內容了。我就是忍不住，一切都太刺激了。我稍微修飾了一下真相，只是這裡那裡補一針，為的是呈現我選擇要記住的事。我可能把事情的腰線稍放寬了一點，讓它能呼吸，不過沒關係。我覺得我們都會這麼做。我們告訴彼此的人生故事就跟雪花球一樣，我們在心裡搖動事實真相，再看著一片片雪花組成虛構的故事。要是我們不喜歡組合的結果，我們就再搖動一次，直到得到我們想要的樣子。

我一向都認為事事都有個原因，但是我有一陣子不再這麼相信了。不過，如果這些天來的折騰真的有個道理，那也許就是這個道理。也許我的人生會因此而步向坦途。我盡量保持平靜穩定，否認我感覺到的興奮。我不想讓奇妙的虛構誘使我陷入一種虛假的安全感，我以前就犯過這種錯了。

「芬徹說的一句話我一直沒辦法忘記。」我最後說，喝了一口香檳，知道傑克專心瞪著我。

「什麼話？」

「他說他要我扮演的角色是個道德矛盾卻迷人的人，而我需要覺得說不定我也是那種人。」

傑克瞪著我幾秒鐘，然後眼角出現皺紋，嘴巴張開成大大的笑容，露出了白牙，接著笑了出來。開懷的笑。他完全不知道我不是在開玩笑。

「我太為妳高興了，妳知道嗎？」他握住了我的手。

「我還沒拿到角色呢。」

「我不只是指今天，我是說全部。大多數的人都會崩潰，或是到石頭底下躲起來，可是妳好堅強。」

我只是外表上堅強。

我不再確定我們是在做什麼了。無論是什麼，我都滿肯定我是不應該鼓勵它發生的，我的人生目前已經夠複雜的了。我們面對面坐在昂貴的高腳凳上，遠比正常的尺度親密，完全沒必要。我的雙腿塞在他的腿間，而我喜歡他暖熱的身體貼著我。和他這麼靠近讓我覺得安全，不只一點願意臣服在他魅力四射的誘惑下。

儘管喝了酒，我仍十分清楚傑克握著我的手給我的撫慰不過是一種安慰劑，不是真實的，可我還是吞了下去，想要盡可能抓住這個感覺。他喝光了香檳，再把我的空杯拿過去放在他的空杯旁邊。他突然一臉正經。

「我要妳知道妳跟我在一起是安全的。」

此時此刻我確實覺得安全，彷彿發生的一切只不過是一場夢。

「妳可以信任我。」

我實在是太想要了，所以他傾身吻我時我沒有退開。不是那種我們在片廠的吻，而是真實的，幾乎和動物一樣。就好像我一直都在渴望，而我想他也是一樣，卻一直否認到現在。我知道這樣很瘋狂，在公眾場合如此矖恩愛，可我忍不住。他的手捧著我的臉，而我真希望我第一個遇見的人是他，在我嫁錯人之前。

我聽見有人就在我們背後敲玻璃，我睜開眼睛，看到傑克對著我的肩後皺眉。「那個人是誰啊？」

我轉身就看到她站在那裡，在餐廳外。那個在過去兩年跟蹤我的女人。

我就知道班有同謀。

她穿著的風衣非常像我找不到的那件，而她的黑色長鬈髮被風從肩膀吹開。儘管她戴著墨鏡，但她很顯然是筆直瞪著我們，我不禁猜想她是看了多久。她揮動一隻戴著白手套的手，毫無笑容，而我的天平意外傾斜，憤怒遠遠壓過了恐懼。我拔腿就往餐廳門口跑，準備跟這個女人對質，無論她是誰。傑克緊跟在後，我闖到馬路上，但是太遲了。玻璃窗外的女人不見了。

62

瑪姬總是疑心艾梅跟傑克．安德森有一腿，可是親眼看到他們像那樣，從餐廳的玻璃盯著他吻她……整個經驗讓瑪姬覺得徹底憎惡，噁心欲嘔。她不得不跑掉。這下子她百分之百確定了艾梅．辛克萊變成了什麼東西，一個骯髒、說謊、偷情的婊子，那她就沒有別的選擇了。她真不知道以前認識的那個甜美、親切、天真的孩子是怎麼了。

她關上了公寓的門，開始脫掉每一件衣服，邊走邊丟在地板上。她先脫掉艾梅的風衣，然後是毛衣和裙子，最後赤條條站在客廳的古董鏡前。她哭了一會兒，她忍不住，她沒辦法把傑克和艾梅的影像從腦海中驅逐。

然後她用力甩了自己耳光，甩了三下。

她的手指刺痛，她注意到木刺還在，但是卻給她一種奇異的既痛又安慰的感覺。如果木刺還在，那它就不會流到血管裡，鑽進心臟。她說不定還有命來完成她開始的事情，奪回原本就該屬於她的東西。

瑪姬轉身瞪著電話旁的艾梅照片，眼淚又流了下來。她把左手三隻最小的手指握在右手裡，假裝她認識的小女孩仍是從前的小女孩，而沒有長大變成一個自私的蕩婦。她把照片面朝下放倒，沒辦法再看著她失去的東西了。她把注意力轉向鏡中的女子。明天她會回去上班，但現在，就今晚，瑪姬只想要做她自己。被淚水沾污的臉回瞪著她，她不再喜歡她看見的人了。她開始卸掉臉頰上的化妝，洗掉那個她不得不變成的女人。等鏡中人變成了她認得的人，一個真實的人，她感覺舒服多了。就彷彿瑪姬·歐尼爾離開了公寓。

63

「你也看到這個女人了？」隔天柯洛夫特督察問道。我不知道我為什麼讓傑克說服我告訴她。

「對，」他說。我能聽見他的耐心也隨著她的每一個問題蒸發了。「對，我也看見她了，對，她就和艾梅描述的一模一樣。我覺得你們從一開始就把這個調查搞砸了，我沒有別的意思，不過你們到底做了什麼事來抓到這個人？」

柯洛夫特特瞪了他很久很久。

「線索不全的時候是很難拼出全貌的。我們還不確定這個女人和發生的事有沒有關係，也不知道她是誰。妳有沒有想到任何人符合她的外貌而且跟妳有什麼恩怨的？」她問我。

珍妮佛．瓊斯。

當然不是。這個念頭在我自己的腦子裡都是那麼荒唐，我沒辦法說出口。

愛麗西亞．懷特。

似乎比較有可能；她恨我恨了好久了。況且，她改變了髮色來配合我，而且她有時會抄襲我的衣著。那個窗外的女人的穿著就和我一樣。她的年紀比較大，但話說回來，愛麗西亞是演員。我努力提取昨晚的回憶，邊緣已經有點磨損了，但還是有可能是愛麗西亞。我仍然沒辦法說出她的名字，因為事實是有可能是別人。我搖頭。

「那，要是妳想到了誰，就讓我們知道，」柯洛夫特說。「我們仍然不知道妳嫁的那人的真實身分——我們只知道他不是班・貝利。無論他是誰，他都在妳認識他不久之後關閉了約會網站上的帳號，他們也沒有他的照片了。可惜的是，他們每三個月就會整理一次網站，把不使用的帳號刪除。要是我們知道動機就比較能把這一切都拼湊起來。你們兩個外遇多久了？」

「莫名其妙！我要投訴。」傑克說。

「請便。多久了？」

「我說過了，我們沒有外遇。」我答道。

「妳嫁的那個人失蹤那晚之前就指控妳不忠，是嗎？」

「是。」

「我們詢問過你們昨晚去的那家餐廳的每一名員工，沒有一個人看到妳描述的那個站在窗外的女人，但是有幾個人看見你們在接吻。有些人還拍了照片。妳想看嗎？」她伸手拿她的 **iPad**。

我搖頭，覺得兩頰發燙。「好，除非妳是要告訴我你們是為了合作的新片在彩排——」

「我實在看不出這有什麼相關。」我說。

「這件事會相關是因為無論犯人是誰都一定謀劃了很長的時間，也就是說他們恨妳很久了。而要是我們能知道原因，我們就有很大的機會能查出他們是誰。」她等著我說話，看我沒接腔，她就重重嘆氣。「好，沒事了。」她起身要走，而她沉默的副手緊緊跟隨。

「沒事了？」傑克問道。「妳是在開玩笑嗎？」

她停步轉身。「還有一件事。」她不理睬傑克，只瞪著我。「我們追查出妳親生父親的下落了。」

我文風不動，我的血好像變成了冰水。

她知道我是在愛爾蘭出生的。她知道我其實不是艾梅．辛克萊。

「妳是什麼意思？」

「約翰．辛克萊。」我盡量不把我鬆了一大口氣的心情表現出來。「他出獄後就搬回艾塞克斯郡了，跟一個叫麥可．歐尼爾的人住了一陣子，我相信他是妳的舅舅。」

約翰真的還活著？

我不知道該說什麼，只是回瞪著她。一如往常，柯洛夫特督察完全不浪費時間等我找到妥當的話。「妳既然認為這些年來妳父親是死了，而我剛剛說他還活著，妳的反應似乎有點奇怪。」

我重新安排臉部表情。「只是一下子消化不了。他現在在哪裡？」

「我們不知道。我們認為他搬到了西班牙，但那幾乎是二十年前的事了。妳父親有任何理由想傷害妳嗎？」

「沒有。」

我在一九八八年塞了一把槍到他手裡，而他因為我殺的三個人坐牢。

她轉身面向門口。「辛克萊太太，我看得出誰沒跟我說實話，而我知道妳有事情瞞著我。等妳想告訴我是什麼事情，妳有我的號碼。在那之前，拜託不要再浪費我的時間了。」

64

時間是個有趣的老東西，延展折疊彎曲。

瑪姬瞪著艾梅小時候的照片，覺得就是昨天。小女孩的眼神釋出了比較開心的回憶，提醒了她還是有一些幸福的時光。

我們並不總是現在的我們。

瑪姬把這個想法推得遠遠的，希望壓根就沒有過這種想法，但有些記憶就是無法刪除，無論我們有多想。

她運送古董到波托貝羅路的商店，一整天下來腰痠背痛，她的手也因為搬動較大的物件而起水泡。生意昌隆，她也有許多存貨需要運送。死人的家處處是灰塵，是被忽略的寶庫，供人侵吞佔據；人死了是不會想念不再屬於他們的物品的。這門生意很辛苦，而且她雖然主張男女平等，但是憑良心說，這是男人的活，搬那些重的東西。她想起了這是最後一次她必須做這種活，就稍微放鬆了一點——現在她沒有必要再工作了，艾梅很快就會打電話來。

這孩子的記性一向驚人，即使是年紀還小時，而一旦她想起了過去，她們兩個就能共度未來了。瑪姬的記性有點沒那麼可靠了。她也知道沒有人能一輩子記住三百六十五天每一天的每一刻，我們的心智儲存系統沒有那個能量。然而，我們選擇要記住什麼回憶，要存檔哪些，就和人生中的其他事一樣，都和選擇有關。我們過我們選擇的生活，基於我們認為我們值得什麼，而我們緊揪著那些對我們最要緊的記憶，那些我們相信形塑了我們當下生活的時刻。這是個滿簡單的系統，卻有效。不像艾梅，瑪姬就算不是什麼都記得，但是她記得的也夠了。

帶領她們走到今天這一步的一切都是謹慎謀劃過的，而很快，她的辛苦就都值得了。這一直都是個好計畫：

找出一個適合艾梅的伴侶。

一個誰也不太認識，就算起死回生也不會引人注意的人：班・貝利。

找一個可信的人來扮演這個角色。

保有他家的鑰匙，等到艾梅去了洛城，可以說服她買下房子，然後再清理他的東西。

挖出那個死人的屍體，再重新埋到從前是他自己家的花園露台底下。

先在艾平森林焚燒他的遺體，以免警方利用牙醫病歷確認他的身分。

打扮成艾梅的模樣去銀行和加油站，讓警察相信她很暴力。

佈置得像是她殺了自己的先生。

一切都為了給艾梅一個教訓：妳應該永遠都不要忘記妳是誰，妳的出身。

難怪瑪姬會覺得那麼累。

她又瞪著電話旁的相框，跟自己保證艾梅會打來。瑪姬只需要再多等一陣子。她知道，因為儘管瑪姬的記性不是天底下最好的，她對艾梅的了解卻勝過了她對自己的了解。

65

電話響了，把我從安詳的睡眠中吵醒。我的夢把我帶到離這裡很遠很遠的地方，起先我不知道是身在何處。我的心智掙扎著要辨認出不熟悉的臥室以及乾爽的白被單。然後我想起來我是在傑克家，而惡夢是真實的，但是現在我又安全了。至少是夠安全。現在才晚上八點，可是我早早就上床睡覺，累到虛脫，再也抗拒不了睡眠的召喚。

我瞪著手機螢幕，看到是東尼打來的。我的經紀人只會在有非常好的消息或是非常壞的消息時才打電話，介於兩者之間的，他就發電郵。一定是和芬徹的片子有關。我覺得是好消息的話未免也太快了，就讓手機繼續響，但我心裡有聲音在大叫我值得這個角色，一定是好消息。我接了電話，聽著東尼在另一頭說話。我沒說什麼，我不需要。

我一放下電話就有人敲門。

「進來。」我把被子拉上來蓋住赤裸的腿。我穿著傑克的T恤，我還沒能回家去拿東西。

「我聽到電話鈴聲，只是來看看妳怎麼樣。」他從門後探出頭來。

「進來。我沒事。是東尼。」

「好消息嗎？」他坐在床上，我搖頭。「喔，甜心，真遺憾。」

「沒事，我沒事，真的。我並沒有真的覺得會拿到角色。」

「胡說，那當然應該是妳的。妳知道是誰拿到了嗎？」我點頭，真後悔知道。「誰？」

「愛麗西亞．懷特。」

他的表情定格。「妳一定是開玩笑。」

「不是開玩笑。愛麗西亞拿到了角色。」

他像是真的被這消息嚇到了，而我也覺得舒服了一點。「等一下。」他說，隨即離開了房間，好像我還有別的地方能去似的。

我讓自己皺起了眉頭，既然現在沒有人會看見我的皺紋。我不只是想要這個角色而已，拿到角色的意義重要多了。演戲就像是度假，遠離我自己，而我需要休息。我需要再變成別人一陣子，腦子裡裝著她的想法，感覺她的恐懼，穿著她的鞋子走路，在一個形狀如地圖的劇本幫助下。我不知道該如何解釋；有時候我實在是太厭倦做自己了。

要摘到星星是沒有什麼秘密的梯子的——妳必須學會打造自己的梯子，而等妳摔下來，妳必須夠勇敢，再一次爬上去。絕不回頭，絕不往下看。我把破碎的自我拼湊回去了幾回，我可以再做一次。沒拿到角色我能面對，我覺得。我只是不敢相信是她。偏偏是她。東尼說她不知怎地打聽到我們和芬徹的秘密會議的地點，餐後跟蹤了他。我不知道她是說了什麼讓他信服，或是怎麼知道他要去哪裡的。唯一一個知道我去了哪裡、為何而去的人是傑克。她是怎麼知道的？而為什麼總是那麼多可怕的人會成功？

傑克回來拿著一瓶威士忌和兩只酒杯。我感覺到的憤怒立刻衝上腦門。

「是你跟愛麗西亞說我和芬徹要在哪裡見面的嗎？」

他的樣子像是我的問題打了他一拳。

「要是妳用心想，我覺得妳就會想起來我跟妳一樣，我只事先知道妳是要去見妳的經紀人。一直到妳回來我才知道芬徹的事。就算我知道了，我也不會告訴她。妳真的不知道我對妳的感覺？」

我知道。我只是不信。

「對不起。」我低聲說。

他倒了兩杯酒，乾掉了一杯。我甚至不喜歡威士忌，但我還是喝了。一滴不剩。我們彷彿是無話可說，在浪費時間。他吻了我，我也吻回去。他把T恤從我的頭上拉掉，我沒有阻止他，即使我底下什麼也沒穿。我彎腰去解他的牛仔褲鈕釦，手指頭遠比我預期的靈巧。我的身體彷彿被佔領了，不再信任我的心智來做正確的決定。他的手滑到我的腿間，我稍微分開腿。此時此刻我感覺不是自己。我不覺得害羞或焦躁。我要這樣。我要他。我覺得從我們初相識起我就要他，我只是不讓自己去當那個人。我忘了發生過的一切，專心在他的味道，在他的身體壓在我身上的感覺。如果我對自己坦誠，能多坦誠就多坦誠，那我會說我想像過這一刻太久了，而現在發生了，感覺再自然也不過。事後我甚至不覺得慚愧。我覺得滿足，我覺得又像個女人，我覺得活著。

我不知道是威士忌，或是睡眠，或是性交的緣故，但是我記得什麼。我知道我把那把槍怎麼了，我也知道槍在哪裡。

但那可以等。

目前，我只想躺在傑克懷裡，假裝我也許可以留在這裡。我花了太久的時間在情愛和孤寂之間劃等號；不必是這樣的。而我也花了太久的時間想要當好人，總是努力做正確的事，做我認為我應該做的事。結果，做你想要做的事感覺滿棒的。

66

瑪姬的心情不好。她睡不著，甚至不想吃東西。她瞪著艾梅的照片，猜測著她為什麼還不打來。她現在應該已經想通了才對，可是或許艾梅不如瑪姬估量的那麼聰明。有時我們把某人捧得太高只是讓他們摔得更重。瑪姬查看了座機，確認沒有壞。是沒壞。

她好冷，所以就起身站到壁爐前，又丟了一根木柴。她發覺拿木柴不會害她手痛，就低頭查看手裡的木刺，看到黑色的形狀浮到了表面，一圈白色皮膚隔開了其餘的粉紅色。它結痂了。

她的身體知道這部分會痛，所以就排斥了它。

就跟瑪姬排斥了艾梅一樣。

她從壁爐架上拿了鑷子，有三種不同顏色的鑷子供她挑選。然後，非常緩慢地——因為她想要品味這一刻，而且她已經知道她能得到多少的樂趣與滿足——她開始夾起痂的邊緣。

感覺真舒服。

等到整根木刺都拔出來之後，她放到另一根手指上檢查：小小的一根黑色木刺，和一片她自己的皮膚結合了。她把那片皮膚放到壁爐架上。她想留下來，也不知道是為什麼。

火現在燒得很旺，嗶剝作響，黃色火焰在昏暗的房間裡亂舞。手裡拿著鑷子讓她想要再拔除什麼，但是她在下巴上找不到毛。回頭望著蒙塵的鏡子，只一剎那，瑪姬覺得她不再認識她是誰了。

但是她記得她的名字，她真正的名字，也不禁猜想艾梅是否記得她自己的名字。

瑪姬借用的是一個死掉的女人的名字，就跟艾梅借用了一個死掉的女孩的名字一樣。借用別人的東西到頭來是必須還回去的。她舉高沒有了木刺的手指，開始在灰塵上寫下自己的真名實姓，寫字母A的時間比寫其他的字母更長。

67

我醒了，心裡充滿了一年一次的秋怨；臥室窗外伸手不見五指，然而我的手機卻通知我現在是早晨。夜空拖拖拉拉著不走，而我看見的黑暗似乎滲透了我，好似黑色是有傳染力的。感覺像是我忘了怎麼開燈，而我的人生從現在起只不過是一道陰影。

愛麗西亞·懷特。

珍妮佛·瓊斯。

約翰·辛克萊。

瑪姬·歐尼爾。

這幾個名字在我的心頭縈繞，因為我確定我嫁的那個人不是獨自犯案的。有時我希望能回到我從愛爾蘭的家逃家的那一天。要是我沒跑掉，那今天我會在哪裡、會是什麼人？我不會遇見這些人，我的人生也可能會比較單純、安全、平鋪直敘。我可能會幸福。

我想到了艾麗克絲·柯洛夫特。刑警是對的，我隱瞞了她一些事，可我也是無可奈何。

我看著傑克，他仍在大床的另一邊熟睡，輕輕的鼾聲發自他的嘴巴。我望著他的肩膀形狀，他的脊椎線條，他頸子上的細小金毛。他閉著眼睛，一手握拳，好像在夢中戰鬥。

說不定我們都是。

我想起了昨晚我們做的事；很難不去想。感覺太美了，我只希望我沒等那麼久才向這份吸引力臣服。我不知道接下來會怎樣。也許他既然已經得到了我，他的興趣就會消退，最後歸零。我不知道他還想不想更進一步。我不知道我該怎麼做。我忍不住想停留在這個階段也不錯：享受親暱之樂而沒有正式關係的痛苦。人人都想從某人身上得到什麼，因為這就是人性。大多數的戀情，無論本質為何，都是根植於某種的交易與妥協。我並不天真。

我盡可能輕手輕腳下床。我想獨處一會兒，確保腦子裡的想法仍然是我自己的。我想回到某種曖昧的正常狀態，在這個惡夢開始之前做我以前會做的事。感覺上我需要這麼做，為我自己。

我想跑。

我回頭看著傑克，這才偷溜出房間，猜想這會不會是我最後一次看見他這個樣子，剝除一切只剩他自己。

我慢跑到我的房子。時間還早，等我確定外頭沒有記者或警察，我才進屋。我抓起了一個舊背包，裝了一些必用品；化妝品、乾淨內衣褲、我的充電器。然後我走向衣櫃，蹲下來移除了底部的鑲板。整棟屋子和花園都是班設計的，但是衣著則是我的管區，搬家之後我特別找人來做了衣櫃。如果你像我一樣有這麼多秘密，你就需要地方隱藏。我找到了那把不讓先生知道的手槍，我是出於恐懼才藏起來的，在一個我太醉而不記得的晚上。我恐懼的是他，以及他發現槍的話可能會做出的事來。我把手槍放進背包裡，再把鑲板裝回去，這才離開。

我走的路線和之前一樣——慢跑過角落的酒吧，經過炸魚薯條店，穿過墓園，最後來到波托貝羅路。一路上我有了一兩個點子，是關於下一步該如何的，我琢磨了一會兒，決定不怎麼喜歡，就又先存檔，繼續慢跑，頭也不回，希望它會待在我丟下的地方。我跑到一長排古董店的開端，稍微放慢腳步，允許自己渴望地瞪著櫥窗。班一向知道我偏愛舊家具而不是沒有個性的現代家具，但是他不肯聽我的，我也不抗爭。有時候我為了能讓他開心什麼都肯做，同時設法說服他，我們應該生個孩子，但是我不會再讓別人那樣子控制操縱我了。

我忽然停了下來，大腦花了一會工夫處理我的眼睛認為看到的東西。我回頭，循來時路跑了幾步，看著我剛才經過的櫥窗裡面。我不再懷疑我看見什麼了。

是班。至少是他小時候的照片。

那張我一直討厭的黑白照片。

我在他失蹤之後唯一找得到的照片。

沒道理啊。它怎麼會在這裡？我到現在都還沒碰他的東西，沒有移除我們假裝是夫妻的那棟屋子裡的任何物品。這個想法微微刺痛了我，我覺得有需要為我們自己說句話。我相信不是只有我們結了婚最後卻各過各的生活卻仍住在一處屋簷下，無論是出於習慣或是方便。我們各自編織我們複雜的謊言之網，然後深陷其中，無法自拔。

我敲了商店門，卻無人回應。

開始下雨了，倏忽而至，大顆大顆的雨點從天空中灑落，濕透了我的衣服和皮膚，讓柏油路上的裂痕充滿了看起來很髒的水。我瞪著照片，視線有些模糊，但很確定我看見的是什麼。

我繼續沿著馬路跑，向來路撤退，彷彿一張兒童的黑白照片活了過來，撞碎了玻璃櫥窗，傷害了我。我沒跑遠。隔壁商店的櫥窗擺了一個不同的相框，卻是同一張臉瞪著我。我開始發抖。我走向下一家店，而他又在那裡，惡毒的眼睛狠狠瞪著我。

我來來回回看著馬路，突然害怕被監視了。可是路上沒有人，只有一個粉紅色和白色相間的空塑膠袋——我小時候去買糖果時店家給的那種袋子——被風吹得沿著人行道飄飛。我看到最後一家的室內有燈光，可我去轉動門把，門是鎖著的。我敲打玻璃，最後有一位長者來開門。

「不好意思打擾了，可是我想問問你們櫥窗裡的一張照片。」我發覺我的語氣一定像瘋子，而他居然請我進去，我有點意外，我被雨淋濕的衣服滴水在地磚上。

店裡過暖，還有吐司和老邁的味道。我面前的人至少有八十歲了，可能還更老。他的背略微佝僂，衣服過大，好似年歲害他縮水了。他那條有型有款的格紋褲要不是靠紅色吊帶拉住，可能就會掉下來，而下巴下方的蝴蝶結則是自己綁出來的，手法專業。他的頭髮雪白，卻仍濃密；他的眼睛帶笑，雖然臉上不笑，彷彿他很高興有伴，任何形式都可以。

「妳得大聲點，親愛的。」

我走向櫥窗，伸手拿相框，小心不碰到別的東西。「這張照片。不知道你能不能告訴我是從哪裡買到的？」

他搔著頭。「我以前好像沒見過。」他的表情幾乎就和我看到照片時的表情一樣困擾。

「有沒有誰可能知道？」我問道，努力不顯得不耐煩。

「沒有，現在只有我了。我昨天叫貨商來進貨，她幫我把我要的東西從貨車上搬下來。我不記得這個相框，不過只有可能是從她那兒來的。」

「她是誰？你是跟誰買的？」

「這不是偷來的。」他退後一小步。

「我沒說是偷來的。我只是需要知道照片是怎麼來的。」

「就跟這裡大多數的商品一樣的來路……死掉的人。」

過熱的房間似乎涼了一點。「什麼？」

「遺物整理。人走了以後用不著的東西，帶不走的東西。」

我想了想。「那這個女人，她經營一家遺物清理公司嗎？」

「沒錯。完全是合法的，沒有一樣是違法的。她拿來不少好貨，她很內行。」

「誰？她是誰？」

「我不太記得名字。我有她的名片，不知放在哪兒。」他在一張小桌後翻尋。我看得出儘管他衣冠楚楚，卻趿著拖鞋。「有了，我很樂意推薦她；她很行。」

我瞪著他放進我手裡的名片，看著上頭的名字，忍不住發抖。

瑪姬．歐尼爾。

不可能。

「我可以買這張照片嗎？」我藏不住聲音中的顫抖。

「當然啦。」他說，還咧嘴一笑，我都還沒離開商店，他就把相框裡的照片取出來了。我把照片翻過來，讀了背後孩子氣的潦草字跡，再也跨不出步子：

約翰・辛克萊，五歲。

68

瑪姬任電話響，不去接聽。

無論是誰都打了至少三次，卻不留言。

她很確定是艾梅打的，瑪姬似乎就是知道。她用右手握著左手的三隻最小的指頭，用力捏直到會痛。

電話又響了。打電話的人八成是想到了該說的話了，瑪姬俯身，一張臉就面對著答錄機，耳朵轉向小擴音器。她一聽見那美麗的聲音從機器中傳來，喜悅就如一陣陣漣漪在全身擴散；那就像她極想念的一首歌。

「喂，我的名字叫艾梅。不知道妳能不能回我電話……」

瑪姬把留言聽了十三遍。她轉過臉來吻了電話，留下了一堆紅色唇印，也開始小小呻吟，彷彿錄下來的聲音也在愛撫她。給這個女孩上演說課雖然不是她的主意，卻是個好主意。

她想像著艾梅的臉因困惑而出現皺紋，不敢置信的情緒幾乎能滴得出水來。她很想回電話，但是她知道她不能回。她敢打賭艾梅會過來找她，而且機率非常之高。她只需要再等一會兒。有些話最好是面對面說。

69

我自己進入傑克的屋子，直接就去淋浴，盡全力洗掉汗水和恐懼。

我以為瑪姬和約翰死了，可是這種巧合也太不可能了；一定有什麼關係，只是我現在不知道。警察已經確認約翰並沒有死在那場搶劫中。他為什麼從來不聯絡？我以為他關心我，以他的方式。他是為發生的事責怪我嗎？這些年來約翰的臉孔在我心裡已經模糊了，但現在我看見他的名字寫在那張黑白照片後面，我就知道是他；我認出了他的眼睛。我嫁的那個男人為什麼有約翰小時候的照片，而且還假裝那是他自己？我應該去報警的，可是我不能相信警察。我誰也不能信。我努力思索分析，卻一點頭緒也沒有。

我先生假裝是班．貝利，但他不是。

我假裝是艾梅．辛克萊，但我其實也不是。

有人假裝是瑪姬．歐尼爾；至少我認為他們是假扮的。如果約翰還活著，那，萬一她也是呢？

我們都在假裝成別人，但是我還是不知道為什麼。

浴室蒸氣瀰漫，我迷失在思緒中，沒聽見開門聲。洗髮精刺激了我的眼睛，所以我閉著眼。我沒看到有人走進房間，或是聽見他們跨進了浴缸。一隻手碰我的身體，我尖叫出來，那隻手摀住了我的嘴巴。

「嘿，只是我啦，沒必要吵醒鄰居。」傑克擦掉我臉上的泡沫，讓我看清楚。我的心臟跳得好快，耳朵裡咚咚響。「對不起，我不是故意要嚇妳的。」我轉身，他吻了我。起初這麼做似乎一點也不合適，好像昨晚並沒有發生，而這個多少讓人意外。我大概是還沒有想這麼多吧。他的手順著我的身體往下摸，而引發的感覺太美好了，我投降了。我轉過去，不再面對他，而他似乎知道我想要他做什麼，不必開口，我很喜歡。我倚著玻璃，讓自己忘掉一切，只有他。我在享受我以為再也不會經歷的事情，彷彿三十六歲算是老了，而我也過了巔峰了。他沒讓我有這種感覺，他讓我覺得新潮。

事後我們一起吃早餐，而我說我要出去幾個小時，他也沒有堅持要我說是去哪裡。他並沒有表現得像是擁有我，而這種新的自由感讓我長久以來第一次覺得未來是有希望的。我知道我應該告訴他我要去哪裡，但是我沒辦法。我不想讓任何事破壞了這種關係，無論是什麼關係。我們都有秘密。我們自身的秘密以及別人的秘密。我們把它深埋在心底，因為我們知道萬一讓秘密溜出來，它是有毀滅的力量的，不僅是毀滅我們，還有我們關心的每個人。

我煮了咖啡，也幫他倒了一杯。

「我是上輩子做了什麼好事才會遇到像妳這麼好的人！」他說，隨即吻了我。我離開房間時仍嚐得到我們吻別的滋味，心裡只願不會是我們的最後一吻。

我帶了手槍、手機，以及我能凝聚得起的少少勇氣，接著走了出去。

誰也沒辦法一輩子當好人。

70

那位古董商給我的名片上的地址就夠了。

卻不然。

我一直到現在才知道那條街的名字。從東倫敦到艾塞克斯的路上給了我許多時間思考，可直到我站在建築物前方，我仍然在說服自己是我弄錯了，這只是另一次巧合。

並不是。

三十年了，可我仍認得這個地方。我仍在夢中造訪。

那些小店鋪仍在，但全都以木板封死了，只剩自助洗衣店。不再有出租錄影帶店，蔬果店或是雜貨店，只有破窗戶和塗鴉：是一座鬼城。

簽注站也仍在，釘上了木板，但是門上方卻用油漆手寫了一行字：

飾品及古董

還有一張「休息中」的牌子以膠帶貼在毛玻璃窗上。我把兩隻手放到玻璃上阻擋光線，向內張望，卻只看到漆黑一片。

我敲門，敲了兩下。

無人回應，所以我就走向商店的側門，那扇通往公寓的門。油漆剝落了，有人以紅漆噴了

「騙子」兩個字。我小時候總覺得門好大，可現在我發現這只不過是一扇普通的門。我又敲了門，還是無人回應。

我彎腰推開了生鏽的信箱口。

「哈囉？」我看著小小的長方形開口，看不到什麼，只看到一大堆未拆封的郵件和外送傳單。我把頭再低一點，看到了樓梯腳，被陳舊的紅色地毯覆住，地毯上有新的暗色污漬。

「哈囉？」

還是無人回應。

然後我聽見公寓上有音樂聲。

我拿出手機。

我應該報警的。

我應該打給某人的。

可我沒有。我把手機放回皮包裡，再查看一遍手槍是否仍在，就沿著街道往下走，再轉入簽注站後方的小巷。

門面的柵門不見了，一大截的籬笆也倒塌了。這裡也一樣，一切都比我記憶中要來得小很多。一輛破舊的白色廂型車停在柏油路上，陰暗的車窗遮住了車子內部。後門微微打開，可我太害怕門內的東西，不敢進去。

我敲了斑駁龜裂的木頭，但是有人聽見的機率相當低，因為現在音樂聲震天價響。我認出了這首歌——〈紐約童話〉。在不是聖誕節的季節聽到似乎怪怪的。我邁了一步，那段被偷走的夢想的歌詞在我的腦子裡已經過於響亮。

我以前坐著看《說書人》雜誌聽錄音帶的小房間仍在，卻變了個樣子。沒有書桌了，只是個堆滿雜物的房間。我穿過以前是店鋪的地方，但現在只不過是佈滿灰塵的倉庫。我按了黏答答的電燈開關，看到這地方仍然是日光燈，它閃了閃，天花板上某幾塊地方亮著微弱的燈光，形成一種陰慘慘的光圈，照亮了互相挨擠的古董家具，全都佈滿了灰塵和泥土。我經過了衣櫃、五斗櫃、一摞摞的椅子，最後找出了一條往側門的路，可以穿向公寓。公寓門開著，可是這裡的電燈開關失靈了。

「哈囉，有人在家嗎？」我拉高嗓門蓋過音樂，現在更大聲了。無人回應，但是我絕對是看到樓梯頂有燈光。我開始摸黑向上爬，意外發現這麼多年了牆壁仍覆著軟木塞板。每一步都會踩得吱嘎響，而雖然我腦子裡的聲音在尖聲催促我回頭，我卻不能回頭。

我需要知道真相。

爬到樓梯的一半，樂聲停止了。

我聽到有開門聲，腳步聲，然後是一片寂靜。

重新降臨的寂靜吞沒了我，但是我硬逼著自己的腳上樓。

然後我聽到上頭有門重重關上。

我來到了樓梯頂，看到平台上有小蠟燭的燭光閃爍，這是唯一的光源。我按了牆上的電燈開關，白費功夫，我看到天花板上的燈具少了燈泡。每個房間的門都是關著的，但一切都還是老樣子。我順著燭光走向之前的客廳，一手握住了門把，先鼓足勇氣才去開門。

房間和以前完全兩樣，我除了鬆了口氣之外沒有別的感覺。舊電動壁爐拆除了，恢復成原始的開放式爐子，磚頭外露，壁爐架微微搖晃。看到火焰，聞到柴火味帶回了一種特殊的安慰感。每樣東西都有年紀了，而且髒兮兮的，但這裡只是一間模樣正常的房間。是某人的客廳，有椅子和一張桌子。沒有骷髏。沒有壁櫥。蠟燭繼續沿著地板放光，停在一張外觀華麗的咖啡桌下，就在爐火的前方。桌上也有蠟燭，圍繞著一本紅色的大書。是相簿。

我拿了起來，沒想到會那麼重。我翻開來，看到自己的臉從一張舊的報紙採訪裡瞪著我。我翻頁，又看到一張我的照片，另一篇報導。我繼續翻，看來我的職業生涯中的每一次採訪、每一份簡介、每一篇影評都在這裡。部分的我知道我現在就應該離開，這個不正常、不對勁，但是我仍翻個不停，彷彿我是陷入了某種的恍惚，無法自已。

但我做到了。

我停下來了。

音樂又響起，同一首歌。我知道我需要離開這裡，但是相簿的最後一頁並不是剪報，而是一封信。

一封我記得是將近二十年前寫的信。

親愛的艾蒙，

你可能不記得我了，但是我記得你。很久以前，我是你妹妹，可是我跑掉了，而一個叫瑪姬的女人綁架了我，把我帶到了英格蘭，雖然當時或是之後的幾年裡我並不懂。

我跟瑪姬和一個叫約翰的男人住在一間簽注站上層的公寓裡，在一個叫艾塞克斯的地方，和倫敦非常近。

他們告訴我我們的爸爸不要我了，後來，他們又說他死了，不過我現在知道不是這樣的。

我要你知道，跟他們住在一起我並不快樂，但是後來他們也死了。警察相信我是他們的孩子。

公寓裡有本護照，是一個叫艾梅·辛克萊的小女孩的。警察也找到了她的出生證明，上面說她是瑪姬·歐尼爾和約翰·辛克萊的女兒。

警察認為小女孩就是我，每個人都這麼認為，我也不糾正他們。

我待過很多寄養家庭，有的好，有的不太好，但是我現在過得不錯。我拿到了一個叫RADA的學校的獎學金，我要學表演。

如果你覺得可以跟我聯絡，或是找個時間見面的話，我非常樂意。我們的爸爸沒辦法照顧我的時候是你照顧我，我記得。我記得那時的你，我也想認識現在的你。

很抱歉我等了這麼久才聯絡。我一直到十八歲才敢說出真相，唯恐會惹上麻煩。即使是現在，我也只告訴你。我記得你，知道你不會傷害我。我現在當艾梅很快樂。沒有人知道我的過去，而我寧願保持這樣。我希望你能了解。

你認識的那個叫琪雅拉的女孩子不存在了，但是我仍是你的妹妹。只是名字不同罷了。

非常非常愛你的

艾梅

××

爐火嗶剝作響，火焰的影子隨著響亮的音樂恣意起舞。我讀完了信抬起頭，發現門已經關上，我不再是一個人了。

「哈囉，琪雅拉。」那個有著黑色長髮和紅唇的女人說。

71

起先，我看見的是瑪姬，一九八〇年代的瑪姬。

房間昏暗，唯一的光源是爐火和蠟燭，火光費勁地照亮我面前的臉孔。她隨著音樂唱歌，一種女孩子氣的愛爾蘭聲音從她的紅唇間逸出，完全不著調。我的眼睛適應了微光，這才明白我疲倦的心又耍了我一次。她或許樣子像瑪姬，但不是她。

「妳是誰？」我問道，盡力讓聲音壓過音樂。

她哈哈笑，而我先認出來的是那副笑臉。在我對面的人上前一步，再動手摘掉假髮，拋進了壁爐裡。我聽見假髮嘶嘶響。我面前的女人消失到一片迷惘的困惑之中，攻佔了我的身心。

「這樣有幫助嗎？」穿著她的鞋子的男人問道，這次的聲音較低沉。「哪個女人會認不得自己的先生？」

他的臉不一樣，但是他的眼睛，雖然化了濃妝，卻是一樣的。

「班？」我低聲說。

「再試一試，吾愛。我的名字不是班．貝利。就跟妳的名字不是艾梅一樣。妳需要再看一次信嗎？」

我瞪著手上皺巴巴的紙。

「艾蒙？」

他微笑，用戴著手套的手鼓掌。「終於。」

我努力理解。

我先生打扮得像個女人，還跟蹤我。

而同一個男人，我的先生，剛剛告訴我他是我哥哥。

我全身發抖，儘管爐火熊熊。我看見的、聽見的都讓我想嘔吐，在他走向我時我自動後退。它的樣子像他，但同時，又不是他。

「妳喜歡我送給妳的那些古典明信片嗎？」他問道。

我沒回答。說不出話來。

「我用最漂亮的字寫下『我知道妳是誰』，一遍又一遍。可妳還是不知道我是誰！想想還真有意思呢。」

「你的臉……」我說，卻再也說不下去。

「喔，鼻子啊？喜歡嗎？我要一個跟傑克一樣的，還拿照片給他們看，我的眼袋也移除了……我特別為妳做的。警察拿我的照片給妳看了嗎？我在手術之後直接就去了警局，讓他們拍了我斷掉的鼻子、黑眼圈和腫脹的臉，作為妳凌虐的證據。現在幾乎都好了。看起來很不錯，妳不覺得嗎？就、像、傑克。」

「為什麼？」

「因為妳愛他，而我要妳愛我！就跟我愛妳一樣！」他大吼。我又退後一步。「來吧，跟我跳舞。」他抓住我的雙手，像是想隨著歌曲的高潮展開某種瘋狂的華爾滋。音樂停止了，卻彷彿仍在他的腦海中播放。

我想掙脫他的手，他卻把我拉近，哼起了歌，我哭了出來。「拜託，不要。」

「不要？寶貝女兒，妳跟我才剛開始呢。直到死亡才會將我們分開，記得嗎？照片有沒有讓妳覺得像在家裡？」

我循著他的視線看到了我們結婚當天的照片，就在那幀小男孩的黑白照旁邊。

「你為什麼會有約翰小時候的照片？」

他俯視我，假裝的驚訝表情在他小丑似的臉上顯露。「誰找到就是誰的。」

「我不懂。」

他的驚訝變成了憤怒。「我拿走了他的每樣東西，因為他幫她把妳從我身邊搶走。瑪姬．歐尼爾在妳給我寫那封信時已經死了，可他沒有，所以我就追查出他的下落。說句公道話，他之後不久也死了。」他哈哈笑，又把我抱緊，彷彿我們是在什麼扭曲的恐怖電影裡的國標舞舞者。「那麼多年來我不知道妳去了哪裡，我還以為妳也死了。妳有沒有想過正牌的艾梅．辛克萊是怎麼了？妳替代的那個女孩？」

他雙手捧住我的頭，強迫我看著他。

「我讓約翰在他死前把一切都告訴了我。顯然是意外。我說只要他跟我說實話，我就會饒了他，可是我沒辦法。以眼還眼，是我的就是我的。」他轉過我的頭，貼著我的耳朵說話。「他們殺了她，然後埋在艾平森林裡。我讓他帶我去看。那個有病的混蛋還把她的縮寫名刻在他們埋葬她的那棵樹上。他們現在團圓了。」

我把他推開，拔腿往門口跑。

「我遇見約翰之後不久就為妳買下了這間寒舍。妳喜歡我的裝潢嗎？我的生意蒸蒸日上，可是時機艱難，所以我就從我留下的聯合帳戶裡借了一萬鎊。妳不介意吧？」

門上了鎖。

「我甚至還穿著打扮得像她，妳為了她而離開我的那個女人。有沒有帶回快樂的回憶？我還以為妳在我們床底下找到我的口紅時就會想通……」

我捶門，大聲呼救，已經知道是徒勞無功了；其他的商店都封閉了，空洞無人。

「在我送妳遲來的生日禮物之前，妳是不會再跑掉的，對吧？」他拿起了精心包裝的盒子。

「拜託，我們可以找人幫助你。拜託讓我走，拜託。」

「妳不想打開嗎？」

「拜託，班。」

「我不是班，我是艾蒙！而且妳也不是艾梅。妳一向都那麼忘恩負義，琪雅拉。被寵壞了。放心吧，我來幫妳。畢竟，以前都是我幫妳，可那樣還不夠。所以我才要給妳一個教訓。」

他開始解開盒子上的緞帶。

「對了，我比較喜歡妳的髮型，很自然。鬈髮很適合妳，妳看來比較……」

我被困在角落，背抵著上鎖的門，而他則傾身吻我的嘴唇。

「……比較像妳。」

他的口紅整個糊了，而我也在自己的嘴唇上嚐到了他的口紅味。我想擦臉，但是我太害怕了，不敢動，太害怕了不敢說什麼或做什麼。他輕撫我的頭髮，塞了一綹到我的耳後，再在我面前跪下來，開始撕開盒子的包裝紙。

「有個小女孩，有著鬈髮……」

他從紙堆裡舉起盒子。

「……就在她的額頭中央。」

他掀開了盒蓋，我看到了一雙紅色的童鞋。就是我六歲生日想要的那雙，在我跑掉之前。那天那雙鞋不在商店櫥窗裡，而我遇見了瑪姬，我現在明白是為什麼了——他為我買了。

「她乖的時候就非常非常乖。」

他把兩隻手套進鞋子裡，戳到我的面前。

「可她壞的時候……就是個婊子。」他用紅鞋愛撫我的臉。「我們的爸爸發現這雙鞋之後，把我打得三天不能走路。我們連吃的都買不起，可我卻幫妳買了這雙臭鞋，因為我知道妳有多想要，而我愛妳。」

他把鞋摔在地上，掐住了我的喉嚨，然後每說一個字就抓著我的頭去撞牆。

「我。愛。妳。」

他放開了我，我跌在地上，坐在自己的小腿上，止不住啜泣。

「我為了保護妳做了那麼多。我承受他的言語暴力，我挨他的打，我保證他晚上來找的是我，不讓他碰妳。妳沒出生之前什麼事也沒有。我們很幸福。可是妳殺了我們的母親，也改變了他。妳為什麼不乾脆也殺了我算了！」他開始在房間裡踱步，大號高跟鞋在木地板上喀喀響。趁他稍微向後轉，我伸手到皮包裡找手槍。「而妳是怎麼感謝我的？妳跑了，把我丟給他，頭也不回。妳知不知道在妳跑了之後他是怎麼對我的？」他看到我的手伸進皮包裡，就怒沖沖過來，搶走了皮包，伸手到裡面去拿出了手槍，一面搖頭微笑。

「我說過……她壞的時候——」

他拿手槍重重打我的臉，我被打癱在地板上，口腔裡都是鮮血的味道。

「我真應該用這個開槍打妳的，是妳活該。」他把槍丟在沙發上，拿起了一個我看不太到的東西。「不過嘛，既然我們是一家人，我要用別的東西打妳。幾個月前我在諾丁丘的一棟屋子裡得到了這個小美人。認識死人的用處還挺大的。這個可是會痛的喔，寶貝女兒。妳說她都是這麼叫妳的，對不對？那個妳在殺了自己的母親後卻叫她母親的女人？我覺得她的事妳也就只說了這麼一句真話。」

我看到了一道紫色的電光，然後就覺得無法形容的痛竄遍了我全身。跟我之前經歷過的都不一樣，我好像是被一千把小刀反覆戳刺。我大口喘息，卻好像沒辦法把足夠的空氣吞進肺裡。在我閉上眼睛之前，我只看到瑪姬的臉，只聽到她的聲音。

「我愛妳，寶貝女兒。」

72

在我的夢裡，我在飛翔。

我是一隻鳥，伸長了翅膀，翱翔在青綠色的大海上方。我在無雲的天空跳舞，俯視著底下的世界，想著我們有多麼渺小。

意識微微喚醒了我，足以讓一輛廂型車車門滑上的聲音入侵我的夢境。它創造的困惑粉碎了天空。凹凸不平的巨大碎片開始在我的四周落下，彷彿世界下起了藍色的玻璃雨。我飛得不夠快，有些碎片插進了我的翅膀，紅色的鮮血沾染了我白色的羽毛。我開始覺得沉重，好像輕盈不起來，我決定要下潛到海裡，在波浪下尋找安全，但是波濤太洶湧，不停撞擊岩石。翻騰的海水變成黑色，我繼續下潛，越來越近，白色浪花噴在我臉上，讓我看不見底下真正的東西。我重重撞上了水面，感覺到鼻梁和頰骨先碎了。我的身體彎曲破碎，撞擊害我彎腰駝背，所以我比之前的我還要更小、更無足輕重。

我睜開了一隻眼睛，只夠看清大海變成了綠色的襯裡，而我則被捲在裡面。我清醒的時間足以讓我知道我受了重創。

我又動了動，能聽到有人來了。我想把小鳥似的自己從地板上抬起來，卻再也無法動彈。我甚至抬不起頭來，而感覺我再也飛不起來了。我在再看到什麼、再感覺到什麼之前又昏死過去了。

意識返回，這一次對我少了一點耐性。我頭痛，過了一會兒才想起發生的事，隨即就開始猜測我是在哪裡，現在幾點了。

很黑。漆黑如墨。

我的手被綁在背後，嘴裡塞了東西，所以我沒法閉嘴或說話。我的膝蓋彎曲，小腿彎在身後，我想移動，這才發覺我是在什麼箱子裡。起先我以為我是在棺材裡，而被活埋的念頭害我呼吸困難。我哭了起來。眼淚、鼻涕和嘴角兩側流下的口水弄髒了我的臉。我努力想鎮定下來，邏輯思考：箱子太小了，不會是棺材，一瞬間我覺得安心了一點點，但是耳中的恐懼聲音太響亮了。

有可能是小孩子的棺材。

我發覺雖然我嘴裡塞的東西讓我不能說話，我還是可以發出聲音。從我口中發出的模糊尖叫聲好原始，我還以為是別人或是別的東西發出的。呼吸好像比先前更困難，我忍不住想這麼小的空間裡能有多少氧氣。我想踢箱子內壁，等我再尖叫時，蓋子掀開了。

我眨了幾下眼睛適應光線，努力詮釋矗立在我上方的輪廓。

「等一下，寶貝女兒，我們快到家了。」說話的聲音隨著每一個冷淡的字在我的耳朵中變化。起初聲音是瑪姬的，然後是我哥哥的，然後又變回來。他用一塊布摀住我的鼻子。我想張著眼睛，眼皮卻好沉重。我覺得在關住我的那個東西的蓋子滑上關緊之前是瑪姬握著我的手。

我又是一隻折翼的鳥。
我睜不開眼睛，不能唱歌，也飛不走。
我更往下沉，沉墜到冰冷的一片黑海之下。

73

我醒了。

我的眼睛看到了我沐浴在日光下，而我這才明白我是躺在床上。我想動，卻發現我的手腕和腳踝被綁在四根床柱上。我東張西望，盡可能扭頭，發現只有我一個人，鬆了口氣。我瞪著崩塌、有壁癌的牆壁，骯髒的白色網狀窗帘長滿了霉，陳舊老化，木家具也像是有年紀了。我對面的牆上掛著一幅褪色的聖母像，床邊桌上擺著一尊金屬耶穌像。我認得這個房間。我是在愛爾蘭那棟我出生的屋子裡；遠處的海洋聲音幫我確認了。我五歲之後就沒回來過，但是這地方的味道把我帶回到過去，像是昨天的事。

房間裡有一張梳妝台，鋪著蕾絲桌布，上頭有個相框。是我小時候的照片，穿著一件白上衣，紅裙子和白色緊身褲。照片中我的頭髮綁成了稍微不平均的兩束，我一臉開心，不過我不記得住在這裡時有特別開心過。感覺上，即使是在那個稚齡，我也已經知道要為鏡頭假裝了。梳妝台上有面鏡子，我盡可能扭動身體，可以在鏡中看到我自己。我穿著一件白色上衣，一條紅裙和白色緊身褲，就和照片中一樣，不過這些都是成人的尺碼。我的頭髮被綁成了兩束。我的嘴唇和嘴唇四周都是紅色唇膏，所以嘴巴變成一倍大。看到我自己這副鬼樣害我想也不想就尖叫起來。

門撞開來，我哥哥衝進來。他穿得像個男人，假髮和化妝都不見了。他又是班了，只是不一樣。

「好了，好了，妳沒事的，寶貝女兒。只是作惡夢了。」他輕撫我的臉頰，我驚恐地瞪著他給自己的臉做的改變。

「喔，恐怕瑪姬已經沒了。我只有在擾亂妳的心智和躲避警察時才會打扮成女人。妳為什麼這樣子看我？是我的新臉嗎？我還以為我讓自己變得更像傑克·安德森了，因為妳覺得他是那麼的無法抗拒、魅力無窮。妳喜歡嗎？現代的醫生幾乎是無所不能。只要拿張雜誌上的照片給他們看，再加上一大張支票，就搞定了。我是希望也做個傑克式的六塊肌，可是人生有別的計畫。恐怕現在又是只有妳跟我了。妳會難過嗎，寶貝女兒？」

「別那樣叫我。」

「妳說瑪姬就是這麼叫妳的。我猜妳是喜歡。我以為那就是妳離開我不回來的原因。我幫妳做了早餐。」他拿高一只藍碗和湯匙到我嘴邊。我緊緊閉著嘴，把臉別開。

「好了，別這樣。是麥片粥，還裝在妳最喜歡的碗裡。記不記得碗裂的時候我跟妳說了什麼？東西一點點破損還是可以很美麗的。」

「拜託放開我。」

「我是想，真的，可我怕妳又會跑掉。那天妳還記得嗎？他逼我殺了那隻雞之後，我就再也不吃雞了。」

「你為什麼讓我穿成這樣？」

「妳不喜歡嗎?要是妳是對那雙紅鞋的事不高興,恐怕現在也穿不下了。妳可以說是有點長得太大了。」他自顧自笑起來,好像等著我也笑。看我沒笑,他的笑容就消失了,整張臉扭曲變色。「妳要是不喜歡我幫妳挑的衣服,我隨時都可以幫妳脫掉。」他粗魯地掀起我的上衣,再動手脫掉白色緊身褲。

「不要,不要!拜託!」

「怎麼啦?妳以前很喜歡我脫掉妳的衣服啊。妳老是說想跟我生孩子,雖然我跟妳說不是好主意。妳現在懂了,是不是?再說了,我又不是沒看過妳裸體。」他把緊身褲脫到我的大腿以下,一隻手插了進去,緩緩向上移。「妳身上還有我沒看過,沒品嚐過,沒插入過的地方嗎?天底下就沒有比我更了解妳的人了。我知道妳是誰。真正的妳。而我仍然愛妳。」

他的手更向上挪,我別開了臉。

「妳現在可以假裝妳不想要,如果這樣能讓妳舒服的話,但是我們都知道妳想要。讓我在妳的身體裡好像是唯一能安撫妳的神經的方法,對不對?在重要的採訪之前,或是妳那些可笑的紅毯盛會之前?

「我那時不知道你是——」

「妳不知道嗎?」

我沒回答。

「我們長大後第一次見面,我真的變了那麼多嗎?看看妳,完美的奶子和鬈髮和漂亮的大眼睛。天下的男人任妳挑，妳卻偏偏要我。妳的親哥哥。」

「你到底是要我怎麼樣？」

「我只想要我們在一起。我一直都只想要這個，可是妳卻覺得不夠，妳太忙著跟導演或是像傑克・安德森那樣的演員賣弄風騷。不過呢，我們現在會在一起了，直到死亡將我們分開。我們可能不用等那麼久了。我生病了。」

他爬到床上，整個人趴在我身上。他的手指和我的手指交纏，頭貼在我的胸前，我能聞到他的頭髮味道，看到有一塊開始變禿的地方的粉紅色頭皮。他的體重壓垮了我，但是我沒吭聲。我動也不動，一直到他睡著。

他開始輕聲打鼾，我的腦子裡只有一個聲音，是瑪姬的，不是我的。

只要妳永遠不忘記真正的自己，演戲可以拯救妳。

我默默複述這句話，清醒著躺在那裡。我在疲憊的心裡擁抱這個念頭，輕輕搖晃，盡量不吵醒它或他，盡量讓這個念頭隱密安靜，唯恐有人可能會聽見，走漏了風聲。此時此刻，我只剩下這個了。我的恐懼漸漸化成了恨，雖然只有一點點，卻足以讓我膽敢去想一個脫身之法，想像著一個不是我自己的結局。我開始排練台詞，在心裡演出下一幕。人生就像是一盤棋：你只需要倒著下，為了走到你需要的那一步，預先想出你需要謀劃的每一步。

起風了，老屋子發出哀號聲。我看到窗外那棵小時候會爬的樹，像是枯死了，樹枝在風中搖擺，吃力地吱嘎叫，小枝椏拍打著窗戶，像發黑的骨頭。

叩。叩。叩。

房間裡變暗了，然後是窗外變暗，等到幾乎伸手不見五指時，我知道了我需要說什麼、做什麼了。

74

我吻了他的頭頂。

輕輕的、溫柔的、愛戀的吻。

他在我身上動了動，隨即抬頭看。

「吻我，」我低聲說。「拜託。」他吻了我的唇，仍半睡半醒。他的味道讓我反胃，但我還是回吻了他。他一直睜大眼睛，眼中充滿了疑惑，一面查看我的眼睛。我們的嘴唇一分開，我就讓話出口。

「我一直知道是你。」

他瞪著我很久很久，額頭出現了皺紋。「妳知道？」

「我假裝不知道，可是我當然知道你的真實身分。我什麼都記得，你也是知道的，我怎麼可能會忘掉我的親哥哥？」我看得出他想相信我，但是他不信。我需要再多努力。「你離開我之後我好想你。我現在知道那是什麼滋味了，而我不要我們再分開了。」

「妳要我們在一起？」他挑高了一道眉。

「對。」

「怎麼個一起法？」

「形影不離的那種。我們既然已經回家了，誰也不需要知道我們是誰、我們在做什麼。我們可以重新開始。我們兩個都可以得到我們想要的。」

他皺眉。「妳還是想要孩子，儘管妳知道我是誰？」

「對。那是我一直都想要的——一個孩子。那會是第二次機會，對我們兩個人。」

他稍微坐起來。「很抱歉芬徹電影的事。」

這讓我有點措手不及，我努力保持臉部表情。「你是怎麼知道的？」

「因為我知道妳所有的密碼，我讀過妳所有的郵件，也是我告訴愛麗西亞．懷特他會在哪裡的。那部片會給妳太大的壓力，妳也會又離開太久。」

我把痛恨吞下肚。「你說得對。你一向知道什麼對我最好。」

我的回答似乎讓他詫異，他專心地思索起來。

「我倒是幫妳弄了本護照，用的是妳真正的名字，只是預防廂型車上渡輪時會遇上什麼麻煩。我們可以稍微改變妳的外觀，妳可以在這裡生活。真正的生活。反正妳很討厭引人注意——」

我抓住這個機會。最可信的謊言一向就是建築在真相之上的。

「對！我確實很討厭那樣，你也知道。我一直都好害怕。新的生活，跟你在一起的簡單生活，就是我現在想要的。像以前那樣吻我，拜託。」

他做了，仍緊盯著我不放，彷彿這是測試，而他等著我失敗。他緩緩解開了白上衣，一次一顆鈕釦，盯住我的臉尋找背叛的跡象。然後他伸手去解開我手上的繩子，但是我已經知道他只是做做樣子。我太了解他了，不輸他對我的了解。

「不，不要，就綁著吧。我要你知道你可以相信我。我不會再逃跑了，我需要你。沒有你我就像失了魂，你走了以後我好孤單。」他一臉疑惑，然後他吻了我的乳房，仍緊盯著我的反應不放。我拱起背，感覺到他的勃起抵著我。只要我演得逼真，他就不需要藍色小藥丸。他的頭更低，我照著他喜歡的那樣呻吟。他解開了我腳上的繩子，脫掉了我的白色緊身褲，我笑著看他解開腰帶。

事後，他只解開了我的一隻手，握在手裡，然後把頭躺在我的胸口。等我覺得時間夠長了，我才把手從他的手中抽出來，等他開始打鼾，我就去搆那尊耶穌雕像，盡可能伸長手臂而身體保持不動。我的手指摸到了冰冷的金屬，我使盡了僅剩的力氣握住，重重打在他的頭上。他像受傷的動物一樣哀鳴，鮮血流到他的臉上，流過他的眼睛，而他瞪著我，不敢相信。我又打一次。

我知道我沒有時間可以浪費，我解開了另一隻手，從他身下爬出來，逃出了房間，除了白色上衣之外什麼也沒穿。我在屋子裡跑，在黑暗中努力記起房屋的格局，撞上了我不記得的東西，努力找到最近的出口。快到後門時已經聽到他來追我了。剝落的木頭因時間久遠而膨脹，我得用力拽才能把門打開。

外面冷得刺骨，呼嘯的寒風奪走了我的呼吸。柏油路車道刺傷我的光腳，我拉住敞開的上衣，緊緊包裹自己，倒不是因為附近會有人在黑暗中看到我，或是聽見我，如果我夠勇敢大聲呼救。在驚駭之中我記不起這地方的地理位置，我踉踉蹌蹌朝著我認為是主幹道的方向前進，等到我察覺是往房屋後方和大海逃亡時，為時已晚。我聽見了後面有甩門聲。

「妳要去哪裡，寶貝女兒？妳不是說想要在一起？妳不是說不會再逃走了？」他的語氣就像在他失蹤那晚之前在我們的臥室裡淩虐我的那個他，我覺得可能會殺了我的那個他。

我絆倒了，摔了一跤，知道他就在不遠處。

我在黑暗中迷失了，又轉錯了方向，而這一次會是我的結束，而不是開始。

我聽到木頭抗拒年邁的鉸鍊的咻咻聲，依稀看出一扇棚屋的門在風中搖擺。我往那兒跑，選擇躲起來。我看不見在棚屋中是走過什麼，感覺像乾草。我爸以前用來吊雞的金屬鉤懸掛在我的上方，被暴風吹動，互相傾軋，發出動物似的警告聲。我抬頭一看，看到月光照亮了鉤子的銀色笑容。

「大哥哥一定會找到妳的。」我聽到他靠近了棚屋門，把我困在裡面。外頭狂風大作，門不想再關上了，不停撞擊著鉸鍊，彷彿是想放我自由。我趴在地上，爬著躲開我哥的聲音。知道現在我已無處可逃、無處可躲。

就在這時我的手指摸到了它。

起先我不知道是什麼東西。我的手沿著木頭摸下去，摸到了冰冷的金屬尾端，仍然尖銳得足以割傷我的手指。

我拿了起來，向後轉，面對著他的足聲越來越近之處蹲著。棚屋門飛開，月光照亮了我哥的臉，就在我的正上方。他被門的聲音分散了注意力，我使盡剩餘的力氣，揮動斧頭，斧刃砍進了他的頸側，鮮血狂噴，他倒在地上。

我沒移動。

我動不了。

什麼也沒動，只有鮮血涓涓流動。

我彎下腰，被他受創的身體吸引過去。他閉著眼睛，他給自己的臉孔做的改變讓他就像個徹底的陌生人。一個我從來不知道我曾見過的怪物。他忽然睜開眼睛，而我在他眼中看見的恨讓我又一次握緊了斧頭柄，把斧頭從他切開一半的喉嚨上拔出來，再高舉過頭，一揮而下。

他仍然張著眼睛，彷彿是在看著我，在他的頭滾落在棚屋地上時。

半年後……

我不喜歡為電影宣傳，總是那麼俗氣、那麼沒品味。

一場接一場的採訪，同樣的問題同樣的回答翻來覆去。記者的眼睛和他們的鏡頭全部對著我，端詳我，試圖誘我出錯，試圖看出在我的表面下隱藏的謊言。

「最後一位。」東尼說，這才起身去開門。

製作團隊為了今天的訪問包了一間飯店套房。為一部片子辛苦拍攝幾個月，然後在大約一年之後，正當你忙著另一個完全不同的項目時又要回頭為這部電影受訪，感覺有點超現實。我彷彿是變成了一個時空旅者，談論不同的角色，在不同的故事中，在不同的國家。我知道傑克也在隔壁房間，我很慶幸他的距離沒有太遠。我也慶幸我的經紀人在場；我不覺得今天我能憑一個人搞定。但是一想到這裡我就對自己很生氣。我從來就不需要別人，而我不喜歡現在需要別人的這個想法。

沒有人真的知道去年發生的事，而我也決定要保持下去。

珍妮佛．瓊斯大搖大擺地進了房間，她的攝影師忙著追上她，同時扛著所有的裝備。我不敢相信我會同意接受她的採訪。

「艾梅，親愛的，妳的氣色好極了！」她吻了我臉頰兩邊的空氣，做出音效。今天是桃紅色唇膏，搭配她的緊身洋裝。「唉，我知道我們的時間不長——妳的經紀人說得非常明白。」她對他輕輕一揮手。「沒有私人問題，我保證。」我看著東尼，一小片恐慌穿透了我的鎧甲，但是他點頭要我安心，我就忍著不把玩我的衣襬。

「開拍。」攝影師說。

珍妮佛．瓊斯對著我集中砲火，磨利了舌頭。

「好，《偶爾我也殺人》是部很精采的片子。」她的虛假程度實在叫人嘆為觀止。

「謝謝。」我微笑。

「還有恭喜，還有幾個月？」她瞪著我的肚子。

「三個月。」

「哇！那準爸爸呢？」

他的頭沒了。

我先看著東尼才回答。還說什麼沒有私人問題。「傑克很好。」

「簡直就像是童話故事，真的。你們兩個去年在片場認識，墜入愛河，然後結婚……我注意到妳沒改名……第二次。」

「對，沒錯。」

「現在又有個迷你艾梅或傑克要來報到了，真美好！」

「我非常幸運。」我一隻手移向肚子，像是要保護我未出生的孩子不受珍妮佛．瓊斯的毒舌傷害。

「妳真的好幸運，同時又拍完了一部片子，這一次還是由芬徹導演吔！我是說，哇，小姐！妳是怎麼抽出時間來的？」

「因為我的肚子越來越大，我們把我的戲集中在幾個月內拍完。時間是很緊湊，卻是個很美妙的經驗。我深愛每一刻。」

而且我終於有了我想要的一切。

「他本來是找了別人來演的，對嗎？」

我直視她，盡量不在椅子上蠕動。「對。」

「那妳一定很為難，在愛麗西亞．懷特消失無蹤之後替補她演出。」

「我為愛麗西亞和她的家人難過。她隱藏得太好了，可是她顯然是個飽受折磨的人。」

「她失蹤快半年了，現在還是無影無蹤，也沒有任何解釋。妳覺得她是出了什麼事？」

「能專心談電影嗎，拜託？」東尼打岔，察覺到我的不安。

「當然好，」珍妮佛．瓊斯說。「我不打算說謊，妳在這部片子裡的角色實在很嚇人。而女演員扮演女演員，那一定很好玩。我們在請其他的演員為宣傳做點活動——妳介意也加入嗎？妳只需要說出妳的角色的名字，一點點他們的性格，再說出電影片名。」

「好啊。」

「太好了。等妳準備好了，就直接看著鏡頭……」

我轉臉看著鏡頭，服從了她最後一次的請求。

「我的名字叫艾梅．辛克萊。我是那個你以為你認識的人，可是你卻不記得是在哪裡認識的。我覺得你現在會想起來了。偶爾我也殺人。」

我坐回椅子裡，被每個人的表情弄得疑惑不解。珍妮佛．瓊斯用咕咕咯咯的笑聲粉碎了沉默，頭向後仰，讓我看見了她可觀的隆乳。「妳真的好逗喔，」她說，但我仍不明所以。「妳應該說的是角色的名字，不是妳的名字。我們可不想讓觀眾以為艾梅．辛克萊會到處去殺人！」

「真是不好意思。」我覺得臉頰發燙。「今天很漫長，而且我恐怕是懷孕腦上身了。」我轉頭面向鏡頭。「讓我再來一遍。我從來都不會同樣的錯犯兩次。」

致謝

第二本小說是一段饒富趣味的旅行，有時很難導航，而少了下列的奇人我可能會找不到路。

感謝喬尼．蓋勒對我的信心，即使是連我都不相信自己時。我仍然不知道我怎麼會得到城裡最棒的經紀人，但是我十分感激，而沒有你這本書就不會存在。同時也感謝Curtis Brown的厲害團隊。

感謝凱莉．司徒華，妳是親切和聰慧的理想化身。謝謝妳的耐心和同情，也謝謝妳施展的魔法。

感謝曼普莉．葛瑞沃、莎莉．威廉森以及出色的HQ/HarperCollins團隊。感謝艾梅．愛因霍恩以及Flatiron/Macmillan的奇妙團隊。同時也感謝我的國外出版商，我非常感激能在不同的國家出版作品。作家只管寫作，出版商出書，而我非常幸運能和最高明的人合作。

感謝我的家人，因為你們跟我說我做得到。

感謝我的朋友，即使我消失到一本書裡，你們仍然是我的朋友。

謝謝你丹尼爾，在我寫這本書時沒跟我離婚。

最重要的是，謝謝你們這些讀我的書的人。少了讀者作家就一文不值，而你們改變了我的生命，以我作夢都不敢想像的方式。我希望你們繼續享受我的故事，我永遠銘記在心。

Storytella 230

我知道你是誰

I Know Who You Are

我知道你是誰/愛麗絲.芬妮(Alice Feeney)作；趙丕慧譯. -- 初版. -- 臺北市 ： 春天出版國際文化有限公司，2024.12
面 ； 公分. -- (Storytella ； 230)
譯自 ： I Know Who You Are
ISBN 978-957-741-984-2(平裝)

873.57　　113017057

ISBN 978-957-741-984-2
Printed in Taiwan

作　者　愛麗絲·芬妮
譯　者　趙丕慧
總編輯　莊宜勳
主　編　鍾靈

出版者　春天出版國際文化有限公司
地　址　台北市大安區忠孝東路四段303號4樓之1
電　話　02-7733-4070
傳　眞　02-7733-4069
E—mail　bookspring@bookspring.com.tw
網　址　http://www.bookspring.com.tw
部落格　http://blog.pixnet.net/bookspring
郵政帳號　19705538
戶　名　春天出版國際文化有限公司
法律顧問　蕭顯忠律師事務所
出版日期　二〇二四年十二月初版

定　價　399元

總經銷　楨德圖書事業有限公司
地　址　新北市新店區中興路二段196號8樓
電　話　02-8919-3186
傳　眞　02-8914-5524
香港總代理　一代匯集
地　址　九龍旺角塘尾道64號 龍駒企業大廈10 B&D室
電　話　852-2783-8102
傳　眞　852-2396-0050